異世界魔法の作り方
1
Magic Maker
How to Create Magic
in Another World
鏑木カヅキ
Kaburagi Kazuki

登場人物紹介
Characters
ローズ
シオン
マリー

ガウェイン
エマ
グラスト

集魔
帯魔
魔力放出《フレア》
合成魔法《ボムフレア》

CONTENTS

Magic Maker
How to Create Magic
in Another World

プロローグ

僕は小さなテーブルの前でじっと座って、ずっと時計を見つめていた。

二十三時五十五分。もう少しで日をまたぐ。明日は待ちに待った僕の誕生日だ。

先に言っておくが、別に友達や家族や恋人が祝福してくれるわけじゃない。部屋には僕しかいないし、サプライズパーティーが開かれるという情報も得てないし、そもそも僕には誕生日を祝福してくれる人なんていない。

でも僕は誕生日を心待ちにしている。なぜならば三十歳を迎えるからである。それだけだ。

カチカチという時計の音だけが室内に響いていた。

ごくりと生唾を飲み込みながら、僕はソワソワとし続けた。あと数秒で二十四時になる。いよいよだ。この瞬間をどれほど待ち望んでいたか。怖いという思いと期待を胸に、僕は時を待った。

そして、二十四時になると同時にスマホや時計のアラームが一斉に鳴った。

軽快な音楽と共に僕は立ち上がると、両拳を掲げる。

「きたきたきた！　ついにきたぞ！　三十歳おめでとう、僕！」

一人である。三十歳のいい大人である。寂しさから奇行に走ったわけではない。

僕は感慨に震えながら天井を見上げる。

「童貞のまま三十歳を迎えた男は、魔法使いになれる。ついにこれを実証する時が来た……っ！」

僕が住んでいるのは、手狭なマンションの一室だ。室内には必要最低限の家具しかなく、本棚にはファンタジー物の小説や解説書が入っているだけだった。

そう、僕は三十という年齢にもかかわらず、幻想的な世界に夢を抱いているのだ。特に魔法、魔術に関しての興味は尽きなかった。

現実的に考えて、そんなものは存在しないと思うだろう。だが、根拠もなく否定することはできなかった。だってさ、そういうのがあった方が面白いじゃないか。

誰だって想像したはずだ。手から火の玉を出したり、雷撃を発したり、水を生み出したり、空を飛んだり、呪文を考えたり、魔法陣を描いたり。その希望を捨てられず僕はこの歳まで生きてきたのだ。

伝承はある。だがそれは創作であって事実ではない。そんなことはわかっている。だけど僕は『童貞のまま三十歳になれば魔法使いになれる』なんて都市伝説に一縷《いちる》の望みをかけるしかなかった。そして今日、その真偽がわかる。

こんなことは現実ではありえないって薄々感じてはいる。でも、やってみなくちゃわからないじゃないか。どの時代の発明家も、きっと最初は周りから馬鹿にされて、そんなことはできるはずがないと言われたに違いないんだから。

僕は掲げた両手を下ろして正面に差し出した。そして叫んだ。

「ファイアーボール！」

しんと静まり返った室内。僕の声だけが反響した。

「サンダーボルト！　ウインドブラスト！　アイスストーム！」

ダメだった。ならばと、僕は真顔で呪文を唱える。

「深淵《しんえん》より来たりし闇と光の混淆《こんこう》せし異形なるもの。顕現せよ！」

何も出ない。悪魔とか召喚獣とかそんな類《たぐい》が現れるはずもない。当たり前である。

その後も、ありとあらゆる技名や呪文を唱えたが、何も変化はなかった。ゲームや漫画、自分の中二ノートを参考にした魔術を唱えるが、それも意味はなかった。

お隣さんの壁ドンを最後に、僕は項垂《うなだ》れてしまう。

「だ、だめ、なのか……」

それはダメだろう。薄々わかってはいた。というか考えないようにしていた。

どうやら童貞のまま三十歳になっても魔法使いにはなれなかったらしい。では妖精さんが見えるパターンなのかと思ったが、辺りを見回してもそんなものは見えない。

望みは絶たれた。僕の生きる希望はなくなってしまったのだ。

魔法なんてない。魔術なんてない。この世は普通だ。

「……つまらないな」

世界中に情報が溢《あふ》れている。知らないことでも調べればすぐにわかってしまう。

わからないことはある。でもそれは心躍るようなものじゃない。わかるということは、こうもつまらないものなのか。このまま普通に働いて、普通に生きて、そして普通に死んでいく。そんな人生しか僕には用意されていないのだ。

ああ、つまらない。なんてつまらないんだ。

「寝るか。今日も会社だ」

日付が変わった今日は、平日である。夜遅く、一人で何をしてるのかという虚《むな》しさと落胆が胸に押し寄せる。

諦観《ていかん》の面持ちのまま、僕はベッドに向かおうとした。

その時、胸の中で何かが暴れ回った。

「あっ……な……がっ!?」

痛い。痛い。胸が、心臓が痛い。

体中の筋肉が痙攣《けいれん》し、僕は膝を曲げる。そして激痛のあまり、床に倒れた。

なんだこれ。何が起こってるんだ。わからない。こんなことは初めてだった。僕は大きな病気も怪我もなく生きてきたのに。

理解ができないながらも、痛みは広がっていく。それが徐々に大きくなると、僕の中で比例して不安が強くなる。

怖い。怖い。まさか死ぬのか。痛みは引かない。心音が鼓膜に響き、それが地鳴りに変わったような錯覚を抱くと、視界が歪《ゆが》んでいく。

そして、僕は意識を絶った。


目を覚ました。視界は相変わらずぼやけている。視力が悪い人は普段こんな感じなんだろうな、とぼんやりと考えていた。

僕の視界が動く。自分で動いてはいない。誰かが僕を運んでいるようだった。

天井らしきものが見えた。体温も感じる。生きているということにようやく気づくと、僕は安堵《あんど》した。

ここは病院だろうか。誰かが救急車を呼んでくれたのかもしれない。ありがたい。誰だかはわからないけど。多分お隣さんだろう。寸前まで叫んでいたし、壁を叩《たた》かれていたから。

思い出すだけでゾッとするような痛みと喪失感だった。もう二度とあんな恐ろしい経験はしたくない。

誰かの姿が隣に見える。僕を助けてくれた人だろうかと、口を開いた。

「だぁ」

だぁ？　僕の声、じゃないな。でも僕が出した声。え？　なにこれ。

「だぁ？」

また声が出た。今度も僕が出した声だ。間違いない。喉が震えているし、自分が出した声だという自覚がある。でも、声は妙に高いし、男の声ではない。

そう、これはまるで赤ん坊。

「あらあら、どうしたの？　シオンちゃん」

声が頭上から聞こえた。視界は不明瞭だが、目を凝らすとなんとか見えた。

人だ。女性だ。巨大だ。僕を両手で抱えている。大人を両手で抱える女性なんているだろうか。

どうなってるんだ。僕はどうなったんだ。半ばパニックになりつつ、僕は自分の身体を見下ろそうとした。首がまともに動かない。だが視線は動かせた。

ちらっと自分の身体を見下ろすと小ぶりな手が見えた。小さい。小さすぎる。これはまさか。なんとなく現実に気づきつつあった。でも信じたくなかった。僕が赤子になっているという事実に。

「だぁ、あうぅ、だっ！」

「んー？　お腹空いたの？　それともしーしーかしら？」

優しい声が頭上から聞こえる。ちなみに彼女の声ははっきりとは聞こえない。水の中で聞こえるような感じだ。聞こえはするが、なぜか集中できず、聞き取るのが大変だ。でも間違いない。僕が赤ん坊なら、この人は乳母《うば》か母親だろう。

マジかよ。知ってる。この展開。

僕はあの心臓の痛みで、死んでしまったんじゃないか。

そして恐らく、転生してしまったのだ。生まれ変わってしまったのだ。なんてこった。こんなことが現実でありえるはずがない。

そう思う反面、僕はこう思った。転生とくれば、次にくるものは何かと。

なんとなくしか見えないが、女性の顔の形、部屋の風景を鑑みれば間違いなく、ここは日本ではない。そして外国であるとしても、女性は妙に古めかしい服装で部屋の内観も同様だ。

その上、女性は日本語を話している。僕に向かって言った名前も、シオンという明らかな外国名。

これはつまり。ここは異世界という可能性が濃厚である。

そしてもう一つ。僕にとって重要なことがある。異世界ならば確実にあるものがある。

魔物？　妖精？　精霊？　勇者？　魔王？　違う。

魔法だよ、魔法！　異世界に魔法、あるいは魔術がないなんてありえないだろ！

やった！　やった！　これは僕が健気《けなげ》に魔法への好奇心を持ち続けたことを受け、神様が与えてくれた恩恵なのではないだろうか。ああ、神様ありがとう！　いるかいないかもわからないけど！

くっ！　でも身体が動かない。僕は赤子だし、言葉も話せないし、どうしようもないか。それに滅茶苦茶眠くなってきた。考えすぎたのだろうか。身体は赤ん坊なのに、頭は大人だからな。疲れたのかも。

これが夢だったらどうしよう。ああ、怖い。眠りたくない。またあのつまらない現実に戻りたくない。この世界で。僕は魔法を使うのだから。

僕は妙に温かい感触に包まれて、眠りについた。強烈な幸福感を抱きながら。

この異世界には魔法がない

最初の半年は辛《つら》かった。なんせ身体がまともに動かないし話せない。すべてにおいて誰かに世話をしてもらわなければならなかったのだ。思い出すだけで嫌になるところもあるので、詳しいことは割愛させてほしい。

大体は寝ている。ぼーっと天井を見つめるだけのお仕事だ。退屈だった。でも未来に思いを馳《は》せていたため、苦痛ではなかった。歳を重ねればできることが増える。そうすればいずれ魔法のことを知るだろう。

ああ、楽しみだ。楽しみすぎて、おしっこ漏らしちゃった。ごめんなさい、母さん。

「あらあら、シオンちゃん。おしっこしちゃったのね、おむつ、替えましょうねぇ」

柔和な笑みを浮かべる美しい女性が、僕の母親のエマさんだ。エマさんが動く度に、手入れの行き届いた茶色の髪が揺れていた。

僕はシオンという名前だ。女性っぽく聞こえなくもないが、男である。

正直、彼女をなんと呼べばいいのか悩んだが、こっちの世界の母親であることは間違いない。母さんかエマさんと心の中で呼ぶことにした。まあ話せるようになっても、実際には名前で呼ぶことなんてないと思うけど。

エマさんはニコニコしながら、僕のおむつを替えてくれた。

ちなみにおむつといっても、普通の下着みたいなものだ。あまり厚みがあっても通気性が悪くて蒸れるので、しょうがないらしい。

おむつ替えを終えると、エマさんは僕を抱きかかえる。

「うーん、シオンは静かな子ねぇ。マリーとは大違いだわ」

少し心配そうにしながらエマさんは僕を見下ろしていた。確かに僕は泣かないし、あまり笑わない。だってさ、ばーっとか言いながら変顔されても笑えないんだ。三十歳のおっさんの笑いの沸点はそこまで低くないよ。

愛想笑いを浮かべてはいるけど、周りからはなんだこいつ、みたいな顔をされる。そんなこともあって、僕は無理に笑わないようにしている。

エマさんがよしよしと言いながら、僕を優しく揺する。

心地よい揺れが眠気を誘ったが、それをけたたましい音が遮った。

「おかあさ！」

扉を開けたのは、小さな女の子だった。といっても、現在、一歳の僕よりは年上だ。

彼女はマリアンヌ。愛称はマリー。僕の姉だ。三歳で、かなりやんちゃな女の子。癖が強いためか、肩まで伸びている赤橙《あかだいだい》の髪はうねうねしている。比較的小綺麗《こぎれい》にしているのだが、動きや仕草がそれをすべて台無しにしていた。

彼女はどかどかと床を踏み鳴らし、僕たちのもとへやってきた。

「あらあらどうしたの、マリー」

「おかあさ！　あたしも抱っこする！」

お断りさせていただきます。君に持たせたら、絶対落とすでしょ。赤ん坊からしたら、少しの高さから落ちるだけでも危ない。やめてください、本当に。

おおらかなエマさんもさすがに、マリーの要求には困っていた。

おい、うーん、じゃないよ。断ってよ！

僕は内心、冷や冷やしながら動向を見守った。

マリーは「ねぇねぇ！　おねがい！」と言いながら、エマさんのスカートを引っ張っている。

「ごめんなさいねぇ、まだマリーには無理かしら」

「そんなことないもん！　あたしもできるよ！」

子供は何でもできるって言うものなの！　君にはできないの！

「そうかしらねぇ」

「そうだよ！」

そうじゃないよ！　やめて、ほんと！　魔法を使うまで死にたくない！　せっかく異世界に転生したのに、姉に落とされて死亡なんて最悪な結末、絶対に嫌だ！

「う────ん、やっぱり、ごめんね」

「う、ううっ、だ、抱っこするの！　あたしがするの！」

泣き出した。感情を抑えきれずに、エマさんのスカートをぐいぐい引っ張っている。

「だ、だめよぉ。危ないものね」

「あううぅっ！　うわああ！　抱っこするぅ！　ずるぅっ！」

子供が泣きだしたらなかなか泣きやまない。子供はわがままなのだ。

部屋中に泣き声が響く。

エマさんはおろおろとしながらも、僕をベッドに寝かせて、マリーと話し始めた。

「マリーちゃん。お姉ちゃんなんだから、わがまま言っちゃダメよぉ」

「ずるぅ、抱っこずるぅ！　ずるぅ！」

辛抱強く、エマさんはマリーに言い聞かせていた。すごい忍耐力だな。僕だったら無理だ。

数十分そうして、ようやく泣きやんだマリーを前に、エマさんはにこっと笑う。

「マリーちゃんはシオンちゃんと遊びたかったのね」

「うん……」

「もう少ししたら、シオンちゃんも少しずつ話せたり、動けたりするから、それまで待ってあげて？　赤ちゃんは守ってあげないといけないのよ。家族みんなでね」

「……みんなで？」

「そう。マリーちゃんにも協力してほしいの。お姉ちゃんだから、頼りたいの」

「お姉ちゃんだから？」

「そうよ」

ぐしぐしと目を擦《こす》って涙を拭《ぬぐ》うと、マリーはにぱっと笑った。

「わかった！　マリー我慢する！　お姉ちゃんだもん！」

「ふふ、ありがとう。さすがお姉ちゃんね」

よしよしとマリーの頭を撫《な》でるエマさん。

なんだか心がほっこりする瞬間を目の当たりにしたが、僕は赤子である。

とてとてと歩き、マリーがベッドの横に来た。僕の真横に顔を寄せて、つんつんとほっぺをつついてきた。

「早くおっきくなってね、シオン」

僕もそうしたいよ。でも今はあんまり無茶をしないでね、お姉ちゃん。

ちょっとはらはらしながらも、僕はマリーに手を伸ばす。マリーは嬉《うれ》しそうに優しくその手を掴《つか》み、にかっと笑う。その様子を、エマさんが微笑《ほほえ》ましそうに見ていた。


二年が経過するとできることが増えてくる。まず簡単な言葉を話すことができるようになる。僕自体は言葉を知っているが、この身体は滑舌が悪く、脳の回転も遅いらしい。そのためなんというか、理性的な行動全般が難しい。欲望に任せた行動は簡単にできるのに不思議だ。

ハイハイができるようになり、二足歩行も可能になる。ちなみに最初に話した言葉は「お米」だった。食べたかったんだからしょうがない。ここにはパンしかないし。

そうして三歳を過ぎると家中が自分の活動範囲になる。

僕の家はかなり広かった。二階建てで、部屋数は八つ。普段使ってない部屋もあって、台所もかなり充実している。もちろん現代に比べると粗末だが、この文明レベルの世界ではかなり裕福な方だと思う。家柄がいいんだろう。どれくらいの地位なのかはまだわからないけれど。

家を出ると中庭もある。周辺に家はないので、結構な田舎らしい。家族以外と会ったことは今のところはないけど、近くに村があるということは知っている。

木造建築で窓ガラスはあるけど、品質は良くない。食器は基本的に陶器か木製。銀食器もあるけど数は少ない。服は欧州の中世みたいな感じだ。

僕の髪は燃えるような赤で、マリーの赤橙色や母さんの茶色とはちょっと違う感じ。顔立ちは完全に外国人。整っている方だと思うけど、ちょっと目つきが悪いかもしれない。表情の変化に乏しいから余計に、生意気な感じに見える。

そんなことをぼんやり考えながら、僕はマリーが中庭を駆け回っている様子を眺めていた。子供ってなんであんなに走るんだろうか。謎だ。

玄関前の階段に座っていると、マリーがこちらに走り寄ってきた。

「シオン！　一緒にあそぼ！」

「……走るの？」

「そう！　走るの！」

五歳にして、走ることがマイブームの僕の姉は、満面の笑みで言った。

どうしよう。僕は元々インドア派だ。運動はあまり好きではないし、三歳にして、ちょっと老成気味だ。できるならお断りしたいが、目をキラキラさせている我が姉に言っても聞かないだろう。しょうがないとばかりに立ち上がると、マリーの横に並んだ。

「いくわよ！　せーの！」

二人して一斉に走り始めた。三歳の僕と五歳のマリー。体格は全く違うし、筋力も圧倒的にあちらが上だ。当然、僕が勝てるはずもなく、どんどん距離が広がる。

マリーの背中を追って駆ける。三歳にもなれば走るくらいはできる。覚束《おぼつか》ないけどね。

ぐるっと中庭を回ると、マリーが立ち止まった。

「あたしの勝ち！　シオン、おっそいわよ！」

「ね、姉さんが速いんだよ」

「そう？　ふふふ、まっ、お姉ちゃんだからねっ！」

したり顔の我が姉を前に、僕は可愛《かわい》い奴だなと思うだけだ。

マリーはおだてると素直に喜ぶし、嫌なことがあるとすぐに顔に出す。わかりやすい性格のようだ。子供にしてもそれが顕著だと思う。

不意にマリーが正門の方に、ぐいっと首を動かした。

「お父様だわ！」

何を嗅ぎつけたのか、正門に向かいダダッと走っていくマリー。

まだ走るのかと辟易《へきえき》しながらも、僕も後に続いた。

蹄《ひづめ》の音が響き、金属の擦過音と共に門が開く。馬車が姿を現して、中庭を通り、玄関前で止まった。幌《ほろ》がある荷台だ。今は何も積まれていない。

御者台にはダンディな髭《ひげ》を生やした男性が乗っていた。彼は僕の父さんで、ガウェインという名前だ。マリーと同じ、赤橙の髪色をしている。髪はやや短めに切り揃《そろ》えられていて紳士的な見目だ。

父さんが馬車から降りてくると、マリーが飛びついた。

「おかえりなさい！」

「はっはっは、ただいま、マリー。相変わらず元気だな」

「うんっ！　マリーね、髪の色と同じでお日様みたいに元気だね、って言われるの！」

「そうかそうか。はははっ！」

父さんは嬉しそうに笑い、マリーの頭を撫でる。

するとマリーは嬉しそうに目を細めた。猫みたいだな。

僕はといえば、近くで佇《たたず》んだまま二人の様子を眺めている。さすがに抱きつくのは抵抗がある。というかそんなのできないでしょ、僕三十歳過ぎのおっさんだし。

父さんはマリーを抱きかかえながら僕の前までやってくる。

「おかえりなさい、父さん」

「ただいま、シオン。相変わらず、しっかりしているな」

「そんなことないよ。姉さんの方がしっかりしてるよ」

よいしょである。我が姉は、したり顔で鼻息を荒くしていた。

「さて、お父さんは馬車を直してくるな」

父さんは馬車に乗って、庭の端にある厩舎《きゅうしゃ》に移動していった。

父さんがどんな仕事をしているのか、具体的にはわからない。他にも僕が知らないことは山ほどある。この世界のことも、魔法のことも。

そろそろ色々と知りたい。ある程度は自由に動けるし、話せるようにもなった。それに『年齢の割に、かなり落ち着いている』という印象を与えることにも成功している。これならばある程度、大人びたことをしても疑問を持たれないだろう。まだ三歳なので限界はあるけれど。

魔法やこの世界のことを調べるにはやや早いかもしれないが、そろそろ我慢の限界でもある。生まれて間もなく、いきなり魔法のことを話したりしたら、訝《いぶか》しがられると思ったので、今まで黙っていた。今日から少しずつ、聞くとしよう。


僕たち、家族四人は食卓についていた。テーブルの上には皿が並んでいる。

この世界の食事は簡素だ。大体は硬いパンとスープがあり、後は肉か魚があるくらい。多少のバリエーションはあっても、ほぼ同じようなラインナップだ。かなり飽きる。でも贅沢《ぜいたく》は言えない。

さて食事も終わったし、そろそろ話を聞こうかな。

「あの、父さんってどんなお仕事をしてるの？」

「ふむ、まだ話していなかったな。丁度いい。マリーにも、きちんと話しておかないといけないかな」

マリーにも話していなかったらしい。

横目でマリーを見ると、お腹一杯だぁ、といった顔をしている。この姉ならば、話をまともに聞きそうにないし、しょうがないかもしれない。五歳って、こんなもんなんだろうか。

「マリー聞きたい！　よくわかんないけど！」

「僕も聞きたい」

僕とマリーが言うと父さんは鷹揚《おうよう》に頷《うなず》いた。

「マリー、シオン。私たちはね、下級貴族と言われる、この辺りを統治している領主なんだ」

おっと、最初でいきなりつまずいたぞ。我が姉は目をパチパチとしているだけで、明らかに理解していない。

「あなた。それじゃわからないわ。もっと柔らかく言わないと」

「近くに住んでいる人たちのお世話をしてあげるお仕事ってことだよね？」

僕が言うと、父さんも母さんも驚いたように目を見開いていた。

「あ、ああ、そうだ。シオンは賢いな」

「うふふ、将来有望ね」

「あ、あたしもわかるもん！」

両親が僕を褒めるとマリーが負けじと声を上げる。別に褒められたくて言ったわけじゃないけど。

「ふふ、そうね。マリーも賢いわ。でも、今はお父様のお話を聞きましょうね」

「むっ！　わ、わかったよぉ」

明らかに不満顔だったが、マリーは口を閉じた。

「シオンが言った通り、近辺に住む人たちの世話をするのが、私の仕事だ。その人たちを領民、私の立場を領主と呼ぶわけだ。具体的には、領民が困っていたら助けたり、お金を貰《もら》って、国に渡したりする。貴族というのは、何と言えばいいか……ほんのちょっとだけ偉い人、だな。下級貴族は貴族の中でも一番下の、ちょっとだけ偉い人だ」

マリーは、うんうんと頷きながら理解しようとしていた。ただ横顔を見ると、よくわかっていないことはわかった。

「父さんは領主なのに、いつも馬車でどこに行ってるの？」

「ああ、あれは領民の様子を見に行ったり、ついでに作物やらの運搬や、人の移動を手伝ったりしている。あとは買い出しだな。馬車を持っている人はあまりいないからだ。実際に村の様子を見ないとわからないことも多いし、私兵がいなくてな。部下らしい部下もいない。だから私が直接、視察しているわけだ。それに私は賦役《ぶえき》労働を廃止しようとしている。そのため、この地にはそういう農民はいない。その分、労働力が足りないし、比較的自由に動ける私が……」

父さんはそこまで話して、はたと気づいた。

僕の隣に座っているマリーがあんぐりと口を開けている。

父さんは母さんにジト目を向けられ、こほんと咳《せき》をすると姿勢を正した。

「父さんは色々と、頑張ってるんだ！」

はしょったな。しかしその言葉はマリーには適した言葉だったらしく、我に返ったようだった。

「なるほど！　お父様は、すごいのね！」

「あ、あはは、そうだな。そうかもしれないいな！」

あはは、うふふと笑い合う団欒《だんらん》の空間だったが、僕は諦めたように笑った。話が進まない。

とにかく我が家は下級貴族で、ある程度裕福であるということはわかった。

賦役労働って確か、農民とかの階級に対して、無給で働かせることだったっけか。もちろん、彼らには普通の仕事があるのにだ。それ以外の仕事をタダでやらせるというブラック思考の経営だ。

父さんはその体制を是正しようとしているわけだ。タダで労働力を得る機会を手放しているのに、僕たちの生活は豊かなのだから、父さんはかなり優秀みたいだ。領民たちもしっかりした生活をしているんじゃないだろうか。

さてもういいだろう。いいよね。我慢の限界だし。もう無理。

僕は逸《はや》る思いを抑えきれずに口を開いた。

「あ、あの、父さん。他にも聞きたいことがあるんだけど……ま、魔物っている？」

「いるな。だからまだ外に出てはいけないぞ。お母さんから出るなと言われていると思うが、それは魔物が危険だからだ。人を襲うし、命が危ない。近づいてはいけない。もしも見たら、すぐに逃げて大人に助けを求めるようにしなさい」

いるんだ！　魔物がいるんだ！　っていうか魔物がいるから外に出ちゃいけなかったのか！　初めて聞いたよ！　もっと早く教えてほしかったけど。

僕は昂揚《こうよう》感を抱きつつ、身体が期待に打ち震えていることに気づいた。なんか緊張してきた。汗が滲《にじ》んできた。心臓がすごくうるさい。でも、踏み出したからには進むしかない。というか進みたい。

「妖精とか、精霊とかいたりなんかして？」

「いるな。精霊は聞いたことがないが、妖精は確かにいる。希少だし、なかなか遭遇しないが。専門の調達業者はいるな。確か小さな人型の生物、いや、生物なのかどうかもまだわかってないとか。突然消えたり、現れたり、不思議な力を持っていると聞いたが」

いるんだ！　妖精や精霊がいるんなら、もう確定だよね！

何やら戸惑っている様子の父さんと母さん。

隣のマリーは僕や両親を交互に見て、状況を理解していない様子。

僕も前後不覚になって、状況がわかっていない。早く質問しよう。本題だ。

「じゃ、じゃあ、ま、ま、ま……魔法は!?　魔法はあるの!?」

思わず僕は椅子に立って、そのまま身を乗り出した。テーブルに両手をつき、顔を突き出して、父さんの顔を見つめる。あまりの勢いに、父さんはうろたえていた。

「ま、魔法？」

「そう！　魔法！　火とか水とか風とか光とか、色んなものを出したりする魔法！」

父さんは母さんと顔を見合わせる。困惑していることはわかった。自分が何かまずいことを言ったんじゃないかということも。でも止められなかったのだ。だってずっと我慢していたのだ。この三年間。いや、三十年間以上も。

「ないな」

「ない……？」

現実は無慈悲だった。父さんは困ったように首を振る。その様子が、ゆっくりに感じられた。

え？　ないの？　魔法が？

「魔法という言葉も聞いたことがない」

「……そ、それはお父さんが聞いたことがない、ということではなく？」

「私が知らないこともあるだろう。だが、私もそれなりに教養がある。少なくとも魔法なんてものは一般的には知られていないし、そんな話は聞いたこともない」

父さんは貴族。この文明レベルならば、貴族は多少の教育を受けているはず。平民ではそうはいかないだろうが、貴族ならば勉強する機会が与えられる。つまり貴族はこの世界ではかなりの識者であるということ。

もちろん専門的なことは知らないだろう。だが、もしも魔法が存在するのであれば、そういう能力や現象があるという程度のことは知っているはずだ。けれど父さんは知らない。ということは本当に魔法が存在しない？

嘘《うそ》だろ。嘘だよな。じゃあ、どうして僕はここにいるんだ。

僕が転生したのは、ただの偶然なのか。僕が純粋に魔法を使いたいと望み続けていたから、そのご褒美だと思っていたのに。それは勘違いだったのだ。僕は何の意味もなく、ただ魔法の存在しない世界に転生しただけだったのだ。

僕は落胆し、椅子に座った。

「シオン。魔物や妖精、その魔法とやらをどこで知ったんだ？　エマは話していないはずだが」

「え、ええ。話してない、と思うけれど……」

三歳の子供。しかもほとんど外に出ていない子供が、知っているはずがない。この家には本がない。そもそもこの世界に本がどのくらいあるのかもわからないけれど。だから外の情報は母さんか父さんからしか得られない。その二人が知らない言葉を知っている。その二人が話していないことを知っている。そこに疑問を持たないはずがない。

「シオン。どこで話を聞いたんだ？　話しなさい。大人と話したのか？　お母さんがいない時に、誰かが来たんじゃないのか？　どんな人だった？　男か女か？」

いつもと違い、厳しい口調だった。僕は強い落胆の中で、まともに頭が働かない。

母さんも父さんも話していないのに、外の世界の情報を知っているということは、別の誰かから聞いたんじゃないかと思ったのだろう。

僕は答える気力を持てず、呆然《ぼうぜん》としてしまう。

父さんが焦り始めていた。話せないことなのかと思ったんだろう。それが手に取るようにわかって、申し訳ない気持ちを抱きつつも、心は項垂《うなだ》れたままだった。

尚《なお》も、父さんが詰問しようとした時、パンという乾いた音が聞こえた。母さんが手を叩《たた》いたようだった。

「思い出したわよぉ。わたしが、外には魔物がいて危ないって話したんだったわぁ。それに妖精のことも、何かの拍子に話したかもしれないわね」

「魔法とやらは？」

「さあ？　子供の言うことなんて、大人にはわからないもの。子供はおかしなことを言うものよ。夢にでも出てきたのかもしれないわね。いつもわたしと一緒にいるんだもの。他の人と話したなんてことはないわよ」

半分は本当で半分は嘘だ。母さんは僕をかばってくれたらしい。

でも、実際、僕が他人と話すような機会はないし、母さんからすれば問題はないと思ってのことかもしれない。それでもありがたかった。

「……そうか。ならいいんだが」

父さんは心配そうに僕を見ていた。そう、心配していたのだ。威圧的に感じたけれど、それは僕のことを思っての行動だ。それに胸を痛めはしても、言葉にはならない。

「ささっ！　そろそろお片づけしましょう！」

母さんは食器を片づけ始める。

僕は俯《うつむ》いたまま、食卓を離れた。隣にいたマリーはおろおろとして、僕の後についてくる。居間を出て、自分の部屋に向かう最中、マリーはおずおずと言った。

「シオン、大丈夫……？」

「え？」

「顔色悪いから……お腹痛いの？」

言われて、少しだけ感覚が戻ってきた。鏡がないのでわからないけれど、僕の顔は青白いらしい。

ショックだった。魔法がないなんて。魔法を使うことだけが楽しみだったのに。

「……ううん、大丈夫」

「そ、そっか」

マリーはそれ以上何も言わず、僕の隣を歩いていた。

気遣いが伝わる。五歳の女の子が、僕を心配している。その気持ちを理解しつつも、僕は元気な姿を見せることができなかった。

だってこの異世界には魔法がないんだから。

それからの三年間。僕は異世界について勉強することにした。

まず文字の読み書きを覚えた。この世界の言葉は日本語だ。というか日本語に聞こえる。だが文字はこの世界のもので、新たに覚える必要があった。マリーは五歳から始めたらしいが、僕は三歳から始めることにした。母さんに頼み込んで教えてもらったのだ。

基本的に勉強は母さんが教えてくれるようだった。

我が家、オーンスタイン家の血脈は長く繋《つな》がっており、比較的に歴史がある家柄らしい。父さんも母さんも貴族として教育を施されているため、僕たちに色々なことを教えてくれていた。

子供の身体だからか記憶力がよく、半年で簡単な読み書きは覚えた。マリーはまだ時間がかかりそうだったけど、僕は大人の記憶もあるため効率よく学習ができた。

読み書き以外には一般教養を学んだ。生活に必要な知識を吸収するためだ。貨幣制度、簡単な法律、地理や歴史などが主だ。

オーンスタイン家は、リスティア国の西部にあるエッテン地方に位置しているらしい。田舎のため、人口は少ない。その分、領地は広く、農業には向いているようだ。田舎だが一応、近くにはそれなりに大きい都市が一つだけある。まだ行ったことはない。父さんが許可してくれないからだ。危ないとかなんとか。

とにかく家の中で知ることのできるものはできるだけ勉強した。そして知った。

この世界には、やはり魔法が存在しないということを。魔法という言葉自体がないということを。父さんや母さんが知らないだけ、ということに望みをかけた。その可能性はある。世界は広いし、二人が知らない場所に魔法がある可能性もある。でも、それは考えにくいだろう。父さんは別の国の出で、しかも若い頃に各国を渡り歩いた経験があるらしい。その上で、魔法というものはどこの国にもないと言われたのだ。

三年間、僕は必死だった。勉強した。行動した。それは執着だったと思う。諦められなかったのだ。魔法がないなんて、思いたくなかったのだ。でもわかってしまった。

この世界には魔法はない。存在しないということを。

それらしい情報もなかった。日に日に、少しずつ理解させられてしまう。

そして六歳にして、僕は生きる目標を失ってしまった。

もしも日本でまだ生きていたなら、漫然と生きて、人並みの幸せを見つけようとしたかもしれない。だって、僕は別に後悔していたわけじゃないんだ。ただ魔法のない人生に落胆していただけだ。でも僕は転生してしまった。異世界に転生して希望を持ってしまった。魔法が使えるかもしれないと思ったのだ。それが打ち砕かれた。二度も。

僕には過去の記憶がある。子供の姿になっても、大人だった時の記憶があり、形成した人格はなくならない。結局僕は、僕のまま。夢想家の僕のままだった。

この世界に魔法がないと理解してしまってから、僕は無気力になってしまった。何もやる気がなくなり、気がつけばぼーっとしており、表情も乏しくなった。

会話も自分からはしない。

今も、中庭で走る姉を見守るだけだ。

八歳になっても同じことしてるな、この姉は。肉体的には成長しているはずなんだけど。

僕も三年でかなり背が伸びた。身体も思うように動くようになっているし、身体能力も上がっている。でもそれがなんだというのか。そんなことに喜びを感じない。不便じゃなくなったな、程度のことだ。

「うおおお！　よいしょおお！」

姉は元気だ。叫びながら走り回り、最近では木剣を持って、素振りをしたりしている。どうやらマリーのマイブームは剣術らしい。女の子でも剣術が扱えた方がいざという時に助かるかもしれない、と思ったらしい父さんが、たまに手ほどきをしているようだ。

女の子はおしとやかに、という世界ではないのだろうか。それとも父さんがそういう考え方をしているだけなんだろうか。

「はあはあ、あー、疲れた！」

かなりの時間を走っていたマリーは、荒い息を整えながら僕の前まで移動してきた。

もうマリーは八歳だ。僕は六歳。子供ではあるけれど、ただ走り回るばかりの年齢ではないと思う。だというのにマリーはずっと同じように走っている。剣を握っても走ることはやめない。

しかし、どうしてそうも走るのかと聞いたことはない。だって子供だから、って理由で済むから。

でもさすがに疑問を持ち始めていた。彼女はどうしてずっと走っているのか。どうして同じことを繰り返しているのか。それが楽しいのか。最近はそんなことを考えている。

小さい頃に比べて、マリーの外見はかなり変わっている。女の子の成長は早い。まだ身長は百三十センチくらいだけど、女の子とわかるような成長をしている。

スカート姿なので、たまに脚が覗《のぞ》く。色気はないが、女の子らしさはあった。おしとやかにしなさいと言う両親だったら間違いなく怒られていただろう。

ウチの両親は子供のことをよく見ているし、寛大だ。だからあまり怒るようなことはない。ただ、無茶をしたり怪我をしたり、誰かを傷つけたりしたら烈火の如く怒る。

「よいしょっと」

マリーは僕の横に座って空を見上げている。それだけだ。彼女は何も言わない。僕が何を考えているのか、何を悩んでいるのか、聞いてきたことはない。

それは両親も同じだ。ただ普通に接してくれている。

この年齢の子供はわがままだし、かなり無茶をするという話も聞く。長男や長女は自己中心的な行動をとり、弟や妹はいじめられるのも常だ。けれど僕にはそんなことは一切なかった。

僕はマリーの横顔を眺めた。整った顔立ちをしている。勝ち気で快活な彼女は、どこか勇ましく凛々《りり》しい。僕にはないものをマリーは沢山持っている。

「ねぇ、姉さんはどうして、そんなに走ってるの？」

マリーはうーんと唇を尖《とが》らせていた。何かを考えながら首を傾《かし》げていたが、やがて口を開く。

「お姉ちゃんだからねぇ」

「……よくわからないんだけど」

「うーん、ほら、何かあった時のために鍛えてるのよ」

要領を得ない。走っている、剣術を学んでいる。その理由が何かあった時のため、ならばわかる。

でもお姉ちゃんだから、という部分とは繋がっていないような気がする。

マリーは会話が下手なわけではないけど、要点しか話さない時がある。彼女は勉強が苦手だけど、頭が悪いわけじゃない。

「何かあった時のため？」

「そう。魔物が出た時とか、悪い人が来た時、戦えた方がいいじゃない？　あたしはそういうの得意みたいだし」

「それがなんでお姉ちゃんだから、なの？」

「え？」

「そんなの、あんたを守るために決まってるじゃない」

寝耳に水だった。予想もしてなかった答えに、僕はただただ困惑した。

「あたしお姉ちゃんだもん。シオンに何かあった時のために強くなってないと困るじゃない？」

「僕の、ため？」

「そうよ。まっ、苦しかったりするけど、嫌じゃないし」

マリーは当たり前のことでしょ、というように空を見上げながら言う。

「あたし、頭はあんまりよくないけど、身体を動かすのは得意だからね。こういうことしかできないけれど」

「じゃあ、姉さんは、ずっとそのために走って、鍛えてたの？」

「そうよ？」

あっけらかんとしている。恩に着せるでも、自慢するでもなく、ただ当たり前のように言った。

その自然な言動に、僕は言葉を失った。彼女の思い。その純粋さに何も言えなくなった。その思いの先に僕がいて、マリーは僕のために努力していたということ。それが嬉しかった。

同時に、申し訳なく思った。僕はずっと僕のことばかり考えていた。それなのにマリーは僕のことを考えて頑張ってくれていた。

両親もそうだ。いつも僕を気遣ってくれていた。心配してくれていた。

でも僕は？　僕は自分のことしか考えてない。周りに心配をかけて、甘えていた。

こんな小さい子が、僕のために頑張っていたのに。

小さい体だ。でもとても大きく見えた。

ちらっとマリーが僕を一瞥《いちべつ》する。何か考えている様子だったが、立ち上がると、僕に手を差し伸べてきた。

「行きたいところがあるの。ついてきて」

「でも、母さんがあまり遠くに行っちゃダメって」

「大丈夫。近くだから。それに魔物がいない場所だしね」

僕は戸惑いながらマリーの手を握る。

この姉はいつも突拍子がない。翻弄《ほんろう》されることも多いが、それが嫌ではなかった。

中庭を通って、外へ行く。家の外には草原と森が広がっている。

マリーは道を進み、しばらくすると迷いなく森の中に入った。森に入ると、視界は木々に埋め尽くされた。

僕は森の中にほとんど入ったことがない。大体は道なりに街道を進むからだ。しかしマリーは恐れなく、ずんずん進んでいった。見知った道なのだろう。頼もしい背中だ。相手は八歳なんだけど。

しばらく歩くと、視界が開ける。そこにあったのは湖だった。

「少し待ちましょう。夕方になれば見えるわ」

何がとは聞かなかった。なんとなく聞くのが憚《はばか》られたからだ。

ここから家まで十数分もあれば着く。夕方になって帰路についても夜になる前に辿《たど》り着くだろうけど、母さんには何も言わずに来てしまった。

「母さんに怒られないかな？」

「怒られるかもね。でもその価値があると思うわよ。多分」

不安ではあった。怒られたくないのではなく、心配をかけるからだ。ただマリーの真剣な横顔を見ては、それも言えなかった。

彼女はじっと湖を眺めて、目を離さない。

僕はマリーの横に座ってじっと時を待った。湖畔から湖を眺めるだけの時間が過ぎて、夕方になっていく。何があるのかという疑問は氷解しないまま、空は赤く染まりつつあった。

そろそろ帰ろうと言おうとした時、マリーが身を乗り出した。

「ほら、見て！」

マリーが指差す先に視線を移す。

湖には変化がなかったはずだった。しかし水面に何か違和感があった。何かが動いている。

それが一つ、二つ、三つと増えていき、やがて水面から浮かび上がった。水の中から空へ立ち上るそれは『光の玉』だった。

湖の中で生まれて、空へ浮かぶ。

徐々に消え、また水の中からそれは生まれた。

幻想的だった。そして非現実的だった。こんな現象は現実にはないはずだ。でも存在している。

光の玉は湖中に現れ、風景を彩る。美しいという言葉以外に浮かばない。

呆気《あっけ》にとられていると、マリーが言葉を発した。

「夕方前になると、こうやって光の玉が現れるの。なぜかは知らないけれど」

「と、父さんたちは知っているの？」

「話したことはあるわ。それで連れてきたこともあったんだけど、不思議と見えなかったのよね。だからちょっと不安だった。シオンにも見えないんじゃないかって」

「大人には見えないのかな……？」

「ううん、子供でも見えない子もいたわよ。見える子は一人だけだったわ。それに、見え方も違うみたい。あたしには瞬《またた》いて見えるけど、その子にはちゃんとした光に見えたみたい」

ちなみに僕には友達がいない。家からほとんど出ないし、出る必要もないからだ。マリーは頻繁に外に行っており、村の子供と遊ぶこともあるらしいけど。

僕は光を見た。はっきりと色濃く見えている。これは一体、何なんだろうか。

「不思議だね」

「そうね、不思議。でも『魔法』みたいじゃない？」

「魔法……？」

「そうよ。あんたが言ったんでしょ。光とかそういうのを生み出すとかなんとか。ほら、それっぽいでしょ？」

言われてみると、そうかもしれない。湖から浮かぶそれは、不可思議な現象だった。魔法と言われれば、否定はできないかもしれない。

しかし驚きはそれだけではなかった。マリーはたった一度、三年前にした会話を覚えていたのだ。僕が父さんに魔法について尋ねた時のことを。

「覚えてたんだ」

「まあね。あたし記憶力は悪いけど、シオンのことだもん。覚えてるわよ。あれから、あんた元気なくなったしさ……なんか関係あるのかなって。それで最近この場所見つけて、連れてこようと思ったの。危ないかもしれないから、色々と調べてたらちょっと遅くなったけどね」

見ていてくれたのだ。マリーはずっと、僕のことを。

情けないと思った。自分を責めた。あまりにまっすぐすぎる思いに胸を打たれた。そして、たまらなくなって僕は泣いてしまった。

「ご、ごめん……姉さん……」

「なんで謝るの！　なんで泣くのよ。もう！　しょうがないなぁ」

ぽんぽんと頭を軽く叩かれた。それが優しすぎて、余計に涙を促した。

嬉しかった。こんなにも自分のことを考えてくれる人がいることが。

マリーはそっと僕を抱きしめてくれた。子供の体温は高く、温かい。僕も同じだろう。だからこそ互いの存在が色濃くなった。情けない。僕は大人なのに。そう思うのに涙は止まらなかった。

しばらくして、ようやく泣きやんだ僕は、恥ずかしさのあまり俯いた。マリーはそんな僕を茶化すことはなく、何も言わずに背中を撫でてくれた。本当に優しい姉だ。

「さっ、帰るわよ」

「……ありがとう、姉さん」

「お、お礼が言ってほしかったわけじゃないから……ちょっとは元気になった？」

「うん！　すごく元気になった」

「そう、よかった」

自然と手を繋ぐと、僕たちは家に向かって歩いた。

肩越しに振り返ると、まだ湖は光で満ちていた。マリーの優しさを実感し、嬉しく思うと同時に僕は思った。

もしかしたらまだ諦めるのは早いのかもしれない、と。

魔法研究

ガチャガチャ、ガツガツ。食器の擦《こす》れる音が居間に響いている。

「はぐっ、はぐっ！」

「がふっ！　もぐもぐっ！」

「あらあら……」

僕とマリーは一心不乱に食事をしている。パンを食べて、水で一気に胃袋に流し込む。二人は同時に食事を終えると、コップをテーブルに置いた。

「ごちそうさまでした！」

呆気《あっけ》にとられている母さんを置いて、僕たちは椅子から立ち上がる。

「行こう、姉さん！」

「うん！」

急いで部屋を出ようとしたけど、寸前で思い出して、食器を洗い場に持っていった。

「うふふ、お利口さんね」

「じゃあ、出かけてくるよ！」

「ええ、いってらっしゃい」

嬉《うれ》しそうに笑う母さんに背を向けると、僕とマリーは居間を出た。廊下を早足で通り、中庭にある倉庫に向かう。桶《おけ》を三つと釣り竿《つざお》、鞄《かばん》を抱えて正門を出る。鞄には手拭《てぬぐ》いや、釣りのための餌などが入っている。

待ちきれないとばかりに全力で走って湖へと到着すると、僕たちは地面に荷物を置いた。

「はあはあっ……っ、辛《つら》い」

「もう！　シオンはだらしないんだから！　普段、運動しないから体力がないのよ！」

「い、言い返す言葉もないよ……」

ずっとだらだらと過ごしていたツケがきたらしい。これからは少しずつ身体を動かすとしよう。

「それで？　まだ夕方までかなり時間があるけれど、どうするの？」

「湖のことを調べたいんだ。まずはあの光の玉の出どころを知りたい」

僕たちはあの魔法のような不可思議な現象を調べるために湖までやってきたのだ。

「出どころ？　湖から出てるんじゃないの？」

「そうかもしれないし、湖の生物が出してるのかもしれない。それをきちんと調べないと、あの玉の正体もわからないからね」

「ふーん、よくわかんないけど、シオンが言うんならそうなのね！　それで何からするの？」

「まずは三つの桶に湖の水を入れよう。それからそれぞれに砂と石、水草、魚を入れようと思う」

「よっし、わかったわ。よくわからないけど、やることはわかった！　じゃあ、あたしが水草をとってきてあげる！」

マリーは言うや否《いな》や、服を脱ぎ捨てようとした。綺麗《きれい》なへそが露わになり、僕は慌てて、姉の暴挙を止める。

「な、何してんの！」

「何って、脱がないと濡《ぬ》れちゃうじゃない。水草は湖の底にあるだろうし」

「そ、そうだけど、姉さんが脱ぐ必要はないよ！　僕が行くから！」

「シオンが？　あんた泳げるの？」

日本にいた時は人並みには泳げた。ただこっちに来てからは外にはほとんど出てないし、この身体で泳いだ経験はない。まあ、大丈夫だと思うけど。

「何とかできるよ。姉さんは女の子なんだから、人前で肌を晒《さら》しちゃダメだよ」

「そ、そう？　で、でもシオンしかいないし」

「それでもダメ！　とにかく、これは僕がするから、姉さんは砂と石、それと魚釣りをお願い」

「むぅ、わかったわよ。そんな怖い顔しなくてもいいのに……」

マリーはふくれっ面になりながらも、服を整えた。納得はしてないけど、理解はしてくれたらしい。

ちなみにマリーはちょっと厚手のワンピース姿だ。よく動くので下着が見えることも多い。

実の姉なので何も思わないけど。というか相手は子供だし。

僕はいそいそと服を脱ぎ、下着姿になる。

この世界の下着は、現代に近い見た目をしている。素材や作りはかなり劣るけどね。

ちらちらとマリーが僕のことを見ているが気にしてはいけない。

僕は湖に入った。腰までつかると一気に顔を水に入れる。よく見えないけど、比較的近くに緑色のものが揺らめいている。水草だろう。僕はいくつかの水草を根っこごと手にして桶に入れると、身体を拭いて服を着た。

一つ目の桶には砂と石と湖の水、二つ目の桶には砂と水草と水、三つ目の桶には湖の水しか入ってない。

「なかなか釣れないわ」

マリーが持つ太い枝の先端には糸が垂れ下がっていて、その先には歪《ゆが》んだ釣り針がついている。

そんな簡素な釣り竿で、餌もミミズみたいなものを使っているのだから、すぐに釣れるかは疑問だ。

相手は淡水魚だし、これで食いついてくれるんじゃないかと思うんだけど。引きは悪いようだ。

僕はマリーの隣に座ると、水面を眺めた。

この時間には光の玉は見えない。これがどういうことを表しているのか、気になるがまだわからない。しかし、今の僕には無気力感はない。

マリーのおかげだ。マリーがこの場所を教えてくれたから、今の僕がある。それにどれだけ僕のことを想ってくれているのかもわかった。

もしも、湖の現象が魔法とは全く別の、ただの不可思議な現象だったとしても、もう大丈夫。つまらなかったとしても不幸ではない。家族がいてくれることの大切さを僕は学んだのだから。

「な、何よニヤニヤして」

「姉さんがいてくれてよかったなぁって思って」

「な、ななな、何言ってんの！　そ、そんなの当たり前じゃない！　お姉ちゃんなんだもん。い、いるに決まってるわよっ！」

一気に顔が紅潮した。わかりやすい。でもその素直さが、可愛《かわい》らしかった。

小さいけれどマリーは僕の姉だ。それが痛いほどにわかった。

「ありがとね、姉さん。こんなことに付き合ってくれて」

「……暇だし、それにシオンがしたいことなんでしょ？　だったら付き合うのは当たり前じゃない。それに、もしね、魔法みたいなのがあったとしたらあたしも見てみたいし。なんかワクワクするじゃない？」

「ふふ、そうだね。僕もそう思う。だから……ここにいるんだから」

それは湖の前に、という意味だけでなく、異世界に、という意味も含む。けれどそれを姉は知らない。僕が別の世界で生きていたということを。

……考えるのはやめよう。話すべきじゃないし、話しても誰も幸せにはならない。こんな荒唐無《こうとうむ》稽《けい》な話は誰も信じないだろうし、話しても折り合いをつけるのはとても難しいはずだ。お互いに不利益しかないのだから、話すという選択肢自体を持つべきではない。

「魔法、あるといいわね」

「もし存在したら、最初に姉さんに見せるよ」

「ふふ、約束よ」

僕はマリーと笑い合った。幸せな時間だった。僕には大切な家族がいるのだと実感した。そんなことを思っていると、釣り竿がググッとしなった。

「あ、きたきた！」

マリーは立ち上がり、ぐいっと釣り竿を引いた。徐々に後方に下がり、タイミングを見て竿を持ちあげると、水面から何かが打ちあがる。

「やった！　エッテントラウトだわ！」

満面の笑みを浮かべたマリーは慣れた様子でぴちぴちと暴れる魚を手に取り、釣り針を外すと桶に入れた。

「エッテントラウトって一般的な魚なの？」

「ええ、どこにでもいる淡水魚ね」

「どこにでもかぁ」

だったら光の玉の出どころではないのかもしれない。こんな現象がどこにでもあるとは思えないし。もしあるのなら、たとえ見ることができなくても両親が知っているはずだ。

でも、両親には見えなかったし、マリーが説明しても二人は首を傾《かし》げていたらしい。ということは、やはりこの湖だけの現象という線が濃厚だ。そしてエッテントラウトがその原因ではない、という可能性が高い。

とりあえず何匹か釣るようにマリーにお願いした。

僕はマリーの隣に座り、談笑しながら魚が釣れるのを待った。僕も魚釣りがしたいけど、竿は一つしかないから仕方がない。

その日は、残念ながら他の魚は釣れず夕方になってしまった。そして念のため、光の玉が浮かぶ現象を邪魔しないように釣りを中止し、時間を待った。

夕方になると、再び湖畔には光の玉が浮かび上がり、天空へ昇った。この現象は毎日起こるようだ。一年を通して観察しないと断定はできないけど。季節や環境、何かしらの条件下で起きる一時的な現象ということではないのかな。

僕は桶を眺める。どれも発光していなかった。

「光ってないわね」

「できるだけ湖の中と同じ状況にしてみたんだけどなぁ」

ということはエッテントラウト以外の魚か、湖畔にある別の物質か別の生物が出どころなのだろうか。

僕は思案しながら、マリーに聞いてみた。

「この湖にエッテントラウト以外の魚とか生物はいるよね？」

「いっぱいいるんじゃないかしら。でも全部集めるのは大変よ。どれくらいの種類がいるのかもわからないし」

それはそうか。一つの湖に棲《す》む生物を網羅するのは簡単じゃない。うーん、仕方ないな。潜ってみるか。僕は再び服を脱いで、湖に近づいた。

「あ、危ないかもしれないわよ！」

「大丈夫だよ。多分」

「だ、大丈夫じゃないかもしれないじゃない！　もう！　あたしも行くわ！」

マリーは僕が何かを言う前に、服を脱ぎ捨てた。キャミソールとドロワーズ。露出は少ない方ではあるけど、完全に下着姿だ。

「ね、姉さん、脱いだら――」

「ダメって言うんでしょ！　でも、シオンを一人で行かせるのは嫌よ！」

マリーは強い意志を瞳に灯《とも》らせている。この状態の彼女には何を言っても無駄だ。絶対に考えを曲げない。

僕は嘆息して、受け入れるしかなかった。

「わかったよ。二人で行こう」

「ふふん！　最初からそう言えばいいのよ」

ぐっと手を握られて、僕は握り返す。最初は恥ずかしかったけど今は抵抗がない。

二人で湖につかり、少しずつ進んだ。光の玉が浮かぶ中を歩くのは幻想的だった。これが現実なのか疑いたくなる。同時に凄《すさ》まじい高揚感を抱いた。この現象にどんな意味があるのかもわからないけれど、僕が望んでいたものが近くにあるような気がした。

僕は不意に玉に向かって手を伸ばす。

「ちょ、ちょっと！」

マリーが制止する前に、僕は光の玉に触れる。

「あったかい。それにちょっとくすぐったいかな？」

「あ、熱くない？　大丈夫？」

「うん。大丈夫だよ。なんかちょっと気持ちいいくらい」

僕の言葉を聞き、マリーは恐る恐る光の玉に触れる。すると表情を柔らかくした。

「ほんと、あったかいわね。お風呂みたい」

光の玉は手に触れると消失していく。これは一体なんなんだろうか。

光の浮かび上がる場所まで行くと、僕は湖に顔をつける。どこから浮かんでいるのかよくわからない。比較的に綺麗な湖だけど、透明度が高いわけではない。水面は波紋や泡があって水の中がほとんど見えないし。

光の生まれた場所を見つめた。けれど同じ場所からは浮かんでこなかった。

なるほど、そういうことか。

マリーも僕と同じように水中を見ていたけれど、同時に顔を上げた。

「ぶはっ！　はあ、ダメだぁ」

「ふぅ……うーん、よく見えないわね」

「そうだね。でも一つだけわかった。光の玉は魚を含む水生動物が出してるっぽいね。植物じゃなくて、移動する生物だと思う」

「へぇ、どうしてわかったの？」

「光の生まれる位置が動いてるからね。でもそれがどの生物なのかはわからないなぁ」

「もっとよく見えればいいんだけど」

「そうだけど、いい手段は浮かばないね……とにかく今日はこれが限界かな。少しはわかったし」

二人で湖畔に戻ると、身体を拭いて服を着た。

「ありがと、姉さん。助かったよ」

「お礼はいいって。そういうのなし！　家族なんだから、改めてお礼はいらないの！」

「そっか。でも、言いたいんだ。姉さんには感謝してるから。家族だからって伝えたいことは我慢しなくてもいいでしょ？」

まっすぐに見つめると、マリーは困ったように顔を逸《そ》らした。でも嬉しそうにしていたのはわかった。だって横顔は間違いなく笑っていたから。

「ま、まあ、そうね、そこまで言うならしょうがないわね、うん。と、とにかく、帰りましょう。それでその桶はどうするの？」

「魚は念のため持って帰るよ。観察してみたいし」

水草は多分、関係ないから湖に戻していいだろう。

「そう。じゃあ、他のは戻してから帰りましょう」

桶の二つを空にして、魚を入れた桶はそのまま持ち帰る。収穫はあまりなかったけれど、落胆は微塵《みじん》もなかった。むしろワクワクしてしょうがない。

楽しい。この世界に来て、ここまで楽しいと思ったのは初めてだ。

それは魔法のきっかけらしきものを知ったから、だけではない。共にいてくれる人がいるからだ。

この時間、生活を大事にしようと、そう誓った。

朝起きて、勉強。昼ご飯を食べて再び勉強し、午後三時頃になるとマリーと湖へ。そこで魚を釣って、桶に入れ、夕方を待ち、桶の中で発光するかを確かめる。

結果は芳《かんば》しくなかった。色んな魚を調べたけど、無収穫だ。光の玉は存在する。その正体を突き止めれば、魔法の発見に繋《つな》がるかもしれない。そう思って、実験を始めたんだけど進展はない。やり方を変えた方がいいのかもしれない。

この世界にはガラスが存在する。かなり脆《もろ》いしそれなりに高価だけど、あるにはある。水圧に耐えるようにどうにか作れば、水中眼鏡ができるだろう。それで水中を観察すれば、効率がいいかもしれない。

しかし僕たちは子供。両親にねだるにも限度がある。実在しないだろうものを開発するために金を払えとは言えないし、どれくらいかかるのかもわからない。さて、どうしたもんか。

マリーが釣り竿を持って、僕は隣で水面を眺める。見慣れた光景だ。はっきり言ってマリーは退屈だろう。それなのに文句も言わずにずっと付き合ってくれている。

本当にいい姉を持った。感謝してもしきれない。何かあった時、いや何もなくとも、僕はマリーの味方でいよう。

しかし釣れない。今日は日が悪いのだろうか。そんなことを思っていたら、茂みからガサッという音が聞こえた。

僕とマリーは咄嗟《とっさ》に振り向く。誰か、あるいは何かがそこにいる。僕たちは顔を見合わせて、体を硬直させた。

もしかしたら、魔物？　僕たちは恐らく同じことを考えていた。マリーは顔を強張《こわば》らせている。

恐らく、僕も同じような顔をしているだろう。ここは村や家から近い。けれど魔物がいないという確証はない。父さんや母さんが安全だと言っている範囲内でも、絶対はない。

茂みが再び揺れた。その奥から黒い影が正体を現す。

僕はぎょっとしてその何物かを凝視した。魔物……じゃない？

「なぁんだ、ローズじゃないの」

隣でほっとした表情を浮かべるマリーを見て、僕も警戒心を解いた。

僕たちの正面には女の子が立っていた。腰まで伸びた金色の髪が微風に揺れている。格好は完全に村人なのに、容姿はどこか気品があって、流れるような仕草には粗暴さの欠片《かけら》もない。

ローズと呼ばれた少女は僕たちに歩み寄ると、澄んだ声を発した。

「マリーと……そちらはガウェイン様のご子息かしら？」

「ええ、あたしの弟のシオン。ほらシオン、挨拶して」

突然言われて、僕は戸惑ってしまう。なぜならば僕は人見知りだからだ。相手が子供だろうが何だろうが、初対面は緊張するのだ。

「よ、よろしく」

若干、上ずってしまったがしょうがない。友達の友達とか、家族の友達とかに挨拶する時って、特殊な緊張感があるものなのだ。

　僕の反応を気にした様子もなく、ローズは髪を軽くかき上げる。

「わたくしはローズ。この荒涼とした村に咲く一輪の花ですわ」

　僕は驚いた。まさか現実で、ですわ、なんて言う人がいるとは思わなかった。なんだかちょっと感動したくらいだ。馬鹿にしているわけじゃない。ローズの見た目や所作と言葉遣いは妙にしっくりきているくらいだ。

　しかしこの娘《こ》、マリー並みに顔が整っているな。それに妙に品があるというか。

「言っておくけどこの子、普通に農民だからね。格好つけてるだけよ？」

「まったく、わざわざ言わなくてもいいでしょう」

　マリーの言葉を受けて、ローズは不機嫌そうにしていた。

　思ったよりも親しみやすい性格なのかもしれない。それに二人は仲が良いようで、マリーは楽しそうにローズをからかっていた。

「それで、こんなところで何をしているんですの？」

「見てわからない？　魚釣りよ」

「それはわかりますが、敢えてこの湖でする必要がありますの？」

　ローズはちらっと僕を見ると、マリーに視線を戻して目を細めた。何か言動に含みがあるな。

「シオンは知ってるわよ」

「あら、そうだったんですの。シオン、でしたっけ？　あなたも光の玉が見えるんですのね」

　ローズは軽い調子で言う。

そこまで聞いて僕は気づく。どうやら彼女が、マリーが言っていた光の玉が見えた子らしい。

「う、うん。まあ、一応」

「不思議な現象ですわよね。非常に興味深いですわ」

「もしかして、あんたも光の玉が気になってここに来たの？」

「ええ、とても綺麗ですから、たまに見に来ますの」

「じゃ、じゃあ、あの光の玉に関して知っていることはある⁉　光の玉は何が生み出しているのかとか、光の玉が何なのかとか！」

僕は勢いよくローズに詰め寄ってしまう。無意識のうちに顔を近づけた。普段、見に来ているのならば彼女は何か知っているかもしれない。

ローズは僅《わず》かに目を見開いていたけど、すぐに僕の質問に答えてくれた。

「いいえ、わたくしはただ眺めているだけですから。光の玉が何なのかは知りませんわ」

「そ、そっか」

僕が落胆していると、ローズが僕の頬《ほお》を軽く指でつついた。

「離れてくださる？」

「え？　あ！　ご、ごめん」

動揺した様子もないローズに対して、僕は激しく狼狽《うろた》えながら彼女から距離をとった。

隣でマリーが頬をぷっくりと膨らませていた。

「もしかして、あの光の玉を調べているんですの？」

「う、うん。初めて見てから気になって調べてるんだけど」

「……実はわたくしもあの光の玉が何なのか気になっていましたの。よろしければ、一緒に調査をさせていただけないかしら？」

ローズは手を胸に添えて、貴族然とした所作を見せる。

これが演技というか模倣ならたいしたものだ。まあ、ただの農民だってマリーが言っていたからそうなんだろうけど。服は簡素で村人が着るようなブラウスとスカートだし。

協力してくれる人が増えれば、それだけ調査は進みやすいだろう。ローズは光の玉が見えるみたいだし、何かに役立ってくれる可能性もある。

それに彼女は年の割にはかなり知的で落ち着いているみたいだ。マリーや僕とは違った観点から、意見を言ってくれそうでもある。

僕は窺《うかが》うようにマリーに視線を移した。マリーはちょっと不機嫌そうだった。

あ、まずい。考えてみればマリーを仲間外れにした感じになっていた。会話も僕とローズだけでしていたし。

ローズには少し申し訳ないけど、ここは我が姉の機嫌を取ることを優先させてもらいたい。

「ね、姉さんどうかな？　姉さんが決めてくれていいよ。僕はどっちでもいいし」

言い方はあまりよくないかもしれないが、姉の意思を尊重し、その上で自分は受け入れてもいいというスタンスを維持する最適な立ち回りだと思う。

幸いにも僕とローズは初対面なので、互いの好感度もゼロだ。この場合、どちらも知っているマリーが決めるのが妥当でもある。

そして、僕の目論見《もくろみ》通り、マリーは機嫌を直した様子だった。

「そ、そうね、別にいいんじゃないかしら？　ローズがいた方ができることもあるかもしれないし」

「そう言ってもらえると助かりますわ」

「じゃあ、今後は三人で調査をするってことで。もちろん時間が合う時だけでいいからね」

マリーとローズは同時に頷《うなず》いた。

「ところでどんな調査をしていたのです？　湖に生息する生物を集めているところですの？」

僕は簡単に今までの経緯と、これからの目的を話した。

「――なるほど。魚類が光の玉を出している可能性が高いため、魚を釣っているのですわね」

マリーと同じくらいの年齢だろうに理解が早い。聡明《そうめい》な子なんだろうか。これは本当に、調査にかなり役立ってくれるかもしれない。

マリーがまた不機嫌になるかもしれないと思った僕は、我が姉を横目で確認した。しかし彼女は明後日《あさって》の方向に視線を向けていた。

「あ、かかってるわよ！」

地面に突き立てて固定していた釣り竿がギシギシと動いていた。糸が引いている。マリーは猫のような俊敏さで釣り竿を掴《つか》むと、後方に下がりながら竿を引っ張った。

僕には反応できない速度だった。やっぱりマリーは運動神経が抜群だ。

マリーが一気に竿を引くと、綺麗な放物線を描いて魚が湖畔に打ちあがる。見たことがない柄をしている魚だった。でも形は見たことがある。

「メスのエッテントラウトね」

「メスの？」

「ええ。そういえば、釣るのは初めてね。オスはよく釣れるんだけど。メスは普段、深いところにいるみたいであんまり釣れないのよ。でもこの時期は産卵期だから浅いところまで来ることも多くて、結構釣れるみたい。お父様の受け売りだけれど」

僕は思案した。何だろう、何かが引っかかる。その理由は判然としないけど、閃《ひらめ》きにも似た直感に従い、僕は特に考えずに口を開いた。

「オスのエッテントラウトも釣ろう」

以前釣ったトラウトは二人のお腹の中だ。さすがに飼い続ける気はなかったし、希少な魚でもなかったから。

「え？　ええ。それは構わないけれど、釣れるかどうかはわからないわよ」

「うん。もし他の魚が釣れたら放していいから」

「わかったわ」

マリーは特に何も聞かずに、僕の指示通りに魚釣りを継続してくれた。

「釣り竿は一つしかないから、僕とローズは待機だね」

「仕方ありませんわね。待つのはあまり好きではないのですけれど」

ローズは小さく嘆息すると僕の隣に座った。位置的にはローズ、僕、マリーの順だ。

考えてみれば前世の幼少期にも、こうやって女の子たちと遊んだことはなかったな。そんな経験があれば、三十歳にもなって童貞なんてことにはなってなかったかもしれない。

しばらくして、オスのエッテントラウトが釣れたのでメスと同じ桶に入れる。

「何か起こるんですの？」

「多分。単純な思いつきだけど。とにかく夕方まで待とうか」

ローズとマリー、二人と話しながら夕方を待つことにした。

簡単な世間話をしてわかったことがいくつかあった。ローズは父さんが治める領地の村人らしい。領地内にある村は一つしかないので、場所は何となくわかった。

家からは結構近くて、徒歩十分もかからない位置にある。僕はまだ一度も行ったことがない。だって他人とか怖いし、行く理由もないし。

時間が経過して、世界が赤橙《あかだいだい》に染まると湖には光の瞬《また》きが生まれる。

僕たちは顔を見合わせて、桶の中を見た。

「変化はないわね」

「うん、そうみた……いや、待って」

じっと見ていると、桶の中から小さな光の玉が浮かび上がってきた。ぽつぽつといくつも浮かび上がり、やがてその数が増える。数秒に一個の時もあれば、同時に二個浮かび上がることもあった。

「で、出たわよ！」

「トラウトから光の玉が出ていますわ！」

「やった！　やっぱり、そうか。求愛行動の時に光の玉を出してたんだ！」

「求愛行動って何？」

マリーが首を傾げる。産卵期は知っているのに、求愛行動は知らないとはこれいかに。

僕が苦笑を浮かべているとローズが代わりに説明してくれた。

「オスがメスに結婚して家族になりましょうと伝えることですわ。人間とは違い、魚は言葉を持ちませんから、行動で示さないといけないのです。すべての種類に言えることではありませんが。確か、エッテントラウトは夕方に繁殖する傾向にあると聞いたことがありますわ。つまりエッテントラウトは夕方になると、求愛行動として光の玉を出していた、ということですわね？」

ローズに向かい、僕は力強く頷いた。

今まで釣ってきたのは別種の魚ばかりだった。トラウトは釣っていたけれど、オスだけだったし、性別にまで考えが至らなかった。つまり根本的に調査方法を間違っていたわけだ。

夕方になれば自然に光の玉が生まれると勘違いしていたけど、エッテントラウトが夕方に繁殖を行うという生態を知っていれば、共通点から求愛行動を連想できたかもしれない。

これは反省だな。今後に活かすためにも覚えておこう。あらゆる可能性を考えておく必要がある。

そんなことを考えていると、マリーが思いもよらない言葉を発した。

「へぇ、それじゃ、あたしとシオンには求愛行動はいらないのね。もう家族だもん」

いきなり何を言い出すんだこの子は。なんと答えたものかと困ってしまった。マリーが言っていることは間違ってはないけれど、まさかこんなことを言われるとは想定もしてなかった。

ローズも僅かに戸惑っているようだった。ローズの反応を見ている限り、やはり親族婚は一般的ではないようだ。

僕とローズの様子に気づかず、マリーはさらに話し続けた。

「あたしは女の子で、シオンは男の子じゃない？　ってことはいずれあたしが卵を産むのかしら」

「産まないよ！　人間は卵を産む生物じゃないから！　というか、姉弟《きょうだい》では結婚できないから！」

我が姉は常識がないのだろうか。というか学校とかないし、こういうことを勉強する機会ってなかなかないのでは。

「え？　どうして？　シオンはあたしのこと好きじゃないの？」

ローズの前でこうも平気に好きだと言えるとは。いや、考えてみれば子供の好きなんてそんなものかもしれない。お父さんと結婚する的なことを娘は言うとよく聞くし。そう考えるとマリーが言っていることはそれほど常識外れではないのかな。卵を産む、はさすがにびっくりしたけど。

マリーはものすごく悲しそうな顔をしていた。僕が思っているより深刻に考えているのかもしれない。ローズの手前、どうしたものかと逡巡《しゅんじゅん》していたら、ローズが気を利かせて離れた場所へ移動してくれた。

すごい気遣いだ。僕が彼女の年齢の時に、あんな風にできただろうか。

とにかく今はマリーへの対応だ。僕は胸中でローズに感謝しつつ、マリーに向けて慌てて首を振った。

「す、好きだよ。好きに決まってるじゃないか」

「だったらいいじゃない。あたしもシオンのこと好きだもん」

「い、いや、だから家族だし」

「オスとメスは家族になりましょうって求愛するんでしょ？　あたしたちはもう家族だし、後は結婚するだけじゃないの？」

結婚は知ってるんだな。あれ、僕が間違ってるんだろうか。いやいや、僕は正しい。姉と弟で結婚できるはずがない。なんか混乱してきた。

「血縁者は結婚できないの！」

「ど、どうして？」

「どうしてって、そりゃ、倫理観とか遺伝子とか色々と問題が」

「よくわかんない……」

子供だもんな。理解できないことも多いだろう。多分、大人になるにつれて、わかっていくだろう。大人になってもわからないことも多いけど。

「と、とにかくさ、求愛行動のために光の玉が生まれているってわかったのはよかったよ。ありがとね、姉さん」

「……………うん」

そんな顔しないでくれ。僕が悲しませてしまったみたいだ。

今すぐにマリーを納得させることは難しい。きっと時間が解決してくれるだろう。そう考えるしかなかった。

僕が強引に話を打ち切ると、ローズは用事があると言って先に帰ってくれた。

重苦しい空気の中、道具を抱えて僕たちは家に戻る。その間、ずっとマリーは無言だった。


次の日から、観察が始まった。湖に行くことはなくなり、庭で桶に入ったエッテントラウトのオスとメスを眺める時間が増えた。

マリーはあの日から、僕と顔を合わせてもそっけなくなってしまった。

なんか遠回しに、あなたとは結婚できませんって言ったみたいなもんだしな。時間が経《た》てばわかってくれると思うけど。

マリーはとてもいい子だ。わんぱくだし、わがままなところもあるけれど、優しくていい姉だ。頼りがいもあるし、一緒にいて楽しい。顔立ちも整っているし、将来、美人になるのは間違いない。

でも、実の姉だし、というか僕は精神的には三十過ぎのおっさんなわけで。なんというか異性としては見られないし、見てはいけない。ここは大人な僕が長い目で見るしかないだろう。身体は子供だけど。

しかし一人の時間が長いと寂しいな。最近はずっとマリーと一緒にいたし、普段もこんなに一人でいることはなかった。早く仲直りできるといいんだけどな。

ローズは家の用事があるから後で来ると言っていた。この世界では子供も重要な労働力なので、家事や畑仕事などの家業を手伝うことが当たり前らしい。

彼女が来るまでは一人か。そんなことを考えるとまた寂しさがこみ上げてくる。僕は頭を振って、邪念を振り払う。今は、エッテントラウトの観察に集中しよう。

今、僕は庭先にいる。自室で観察してもいいんだけど、トラウトが動き回ると桶から水が溢《あふ》れたりするから、桶は庭に置くようにしている。母さんに怒られるし。

しかしこのエッテントラウトの現象、どうして周知されていないのだろうか。見える人と見えない人がいるとしても、ここまで誰にも知られないものなのかな。

近くの湖に住むエッテントラウトだけが、この現象を起こせるのか、それとも見えている人はいるがごく少数だから知られていないのだろうか。少数派だと、多数派の人に黙殺されそうだし。幽霊みたいなもんか。いや、でも幽霊は別か。信じてなくても怖がる人はいるし。

すでに観察を始めて三日。状況は変わらず、ずっと同じ。夕方になると求愛行動が始まり、光の玉が生まれる。十分ほどでそれは終わる。また次の日に同じことが起こる。それだけだ。

桶の中を見つめる日々が続く。でも何も進んではいない。水を見ても、意味はない。

「……どうしたもんかな」

僕は正直、この光の玉は魔法に繋がる何か、つまり魔力なのではないかと考えていた。あるいは魔法そのものなのかと思っていた。

魔力を消費し、何かしらの現象を起こすのが、魔法だと思う。つまり魔法を使うには誰か、あるいは何かが魔力を費やさなければいけない。

それは恐らくは能動的なもので、その存在が生物とわかり、僕は期待を膨らませた。なぜならば生み出した存在が生物であれば、人間である僕も同じようなことができる可能性が高くなるからだ。

現象と照らし合わせて、共通点が多いと同じような結果をもたらすこともある。

ちなみに桶を眺めるだけで時間を過ごしたわけではない。まず光の玉を両親に見せた。マリーの言うとおり、何も見えないと言っていた。ここまでは想定通りで、収穫はなかった。だから僕は二人に頼んで、手を出して、光の玉を触ってもらった。そして『何も感じない』という結果が出た。

これはつまり視認性以外にも触覚、温度感知という点においても、差異があるということ。見えない人には感触がないし、温度も感じないのだ。これに関してはまだ答えは出ていないが、もしかしたらという考えはある。

一先《ひとま》ずそれは置いておくとして、そろそろアプローチを変えた方がいいかもしれないな。でもどうしたらいいんだろう。

僕は思考を巡らせる。現実に起こった結果ばかりに目を向けていてはきっと答えは出ない。ならば仮定しよう。この光の玉が魔法か魔力だと僕は考えている。そこから一歩前に進み、別の観点から実験をした方がいいかもしれない。

魔法は、僕の中では多少高度な術だという印象がある。魔力を使って何かしらの現象を起こすものだ。呪文や魔道具や魔法陣のような触媒を使うこともある。光の玉を生み出す程度のことだったとしても、そんな高度な方法で魔法を使うことが魚にできるだろうか。微妙な線だ。でもまずは『できない』と仮定しよう。

ではこの光が魔力だとする。魔力を視認できる人、できない人がいる。それはつまり素質があるかないか、という指標になるのではないか。

僕やマリーは見える。つまり素質があると仮定を重ねる。エッテントラウトには魔力があり、僕たちにはその素質がある。つまり僕たちも魔力を持っているのではないだろうか。

魔力を持っているが、その使い方がわからない。あるいは知覚できていない。つまり魔力を放出する際のエッテントラウトの行動をつぶさに観察し、模倣すれば。

「魔力が出せる、かも？」

観察から試行へと移行することにした。変化がない状況では、模倣するにしてもきっかけがない。まずは夕方まで待つことにした。夕方になると、再びエッテントラウトたちが光の玉を出す。

僕はじっと二匹を観察する。

互いにぐるぐると回り、泳いでいる。ふとした時に光の玉が生まれて水面を通り、虚空に浮かぶと消える。僕はオスの魚を掴んでみた。ビチビチと暴れるエッテントラウト。水しぶきが飛び散るが構わず、観察する。

「魚なのに少しあったかいな……もしかして温かいのは光の玉だけじゃない？」

魔力を放出している魚自体も温度がある。水温は低いのに、魚は温かいのだ。ただし光の玉よりは冷たい。それと求愛時以外では冷たかったことを思い出した。これはつまり魔力を放出する生物も発熱しているということだろう。

僕はじっと魚を見つめた。近距離で凝視する。魚の濁った眼が僕を見ている気がしたけど、構わず見た。じっと凝視していると、魚の周りに何かが浮かんだ気がした。瞬間、魚は一際《ひときわ》大きく暴れ、跳ねて、桶の中に落ちていった。

僕は呆気にとられて、虚空を見つめる。

「魚自体も発光してた……？」

オーラのようなものが見えた。とても微弱な光だったけど、間違いない。結果を考慮した仮定を頭の中で思い浮かべる。

「僕にも魔力を帯びさせることができるかも」

いきなり光の玉を生み出すことは不可能だと思う。でも、自分の魔力を感知することはできるのではないか。トラウトのおかげで、己自身に魔力を溢れ出させることができると知った。魔力があるのならば、あるいは。

「でも、どうすればいいんだろう」

魔力について考える。魔力って何だ？　言葉では知ってるけれど、魔力の具体的な説明は難しい。創作の世界でもなんとなく使えてしまっているイメージだ。そもそも不可思議なエネルギーをどうやって体外に放出するんだ。しかもそれを火や風に置換するとか、できるのだろうか。

待て待て、可能か不可能かで考えれば、不可能という答えが出るに決まっている。疑っちゃダメだ。思い込みもダメ。客観的に、すべての可能性を否定しないようにしないと。

現状、魔力に関して確実にあると言えることについて考える。

熱と光だ。

魔力を放出する際に、必ず熱と光が生み出される。体温とは違うんだろう。そうでなければ、両親が温度を感知できないはずがない。魔力と単純な温度は別ということだ。

それとトラウトたちを模倣するならば、求愛行動をする際に魔力が放出されているということになる。もちろん、単純な行動に伴う現象ではない。能動的なものだから、真似をすれば同じような結果が得られるとは限らないけれど。試す価値はあるのかもしれない。

そこまで考えた時、正門の奥に見知った姿が見えた。ローズだ。

彼女は僕に気づくと手を振って、優雅に歩いてきた。こういう時に小走りしないのは彼女らしい、というんだろうか。まだ知り合って間もないけど、少しだけローズのことがわかった気がした。

「ごきげんよう、シオン」

「こんにちは、ローズ」

流麗に一礼するローズに僕は笑顔で答える。

彼女は挨拶を終えると僕の隣に座った。子供だからなのか、距離感が近い。付き合いは浅いのに、多少なりとも友達っぽい関係性を築けているのは、相手がローズだからなのだろうか。

人見知りの僕だけど、ローズ相手だとあまり気兼ねしなくて済む。ローズが大人っぽいからかもしれない。子供には話が通じないしどうしていいかわからなくなるけど、大人だと話せば理解できる部分もあるからね。

「マリーは、いないんですのね。何をしてるんですの？」

「さ、さあ。部屋に閉じこもってたみたいだけど」

「あのマリーがですか」

マリーはじっとしていられる性分ではない。病気の時でも外で遊ぶとか、剣の練習がしたいとか駄々をこねるくらいだ。そのマリーが部屋から出てこない。もちろん病気ではない。

原因は三日前のことだろう。それを僕もローズもわかっているから、妙な空気感が漂っていた。

「マリーでしたら、すぐにいつも通りになると思いますわ。喧嘩《けんか》をしても、次に会う時にはケロッとしてるんですもの。大丈夫ですわよ」

「そう、だよね」

僕もそう思いたいけど、今回はいつもと違う気もする。またいつものように一緒に魔法の研究がしたいんだけどな。

「それでトラウトはどんな状況ですの？」

「今のところ何も変化はないね。ただちょっと考えていることはあるよ」

僕はさっきまで考えていたことをローズに話した。

「――つまり、トラウトと同じ行動をとれば何かわかるかもしれない、と」

「かなり短絡的だけど、行き詰まってるからね。やってみる価値はあるかなって…………何？」

僕が話している間、ローズはずっと僕をまっすぐに見つめていた。それが気になって思わず聞き返してしまう。

「あなた、変わってますわね」

しまった。自分の年齢を考慮することを失念していた。子供が話すにしては内容が難しかったかもしれない。ローズは大人びているけれど子供だ。あまりに話しやすいから調子に乗ってしまったけど、僕の言動を見て違和感を抱いてもおかしくはない。

僕は内心で冷や汗をかきつつ、誤魔化すように笑った。

「そ、そうかな？　別に普通だと思うけど」

「普通の子供はこんな研究はしないかと思いますわ。いえ、興味は持ってもそんなに深い部分まで理解できない。あなたはまるで……大人みたいですわ。それもかなり知識のある」

図星すぎて何も言えない。この世界の人間からすれば地球の人間は知識が豊富に思えるだろう。実際はただ、誰でも情報を簡単に手に入れられる世界に生きていただけだ。もちろんそんなことを話せるわけもない。

「な、何言ってるのさ。僕は見ての通り子供だよ？」

「それはわかっていますわ。ただそんな風に感じただけですの。失礼、おかしなことを言ってしまいましたわね」

上品に笑うローズに、僕は思わず見惚《みと》れた。恋焦《こ》がれたというわけじゃなく、単純に綺麗な子だなと思っただけだ。それ以外の感情はそこにはない。本当だ。

とにかく僕への疑いはなくなったらしい。転生したなんて発想ができるわけもないか。

「それにしても求愛行動、でしたか……どんな風にするつもりなんですの？」

「それはこれから考えるところだね。良い案は浮かんでないよ」

求愛行動。つまり愛情表現だ。そんな相手もいないし、そんな感情も持ち合わせてはいない。家族は好きだけど、多分そういうのとは違うと思うし。

どうしたものかなと頭を悩ませていると、ローズが事もなげに言った。

「どうしてもというなら、わたくしが相手になってあげてもよろしくてよ？」

「……はい？」

「ですから、わたくしに求愛行動をしても構いませんわ。マリー相手にするわけにもいかないでしょう？」

確かに実の姉であるマリー相手に求愛するのは色々な意味でまずい気がする。それに考えてみれば、昨日の流れでマリーには好きだと伝えている。それなのに何も変化はなかったわけで。とするとやはり姉に好きと言うのは、求愛行動とは違うのだろうか。だったら相手はローズしかいない。

他に手段はないし、研究を進めるには手段を選んでいる余裕もない。

「そ、そうだね。じゃあ、お願いできる？」

「ええ、どうぞ」

ローズと僕は佇《たたず》まいを直して、向き合った。いつもの冷静な彼女らしくない。瞳は少しだけ潤んでいるように見えたし、なんだか視線からは熱を感じる。気のせいだと自分に言い聞かせると、一気に鼓動が速くなってきた。

あれ、なんか緊張してきたぞ。子供相手に何考えているんだ僕は。落ち着け。

女性経験が皆無という事実がここにきて足を引っ張ってくる。たとえ子供だろうが、女の子であることは間違いない。形だけとはいえ、異性に告白した経験もない僕にハードルは高く感じられた。

しかし行くしかない。魔法を使うために、前に進むんだ。

深呼吸を二度、三度。おかしいくらいに心臓がドクドクといっている。

さあ、言うぞ。

僕が意を決して、口を開こうとした時、ローズが突如として顔をそむける。

「……時間切れみたいですわね」

ローズの視線の先、正門前に一人の老人が立っていた。やや大柄で七十歳は超えているであろう白髪の老人は、姿勢正しくこちらを見ていた。眼光は鋭く、背も曲がっていない。質素な格好をしているから村人で間違いないみたいだけど。ローズのおじいちゃんだろうか。

ローズは立ち上がるとスカートについた埃《ほこり》を払った。しかしなぜかローズはこっちを一切見なかった。彼女にしてはなんだか違和感のある行動だった。普段はまっすぐこっちを見てくるのに。

「研究の続きはまた次回、ということで」

「あ、ああ。うん、わかった。またね」

ローズは早口で言うと老人と共に帰っていった。

去り際、甘い香りが鼻腔《びこう》をくすぐった。それに、僕の見間違いかもしれないけど、ローズの横顔は、少し赤く染まっていたように見えた。いやいや、まさか、ローズに限ってそんなこと。

なんとなく恥ずかしくなってきて、僕は頭を振って邪念を排除する。

どうも調子がおかしいな。

気を取り直そうと考えた時、バンッというけたたましい音が聞こえ、僕は振り返った。玄関の扉が開かれ、その前にはマリーが立っていた。彼女は厳《いか》めしい顔つきのまま、僕の隣に座る。

明らかに不機嫌だ。僕は硬直したまま、桶を眺めることしかできない。無言のまま時間が過ぎる。どうしたものかと思っていると、マリーが口を開いた。

「……………怒られた」

「母さんに？」

「…………うん」

なぜ怒られたのだろうか。よくわからないけど、踏み込まないといけないらしい。

「どうして？」

「シオンと結婚するって言ったら怒られた。シオンと同じこと言われた……」

「そ、そっか」

子供の戯言《ざれごと》とあの母さんなら思うだろう。恐らく、にこにこしながら、そうなのねぇ、とか言いそうだ。そんな母さんが怒ったということは、それだけマリーがしつこかったか、本気だと言ったかのどちらかだろう。

「あたし、そんなに悪いこと言ってるの？　シオンとずっと一緒にいたいだけなのに……」

「僕も姉さんとずっと一緒にいたいよ。でもそれなら結婚しなくてもいいんじゃない？」

「だって、結婚するって特別ってことでしょ？　シオンとあたしが結婚しないなら、どちらかが別の人と結婚するじゃない。そしたら一緒にいられないでしょ。お父様とお母様みたいになるんだもの」

結構考えてるんだな。確かにそうなる。もし、僕かマリーが結婚すれば、その相手との家庭を築く。そうなれば姉と弟の関係は継続するが、一緒に住んだり、ずっと共に過ごすことは難しくなるだろう。

短絡的な考えかと思っていたけど、マリーはマリーなりに考えてのことだったようだ。それだけ好きだと言ってくれるのは嬉しい。本当に。

それに、幸か不幸か僕はすでに人生二度目だ。一度目で色々と経験している。そして経験してないこともある。僕は童貞だ。そのまま三十年を生きてきた。だったらあと数十年そのままでも同じかもしれないな。

目の前で泣きそうになっている姉のためなら、別にいいか。だって僕もマリーのことが好きで、大事なんだ。異性としてではないけれど。

「じゃあ、僕は結婚せずに、姉さんと一緒にいるよ」

「…………え？　で、でも、それじゃ、お父様が困るんじゃ」

貴族には跡取りが必要だ。そうでなければ領民が困るし、祖先に申し訳が立たないからだ。実際に父さんから言われたことはないけれど、貴族なんだからそうなるのが自然だ。そして跡取りは長男であることが多い。

「最近だと養子をとって跡取りにすることも少なくないし、そうしたらいいんじゃない？」

「か、簡単に言うわね」

「簡単じゃないよ。僕は本気。僕も姉さんと一緒にいたいし。僕はまだ子供だけど、この言葉は嘘《うそ》じゃない。誓ってもいいよ」

「そ、そんなの結婚するよりも、重い言葉じゃないの」

「姉さんは僕のためにって色々してくれるけど、僕だって姉さんのために色々としてあげたいんだ。こんなのは重くもなんともないよ。僕にとっては姉さんが……大事だからね」

いつの間にか、転生してから大事なものができた。父さん、母さん、そしてマリーだ。最近ではローズという友人もできて、大事な存在が増えていっている。

僕にとって、マリーは大切な存在だ。彼女の望みならば、できるだけ叶《かな》えたいと思っているし、それは苦ではない。

それに、童貞のまま四十五年過ぎれば妖精になるとかいうよね。六十年なら仙人だっけか。どうせならそこまで目指してもいいかも。だって実際、こうして異世界にいるしさ。そういった夢物語も現実になるかもしれない。魔法を使えてはいないし、魔法があるのかもわからないけど。

「だからね、姉さん。大丈夫。僕は姉さんの傍《そば》にいるから」

マリーは顔を伏せて、肩を震わせている。

僕たちは子供だ。でも真剣に悩んで、必死に生きている。大人からすればたいしたことじゃないことでも、本気なんだ。それが子供の身体で生きて、わかったことだった。

マリーなりに悩んだことだ。きっととても苦しかっただろう。その思いは僕にはわかる。でも本当の意味ではわからない。だからできるだけ一緒にいよう。

僕はマリーの身体を抱きしめる。小さな身体では、二歳年上の姉の身体を覆うことはできない。けれど僕の思いは伝わったらしい。

「シオンぅぅ……っ」

泣きながらしがみついてきた。

僕はよしよしとマリーの背中を叩《たた》いてあげる。初めて湖に行ったあの日、僕をあやしてくれたマリーのように。それが彼女の感情を揺り動かしてしまったのだろう。より激しく泣き出してしまい、僕はずっとマリーの背中を撫《な》でてあげた。しばらくして、ぐすっという水音だけが庭先に響く。どうやら泣きやんだらしい。

その時、僕は変化に気づいた。

「……光ってる」

これは魔力熱？

僕は慌ててマリーの肩を掴み、身体を引きはがした。

彼女の鼻は真っ赤で、まだ瞳は濡れていた。なぜかその姿が大人っぽく見えた。

「ど、どうしたの？」

「これ、見て！」

僕の身体が光っていた。ぼんやりと、でも確かに光っている。光の玉ほどではないが、間違いなく発光していた。

「ひ、光ってる……こ、これ、何？」

「魔力、だと思う。あ、消えた」

光は消えた。数秒間しかもたないみたいだ。

「魔力って何？」

きょとんとしたままの姉に、簡単に説明した。

「そう、トラウトが出してた光の玉と同じようなものなのね」

「うん、多分ね。仮定だったけど、正しかったのかも」

「でも、どうして突然出たのかしら……？」

どんなきっかけで、魔力が放出されたのだろうか。僕は首を捻《ひね》って、記憶を掘り起こす。

「わかった！　ほら、トラウトは求愛行動で光の玉を出してたじゃない？　つまり魔力を帯びていたわけだ。僕はそれをずっと見ていたから、無意識のうちに『求愛行動をすれば魔力を放出する』って思い込んでいた。それがきっかけで、身体に魔力を帯びたのかも」

「え、え？　きゅ、求愛行動……って、あの、さ、さっきの？」

「そうだと思う。だって、姉さんのために誰とも結婚しないって、最大の告白じゃない？」

自覚はなかったけど、湖で家族としての好意を伝えた時とは違って、別の感情を伴った求愛行動だと僕の身体は認識したのかもしれない。異性に告白するのとはだいぶ違うけど、それに近い言葉や感情でもあったということなのか。

あんぐりと口を開けていたマリーは、徐々に顔を紅潮させた。しまいには赤面し、沸騰しそうなほどだった。そしてマリーはすっくと立ち上がり、走って家の中へと入っていった。

その反応を見て、僕も恥ずかしくなってきた。勢いで言ったけど、改めて、かなり思い切ったことを言葉にしたと思う。しかしもう引き返せないし、後悔はない。なんか複雑な状況になったような気がしないでもないけど。まあでも本心だ。この件については深く考えないようにしよう。

心臓がうるさいから黙ってほしいところだ。

とにかく魔力はあった。魔力は放出された。これは現実に起こったことだ。そして、魔力が放出されたのなら、次にできることは決まっている。

異世界には魔法がなかった。でもそれは魔法という技術が発見されていなかっただけではないだろうか。

魔法を創る。だったら僕のすることは決まっている。

それだけのために。ないなら創ればいいだけのことだ。僕がその第一人者になるのだ。魔法を使いたい。

それだけのために。その夢のために。

僕は震える身体を強引に手で抑え込んだ。

「楽しくなってきたよ」

幸せだが退屈だった日常は終わった。これからは心躍る日々が続くはずだ。魔法以外でも色々と問題が起こりそうな気もする。けれど不安はない。

きっと、つまらないという未来は僕にはないだろうから。


その日の夜。僕は不意に目を覚ました。

「……トイレ」

尿意を感じてベッドから這《は》い出ると、火をつけたランプ片手に部屋を出た。電気がないので屋内は異常に暗い。そのため光源は必須だ。

まだ文明レベルは低めだけどこの世界にもトイレはある。正直、汚い話なので言及は避けるけど。

僕は廊下を進んでトイレへと向かおうとした。すると暗闇の中で何かがちらつく。光だ。居間の方で見える。誰かがまだ起きているみたいだった。

僕は居間に向かおうとしたけど、声が聞こえて足を止めた。

「……そうか、マリーが」

「ええ、どうしたものかと思って、つい強めの口調で言ってしまって」

父さんと母さんの声だった。声は小さめで、僕とマリーに配慮していることが汲《く》み取れた。

会話の内容はどうやらマリーのことらしい。僕と結婚するって言ったらしいし、そのことかな。

僕は聞き耳を立てて、ランプの光を消した。なぜか邪魔をしてはいけないと思ったのだ。

「どうしたものか。仲がいいとは思っていたが」

「子供の言うことだもの。気にしなくてもいいのかとも思ったのですけど」

「マリーの場合は少々行きすぎているきらいがあるからな。その上、頑固だ。君の対応もわからなくもない。強く言わなければ理解しないだろう。それに今のうちに言っておかなければ、後々に困ったことになるかもしれん」

「……ええ。あまり不用意なことは言えないけれど、それでも何も言わないままでもいられなかったわ。問題がないとも言えるけれど」

問題がないってどういうことだ？　明らかに問題はあると思うけど。それともこの世界では受け入れられていることなのか？　だとしたらなんで母さんは怒ったんだろう。

何か不穏な気配を感じて、僕はより会話を聞き取ることに集中した。

「私たちの関係性は簡単ではない。安易に促すのもよくはないだろう。だがしかしマリーがな……

シオンは何と言っているんだ？」

「聞いていないわ。けれどマリーと何か話していたみたい。その後、マリーの機嫌がよくなっていたのよねぇ」

「まさかシオンが受け入れるとは思わないが。あの子は聡明だ。理解した上で、上手《うま》く立ち回っていると思うが」

「あなた、過信はダメよ。あの子はとても頭がいいけれど、まだ子供なんだから」

「そうだったな。つい、な。どうしても時折、あの子が特別であると考えてしまう。あの子は……私たちと血が繋がっていないからな……」

……………え？　今、父さんは何て言ったんだ？　僕は父さんたちと血が繋がっていない？

僕は思ってもみない言葉に激しく動揺した。

確かに僕は転生しているから、父さんたちの子供じゃない。でも僕のこの身体は父さんたちの子供のものだと思っていた。詳しい事情はわからないけれど、確かにこの家族の一員だと思っていた。

でも違った。僕は父さんとも母さんともマリーとも血が繋がっていない？

「けれど、そんなことは関係ないわよ。シオンちゃんも、わたしたちの大事な家族なんだから」

この母さんの発言で理解した。僕だけだ。家族の中で、僕だけが血が繋がっていないのだと。もしも母さんたちとマリーにも血縁関係がないのなら、名前を出したはずだ。でも僕のことだけ話していた。

僕は小さく深呼吸し、現実を受け入れた。確かに動揺はした。けれど、元々僕はみんなとは違う。転生したのだから。それでもみんなを家族だと思って過ごしてきたんだ。だったら今までと何も変わりはない。そう思い込んだ。

冷静になると頭が回転し始める。

なるほど。だからマリーが僕と結婚したいと考えていることに対して、問題はないけれど複雑ではあると話してたのか。血が繋がっていなくとも家族であることは間違いないし、子供の僕たちに簡単に打ち明けられる問題でもないし。

しかし、だったら僕は誰の子供なんだろうか。髪の色的には父さんは赤橙、母さんは茶色、マリーは父さんと同じで僕は赤だ。同じ暖色で近しい色だからあまり疑問を持たなかったけど、赤色の髪は珍しい色合いかもしれない。

とにかくこのことは黙っていた方がいいだろう。父さんたちにも色々と事情があるだろうし。特にマリーには絶対に僕の口からは言えない。

これからも一応、今の立ち位置を維持しておくとしよう。それがきっと一番いいはずだ。

僕は自分に言い聞かせつつ、ゆっくりと廊下を戻ると自室に入った。そして思い出す。トイレに行こうとしていたことを。だけど今は父さんたちが居間にいるので通れない。二人が寝るまで我慢するしかなさそうだ。

それからしばらく僕は尿意と戦い、なんとか勝利を収めた。

＊

ここは自室。最近はもっぱらひきこもりだった。

桶に入れていたトラウトは湖に戻した。あの二匹は仲睦《むつ》まじく湖で暮らしているだろう。

僕は目を閉じたまま静止していた。しばらく瞑想《めいそう》し、カッと目を見開いて叫んだ。

「ファイアーボール！　サンダーボルト！　ウインドブラスト！　アイスストーム！」

ダメだった。やっぱり何も起きなかった。

「うん、わかってた。やっぱりそうだよね」

魔法が発動するなんてことはなかった。予想はしていた。当然の結果だった。

でも試してみるっていうのは大事なことだと思うんだ。とりあえず、魔法が簡単には発動しないということは確実だ。きちんと足元を見よう。魔法なんてあるかどうかもまだわからない。でも、近しい何かは発見したのだ。焦らず、少しずつ進もう。

僕は心を落ち着かせて、瞑想状態に入ろうとする。

魔力を放出するにはどうすればいいのか、まだよくわかってない。

とりあえず、漫画とか小説の基本である瞑想から始めてみることにした。実際、魔力はあったし、身体は光ったのだ。だったら後は発動条件を明確にしていけばいいだけ。ということで、今は色々と試す段階だ。

一時間近く、心を静めて、腕や身体に意識を集中してみた。はい、何も起きませんでした。これも想定通り。そもそも、僕が魔力を放出できた状況を考えると、瞑想はまったくもって関係ない。

やはりやるしかないようだ。

と、バタンと扉が開かれた。

「シオン！　いる？　いた！」

「姉さん、ノックしようよ」

「何よ！　恥じるようなことがあるの？」

まだないけど、それなりの年齢になったらあるんだよ。無神経な母親みたいなことしないでほしいんだけど。言っても聞かないんだよな、この姉は。

昨夜、父さんと母さんが話していたことを思い出す。マリーと僕は血が繋がっていない。そう考えると、なんだかちょっとお互いの関係性を意識してしまいそうになった。

しかしきょとんとしている我が姉を前にして、そんな考えは霧散した。そもそも最初から僕は、みんなの家族でありながらそうではない。大人だった時の記憶を持つ特別な子供だ。今さら、血が繋がっていようがなかろうが二人の関係が変わることはない。

自分の中で割り切ることができた僕は、いつも通りの笑顔を浮かべた。

「丁度よかった。姉さん、ここに座って」

「お菓子の時間って言いに来たんだけど……まあ、いいわ」

僕の言うとおりに、ベッドに腰かけている僕の隣に座るマリー。

僕はマリーを真剣に見つめる。

「な、なに、じっと見て」

「姉さん。僕は、姉さんが好きだよ」

真摯《しんし》な姿勢を崩さず、僕は言った。思いをそのままに口にした。本音だ。異性としてではなく、家族としてだけど。

するとマリーは一瞬で白い肌を朱色に染める。

「な、ななな、なっ、何、何を、いい、い、いきなり……っ！」

すると、僕の身体は光を放ち始める。ぼんやりと淡い光が生まれ、数秒して、消失した。

「ああ、やっぱり告白すると魔力が放出されるんだ。どういうことなんだろ……まさか、毎回告白しないと反応しないとか？　いやいや、それはさすがに荒唐無稽だよね。ってことは」

「……ねえ、シオン？」

思考を巡らせていると、マリーが僕を睨《にら》んでいることに気づいた。

あ、まずい。これ、かなり怒っている時の顔だ。

僕は頬を引きつらせて、答える。

「な、なんでしょう、お姉様」

「あんた、あたしをオモチャにしたわよね？」

「し、しし、し、してません！」

額に青筋を立てて鬼の形相をする姉。

やってしまった。しかし、自分の行動を考えると、怒られて当然だと、今さらながらに気づいた。

僕は魔法のことになると周りが見えなくなるらしい。

「ほ、ほら、前に求愛行動したら魔力が発動したから……」

「それで嘘をついたの？　ねえ？」

「い、いや嘘じゃないよ。本当だから！　本音だから！」

「ほ、本当、なの？」

さっきまで憤怒の表情だったのだが、すぐに柔らかくなった。あ、この姉、チョロい。

「うん、本当だよ」

「そ、そそ、そっかぁ、じゃあ許してあげよっかなぁ。えへへ」

はい、可愛《かわい》い。思わず頭を撫でたくなるけど、耐えた。姉の威厳もあるしね。子供扱いすると怒るんだ。一応、僕は弟なわけだし。本当は年上だけど。

「それで、何かわかったの？」

「うーん、告白すると魔力が放出されてるみたいなんだけど。多分、告白に限定して放出されるわけじゃないと思うんだよね」

「どういうこと？」

「ちょっとやってみる」

「ま、また告白するの!? ま、待って、そ、その、心の準備が」

「あ、いや、それはしないよ」

「……しないのね」

顔を赤くした後に、すぐにしゅんとしてしまった。ころころと表情が変わるところは可愛いけど、今はやるべきことがある。

告白は相手に思いを伝える際、自分もまたその思いを自覚する。つまり、強い感情を抱いているということ。これは愛情だけではなく他の感情でもいいのではないかと思った。

そこで、僕は怒りを想像してみる。人間、生きていれば怒ることなんてごまんとあるし。

………あれ、ないな。そういえば僕、あんまり怒った記憶がないなぁ。そうだ。別に負の感情でなくてもいいじゃないか。前向きな感情だ。楽しい、ワクワク、嬉しい。そんな感情を込めてみよう。魔法を発動できる。その思いを強く意識してみよう。

僕は明確に魔力を身体に帯びているところを想像し、喜びの感情を伴わせた。

熱と光。それが僕の身体から生まれるイメージ。それを数分続けた。マリーは無言で動向を見守ってくれている。

すると、心臓付近から熱が広がる感覚を覚えた。徐々に身体の末端まで温度が伝播《でんぱ》する。高熱の時のような気怠《けだる》さはなく、また夏場のように不快な暑さもない。ただ柔らかな心地いい感覚が身体を満たした。


僕の身体は光っていた。


「で、できた！」

「ひ、光ってる!?」

マリーと視線を合わせて数秒すると、光は消えた。やっぱり意識を逸らすと、魔力放出は終わるようだ。

「い、意識してできたのよね？」

「う、うん！　できた！　ただ光っただけだけどね！」

「そ、それでもすごいじゃない！　光っただけだけれど！」

身体が光っただけ。何の利便性もない。役にも立たない。だけど、それは常識的には考えられない現象だった。魔力の存在はここに確立されたのだ。

心臓の近く、身体の深いところからそれは生まれた。

ふとデンキウナギを思い出した。彼らは電気受容感覚というものを持っており、電場を感じ取ることができるという。そして体内に特殊な発電器官があり、その器官を利用して電気を発生させているとか。この世界の人間の身体にはそれに類する『魔力受容感覚』や『発魔器官』のようなものがあるのかもしれない。

とりあえず、僕は現時点での魔力放出の状況を『帯魔状態』と名付けることにした。

実際、身体に魔力を帯びているだけで、何も効果はない。発光はしているけど、それに意味はない。なぜならば、発光自体は世界に影響を及ぼさないからだ。見えない人もいる。それはつまり、発光する魔力の塊を知覚できる生物は限定されているということ。

そして、光を放っているのに、物質に光を反射させることはない。知覚できないわけだから当然だ。特殊な現象のため、魔力の塊があっても周辺を照らす光源にはなりえない、ということだ。

つまり帯魔状態になれても、暗闇を照らしたりできないので、何の意味もないということ。遠くから自分の存在を誰かに知らせることはできるかもしれないけど。

まあ、トラウトの求愛行動に伴って生まれる魔力の塊も、たいした影響を与えることはない。あれはただのコミュニケーションなのだろう。クジャクが羽を見せて踊るのと同じようなものなんだと思う。ただ素質のある人間には、僅かな温度と感触を得ることはできるけれど。

とにかく、僕は自分の意志で、自分の思う通りの結果を得たのだ。

ただ光を放つだけ。それだけのことだったが、僕は嬉しくてしょうがなかった。

「う、うへへへ、魔法が使えたぁ」

「……すごい顔になってるわね」

僕はだらしなく頰を緩めて、気持ち悪い笑い声を発し続けた。だって嬉しかったのだ。

ずっと憧れていた魔法が使えた。正確には魔法にもなっていない。ただの魔力放出だ。でも、いずれは魔法を使えるんじゃないか、という期待を持つには十分だった。

それに非科学的な、非現実的な現象を僕が起こしたのだ。たいしたことではないとしても、高揚を抑えきれない。

嬉しくて、嬉しくてしょうがない。ずっと夢見てきたのだから。

「うへへへぇ、へへ」

「ふふ、変な笑い方。でも、そんなに嬉しそうにしてるシオン、初めて見たわ。よかったわね」

「うん！　へへ、嬉しいよ、うへへ」

よしよしと頭を撫でられた。

優しい笑みを浮かべているマリーと、気味の悪い笑みを浮かべている僕。よくわからない空間がそこにはあった。けれど僕もマリーも確かに、幸せを感じていた。


いつもの自室である。見慣れた光景だけど、落ち着く光景でもある。

僕はベッドに座り、瞑想状態だった。何も考えないのではなく、意識を集中させるように心掛けている。以前は頭をからっぽにすることに終始していたから、魔力放出ができなかった。今は、感情を強く意識して、魔力を発動させることに成功している。

帯魔状態に至ってから、すでに一ヶ月が経過していた。

さて、この一ヶ月でわかったことをまとめようと思う。

一つ。帯魔状態になるにはある程度、強い感情が必要。そしてその感情を維持することは非常に困難だということ。

どんな感情でもずっと維持することは難しい。よほどのことがない限り、その感情が薄くなる。

二つ。一日に、帯魔状態になれる回数は限界があるということ。

魔力の概念が正しいかどうかはまだわからないが、暫定的に僕はこの現象で放出されるエネルギーを魔力だと仮定している。当然、力を発現するには燃料が必要だ。魔力を費やし、魔法を使うのだから。現状、魔力を放出しているだけだと思うので、魔法には程遠いけど。

当たり前の話、魔力は有限。そのため、ある程度の魔力を放出すると止まる。そうなると一気に無気力になり、何もしたくなくなる。

一度それでも放出を続け、魔力が枯渇した日はひどかった。一日中、何もしたくなくなったため寝て過ごした。病気とかじゃなくて、ただ無気力になったのだ。

最初は帯魔状態に五回なるだけでそうなった。

三つ。魔力を限界近くまで放出すると、次は魔力量が少し増えるということ。

魔力の限界値は、最初は帯魔状態五回だった。けれど、今は十回まで可能になっている。

一ヶ月の間、毎日、限界一歩手前まで帯魔状態を維持した。枯渇しない限り、完全な無気力にはならないので、日常生活に大きな支障はない。ただ、怠《だる》くなるし、やる気がなくなりやすくはなるので注意が必要だ。

四つ。帯魔状態は光の玉同様、魔力の素質がない人間には見えなかった。

そして、素質のある人間には見えるし、触れば温かさを感じることもわかった。マリーに頼んで試したのでわかった。まあ、これくらいは別に驚くようなことではないけれど、大事なことだ。状況が変われば、変化があることもある。光の玉と帯魔状態が同一とは限らない。

そして他にもちょっとした発見があった。

魔力は自分自身にあまり刺激を与えない。僕の魔力で、僕自身は熱を強くは感じないし、感触もほとんどない。けれどマリーが触ると、温度を感じるし、僅かに感触があるということ。これはちょっと面白い発見だったと思う。

そして五つ。これが最大の問題。

「あああああああっ！　光の玉が出ないぃぃっ！」

そう。帯魔状態で魔力量を増やしているのに、光の玉が出る様子はなかった。

帯魔状態は、身体全体がぼんやりと光るだけ。魔力量が増えても、状況は変わらない。ただなんか光ってるという程度で終わる。魔力量を増やしても光の量も増えないし、変化は一切なかった。

「……うーん、もしかして魔力放出量には限界があるのかなぁ。僕の放出限界は、今放出している魔力の量なのかも」

身体がぼんやり光る。これが最大放出量だとして、もしかして僕は光の玉を出せないのか。

つまり魚以下の魔力放出量ってこと？　あはは、ご冗談を。嘘だよね？

「……総魔力量を増やしても、一度に使える魔力の限界が変わらないなら、意味ないんじゃ」

例えば、総魔力量、つまりマジックポイントが百あるとしよう。魔法発動に必要なマジックポイントは五。でも僕が一度に放出できるマジックポイントの限界は四だとしたら魔法は発動できないのでは。

たとえ総魔力量があっても、放出限界量が最下級魔法の必要魔力量未満だったら、魔力はあっても魔法は使えない。まだ結論を出すには早いけれど、可能性はある。

なんてことだ。これが事実ならば、僕は身体を光らせるしか能がないただの人間ということだ。しかも光っているのが見えるのは魔力の素質がある人だけ。何の役にも立たない。ただ光るだけの発光人間である。

あれ？　詰んだ？　詰んでる？　これ。

「いやいやいや、待て待て。まだ諦めるのは早いって！　絶対に何かある。何かないと困る。こんなので終わりなんて絶対にやだ！」

ここまで来て、実は魔法は使えませんでしたなんて認めてたまるか。諦めないぞ。絶対に。冷静になれ。まだやれることはある。

トラウトのことを思い出してみよう。身体を発光させて、光の玉を出していた。どこからだったっけ。頭、あたりだったような。ということはもしかして。

身体中から出せる魔力放出量は決まっていても、それは薄めたものだ。一ヶ所に集めれば別の結果が出るのでは。

僕は意識を集中し、感情をイメージして帯魔状態になる。身体中が発光している。このまま、手に意識を集中した。腕に魔力がいくように。

感情を維持したまま、腕へ魔力を伝播させるイメージ――なんてできるわけもなく、帯魔状態は解除された。

「難しすぎるよ……これ」

感情に意識を割かないと魔力は放出されない。その状態のまま、身体のどこかへ魔力が集中するような想像をする。言葉だと簡単だが、実際にやるとどっちつかずになって難しい。

喜びの感情を想起するという感情的な思考と、右手に意識を集中するという理性的な思考。相反する思考を同時に行うのは困難だ。

いや違うな。そもそも間違っている。順番が逆なんだ。魔力を発動させて、右手に意識を持っていくからおかしくなる。つまり『右手に魔力が集まれば、嬉しい』と考えればいい。完璧だ。右手に魔力を集めること自体に感情を伴わせればいいはずだ。

ということで、やってみた。

帯魔状態になる。身体中が光を放つ。ここまでは慣れたもの。しかし今までと違うのは現段階で既に、右手に魔力を集めるイメージができているということ。

身体中の光が徐々に右手に集まる。薄く伸びた光は、一点に集まると輝きを増した。僕の右手は真っ白に光っている。白色灯を思わせるほどにまばゆい光が、右手から生まれていた。

「う、うお……」

僕は立ち上がり、右手を掲げた。光る手が天井へ伸びている。

「うへへへぇ！　僕の右手が光ってるぅぅっ！　うへへっへっ！」

このまま壁にぶつけたら、破壊とかできないだろうか。できそうだ。それだけの力の奔流を感じる。

僕は興奮しすぎて、理性を失っていた。うへへと笑いながら、壁に向かう。もう止められなかったのだ。魔法が発動したら、試してみたいのが男の子ってものだからだ。子って歳じゃないけど。

「うりゃあっ！」

僕は勢いよく木の壁に拳を突き出した。次の瞬間、バンという音が響き、拳に痛みが走る。

「い、いっつぅ……ぐぬっ！　た、ただの光じゃないか……っ！　なんか破壊する力があるかと思ったのにぃっ！」

子供の拳だから、壁に穴が開くようなことはなかった。多分、力が弱いから痛みもあまりなかったんだろう。それは不幸中の幸いだったけれど、光は消えた。一瞬で。

魔力を集めても、所詮《しょせん》はただの魔力だったようだ。予想はしていた。というか当たり前だった。魔力の塊に触れてもただ温かいだけなのだ。壁を破壊するような衝撃が生まれるはずがない。

落胆と共に、僕は壁を見た。幸いにも傷はない。穴も開いていない。

反省だな。ちょっとテンションが上がりすぎてしまった。思った以上の結果は出なかったけど、思った通りの結果は出た。

「ま、いっか！　うへへ、強い光は出せたし、うへへへっ！」

僕は気持ちの悪い笑みを浮かべながら、右手を見下ろした。

まだ練習が足りない。身体中の魔力を、完全に右手に移動させられなかった。まだ改良の余地はあるようだ。

僕は帯魔状態から魔力を移動させ、特定箇所に集めることを『集魔』、集めた状態を『集魔状態』と名付けた。

毎回、名称を付けるのは、後々を考えてのことだ。だって、魔法を創れたら、それを言葉や文字で明確に説明できた方がいいし。マリーにも教えるつもりだしね。まあ、まだその段階じゃないから、もう少し技術が向上してからにするつもりだ。

以前に観察を手伝ってくれていたマリーとローズもそれぞれにやるべきことがあるみたいだ。マリーは剣術の鍛錬に、ローズは家の用事に時間を使っている。

トラウトを調べる時は人手が必要だったけど、今は考える時間の方が多いしね。別に飽きたというわけじゃなく、時間を有意義に使おうということだ。

じゃないと、マリーとローズのしたいことはできなくなっちゃうし。僕からもそうしてくれと言ったので、手伝いが必要じゃない魔法開発の時間は僕だけで過ごしているというわけ。もちろん進展があったら二人に話すようにはしている。

さて、じゃあ、続きをしよう。とにかく進展はあった。

「う、うへへ……一歩前進したぞぉ、へへ」

僕は頬を緩めながら、再びベッドに座った。そうして集魔の練習に勤《いそ》しんだ。やりすぎて、魔力が枯渇してしまったのは言うまでもない。


僕は辟易《へきえき》としていた。

見慣れた中庭。でもそこにはいつもとは違う光景が広がっている。

僕とマリー、そしてローズの三人が横に整列している。

僕たちの前には父さんが仁王立ちしていた。

ああ、やだやだ。

「「「今日はよろしくお願いしますっ！」」」

僕たちは同時にお辞儀をした。

マリーとローズは多分やる気満々だけど、僕は違う。この場から逃げ出したいという思いでいっぱいだった。むしろ集魔の練習をしたい。

まだ身体中の魔力の移動は円滑ではないし、十分に集めることもできない。それが何になるのか、という疑問はあるけれど、魔力の操作ができる方が何かできる気がする。分散している魔力よりも、集約している魔力の方がイメージとして魔法を顕現させられそうだし。

とりあえずは、トラウトのように光の玉を出したい。

それはそれとして、今僕たちの手には木剣が握られている。三人全員だ。これが何を意味するのか、言わずともわかるだろう。

「よし。では今日から、三人での剣術鍛錬を始める。ふざけたり、気を抜いたりしないように。木剣でも人は死ぬからな。わかったか？」

「「「はいっ！」」」

端っこで見学したいなと思っていると、隣からジト目を向けられてしまった。マリーである。そもそもが、彼女の発言が発端でこんなことになってしまったのだ。

僕は剣術が苦手だ。あんまりやってないけど、苦手だということはわかる。というか精神的に苦手。やりたくない。その考えからマリーが父さんに剣術の手ほどきを受けている時、見学していることが多かった。

しかし、その状況をマリーはあまりよく思っていなかったようで。父さんに、僕にも剣術を教えるように進言してしまったのだ。

僕にとっては不幸なことに、父さんも同じように思っていたらしく、男子たる者、いざという時のことを考え、剣術くらいは学んでおけ、と言われてしまった。そして強制的に参加させられた。それが今日。初日である。

ローズは、自分から剣術を教えてほしいと父さんに頼んだらしい。なんとも向上心のある子だ。なんで剣なんて学びたいのかわからないが、僕は除外してほしい。この身体も、前の身体も運動神経はあまりよくなかったのだ。

ドッジボールで最後まで残るタイプではあった。ただし、球を投げても当たらない。投げてものすごく遅い。避《よ》けるのだけは上手いという、よくわからないけど、なぜかクラスに一人はいそうなタイプだったのだ。

道具を使う系のスポーツは特に苦手だ。身体だけを動かすスポーツなら少しはマシなんだけど。剣術は当然ながら剣を使う。だから、あまりしたくない。もう逃げられないので、やるしかないけど。

「ではローズの能力を測るために試合をしよう。手加減はするから、遠慮なく打ってきなさい」

「お願いしますわ」

僕は他人事《ひとごと》のように試合を見物した。

結果から言うとローズは平均的な剣術の腕前のようだった。彼女は剣を習ったことはないらしく、あくまで素人という前提での話。

運動神経も悪くなく、目立った欠点はない。ただそのぶん長所もあまりなさそうだった。オールラウンダー型の剣士になりそうだと父さんは言っていた。

さて次の番は僕だったんだけど、すでに結果は出ている。

僕は地に伏して、息を整えることに必死だ。木剣は彼方《かなた》に放られている。身体中傷だらけ。これは父さんの攻撃でできたものじゃない。

父さんは顔を手で覆いながら嘆息した。

「まさかこれほどまでに剣術の素質がないとは……」

「ぼ、僕も、ここまでとは、お、思わなかったよ」

最近ではマリーに付き合って、走ったりもしている。だから体力は結構ある方だ。でもそれだけだ。がむしゃらに剣を振り続ければ体力はすぐになくなる。大ぶりのパンチを続けるのと、腰の入ったジャブを続けるの、どちらが体力を消費するのか、答えは簡単だろう。

そして僕は疲労のあまり、盛大に転倒し、木剣を放って、ゴロゴロと地面を転がった。その際についた傷が身体中に残っている。

時々、父さんが攻撃をする時は、比較的俊敏に回避できたと思う。でも、我ながら剣による攻撃はお粗末だった。へなへなだ。へなちょこだ。

「目は悪くない。回避はそれなりにできているようだ。ただ剣がどうという問題ではない。シオンは身体の動かし方がまったくできていない。木剣に振り回されていたし、強引に動かして、動きがバラバラになっている。なんというか……壊滅的に運動神経がない……」

「じ、自覚はあったよ。やっぱり、そうなんだね……」

僕は乾いた笑いを浮かべると立ち上がった。

「回避はできているから反射神経は悪くないようだが。走るのはそれほど遅くはないんだったな？」

父さんに尋ねられたマリーは二度頷いた。

「たまに走って鍛えてるから体力はついてるし、走るのも遅くないと思うんだけど……」

「ふむ、完全に運動神経が悪いわけではないみたいだ。たまに道具を使う運動が苦手な人間がいるから、それかもしれない」

それです。すみません。僕は内心で謝ると、身体についた土を払う。

「どうするか。人よりもかなり努力すれば、人並みにはなるかもしれないが」

ここだ！　僕は瞬時に父さんに向かって叫んだ。

「父さん！　僕には剣術の才能はないですし、他にやりたいことがあるので、やめておきます！」

「そ、そうか？　しかし男子たるもの、多少は剣術を――」

「父さん！　剣術だけがすべてではありません！　僕には僕のできることがあるはず！　なんでも十把《じっぱ》一絡《ひとから》げにしては、個性も才能も伸ばせません！　僕は勉強とかは結構得意なので、そっちの方で頑張ろうと思います！」

「……一理あるな。勉強をさせるにしても、基礎教養以上はそれぞれの意思に任せるつもりでもあった。わかった。シオンは剣術を嗜《たしな》まなくともいいだろう。ただし、肉体の鍛錬だけはしておきなさい。何かあった時、動けないよりは動けた方がいいからな」

「それは、もう！　わかっております、お父様！」

ビシッと敬礼する僕を見て、父さんは呆《あき》れたようにため息を漏らす。しかし、その後、仕方ない奴だなと苦笑した。

隣でマリーとローズが僕を呆れたように見ている。

ああ、そんな顔をされたら、気まずいのでやめてほしい。でもしょうがないのだ。人には向き不向きというものがあるのでね！

「では最後にマリー。どれくらい成長したか、見てあげよう」

「お、お願いします！」

マリーは父さんと対峙《たいじ》し、剣を構える。僕やローズに比べると、やはり一日《いちじつ》の長があるためか、堂に入っている。それだけではない。彼女は普段とは別人のように凛《りん》としている。一言で表すなら格好良かった。その綺麗な横顔に、思わず見とれていた。

マリーが地を蹴る。速い。

速さのあまり、僕は彼女の動きを一瞬だけ見失いそうになる。なんとか視線で追うとすでに彼女は父さんの眼前に迫っていた。

剣閃《けんせん》。斜めの軌道を通る一太刀は、父さんの肩に向かう。

しかし先読みしていたのか、父さんは木剣を掲げる。

触れると思った瞬間、マリーは剣を静止させる。フェイントだ。反対に回転すると、しゃがみながら、横なぎを放つ。足元への攻撃。かなり回避しにくいだろう。

しかし、それを一歩下がるだけで父さんは躱《かわ》してしまった。必然、マリーには大きな隙《すき》ができる。

トンと頭に木剣を当てられると、マリーは呆気にとられたように父さんを見上げる。

「私の勝ちだ」

マリーの動きは大きい。対して父さんの動きは非常に小さかった。必要最低限の動きしかしてないように見えた。圧倒的な力量の差がそこにはあるようだった。

マリーは悔しそうにしながらも立ち上がると、離れて一礼した。

「ありがとうございました……」

「うむ、悪くない。ただ動きが大きい。しかし、相手の虚をつこうとするところはよかったな。これからも精進しなさい。マリーなら数年でかなりの腕前になるだろう」

「うん、頑張る。もっと強くなれるように」

マリーは悔しさを保ったまま、瞳に闘志を宿らせている。強くなる。その理由は僕を守るため。それだけではないけれど、大きな理由だ。そう彼女が言っていた。

その気持ちが嬉しいと共に、僕も自分にできることを探さないといけないという焦燥感を抱いてもいる。剣術では何もできないことは確実だけど。

ということで、一通り稽古も終わったし、僕はこれくらいでお暇《いとま》しようかな。多分、これから剣術の基礎の鍛錬とかだろうし。ほら、僕には関係ないからさ。

そう思い、僕は中庭から逃げ出そうとした。

「では、次は……シオン？　何をしている？」

こそこそと気配を消しながら家に入ろうとしたけど、父さんに呼び止められてしまった。

「い、いやぁ、僕にはもうやる必要はないかなぁ、と」

「何を言っている？　まだ剣術の練習は始まったばかりだ。これから素振りを始める。確かにシオンには剣術の練習は必要ないだろう。しかし先ほども言ったが肉体の鍛錬は必要。つまり、おまえは別練習だ」

「と、言いますと？」

「走りなさい」

走ってばっかあぁぁぁ――――っっ！　何なの？　この世界の人は、何かあったら走るのが基本なの？　わかるよ。走ることは大事だってことは。でも他にあるじゃない、もっとあるでしょ。なんで走るの。なんで走らせるの。ああ、やだ。もうやだ。

そうは思うけど、父さんの圧力は凄《すさ》まじい。マリーの父親だけあって頑固だし、こうと決めたらもうダメだ。逆らうことは不可能。

僕は目を泳がせながら、父さんに従うしかなかった。本当は魔力の鍛錬をしたかったけれど、しょうがない。これもいつか役に立つ時がくるかもしれない。こないかもしれないけど。

僕は父さんの言う通り走り始めた。それは、みんなの練習が終わるまで続いた。


現在、自室にて魔力の鍛錬中だ。僕は帯魔状態から、集魔で右手に魔力を固定した。

白色灯を思わせるような色と光。しかし光の量はそれほどではない。見つめるとまばゆいけど、光量で言えば豆電球ほどだろう。それでも人体が発光していると考えればすごいことではある。

帯魔状態から集魔状態への移行はスムーズになってきている。問題は、身体中に帯びている魔力の残滓《ざんし》があり、魔力が完全には一点に集まらないということ。必ずある程度の魔力は残ってしまう。

右手に集魔しても、他の部位は淡く光ったままだ。完全に一部に集めるのは無理なのだろうか。

「うーん、やり方が違うのかな……一度立ち止まって、考え直した方がいいかも」

何かを新しく生み出すことは簡単ではない。教科書もないし、他に見識のある人間はいない。すべて自分で考え、仮定して、結論を出していく。アルゴリズムとしては単純だが、仮定と結論の間には大きな隔たりがある。

まず魔力に関して。魔力自体がどういうものなのかはまったくわかっていない。確実なのは、魔力は身体から生み出されているということと、魔力を持っている他人と接触すると何かしらの影響を及ぼすということ。

細かいところを言えば他にもあるけど、概要はこれくらいだろう。

さて、ここで一度考えてみよう。そもそも、魔力とは何だ？

生命エネルギーのようなものだと考えても、それを視覚的に具現化することは不可能。それがなぜできるのかはこの際、置いておこう。突き詰めても僕にはわかりそうにない分野だからだ。

科学もそうだが、結果から過程を分析し、能動的に活用するものだと僕は思っている。世界は物理法則に縛られており、すでに存在しているものを掛け合わせることしかできない。

その上で何かしらの反応、現象が起こることで、人は活用することを覚えた。

発見者は、火を生み出そうと思って生み出したのではない。火が何かしらのきっかけで生まれ、どうすれば火を起こせるのかと考えたはずだ。

魔力も同じ。結果として魔力は存在し、視覚化されている。だが、魔力自体はおぼろげに存在するだけ。今のところは、だけど。

魔力自体の説明はまったくできる自信がない。まだ発見したばかりで、これが何なのかという部分は不明だ。これから少しずつ実験し、知っていくしかないだろう。

ただし、現段階でわかっていることもある。

トラウトの件を考えると、魔力はコミュニケーションの手段として使われていることは明らかだ。しかしあれは魔力の塊、つまり光の玉を生み出すことで求愛しているということを伝えているにすぎない。愛してると言葉にすることと何ら変わりはないだろう。

魔力そのものを上手く利用しているかどうかは疑問だ。トラウトの習性を鑑みても、魔力を魔法へと変換させる方法はわかりそうにない。ただトラウトが魔力の玉を作り出していることには興味がある。

集魔状態では、身体の一部分に魔力を集めているだけだ。つまり魔力と身体が接触している状態でないと維持できない。集魔状態から、魔力を体外へ放出するにはどうすればいいのか。

帯魔状態は感情を強く意識することで生まれるもの。そして集魔は意識を伴って、魔力を移動させるもの。どちらの状態も保ったままでいるには、一部分に魔力が集まれば喜びを感じるという意識が必要になる。

喜び、の部分は怒りでも悲しみでもいいだろう。ただ僕には喜びが最も適していたというだけだ。

まず体外へ放出するにはそれ相当の魔力が必要だ。帯魔状態からだと難しいことは実証済みだ。

恐らく魔力量が少なすぎて、放出する前に霧散するんだろう。つまり一部分へ集魔してからの放出が必要だ。

だがこうなると、少しだけ複雑になる。『右手に集まった魔力を体外へ放出できれば嬉しい』という思考が必要になるわけだ。

もちろん試してみた。結果は放出されずに消えてしまった。まったくできないわけではなく、魔力が僅かに身体から離れようとしている瞬間は見える。しかし、トラウトのように完全に身体から離れた状態で、数メートル上空へ浮かべるなんてことはできない。

かなりの高等技術が必要なのか、あるいは僕のやり方が間違っているのか。

体外放出ができても、役に立つわけではないけれど、できないとむずむずして落ち着かない。他人が知れば、そんなことにむきになるな、なんて思うかもしれない。

でも、僕が実現したいって思うんだ。誰が何を言おうと関係ない。僕が、そうしたいんだ。

魔力を発見して半年以上が経過している。しかしただ身体から光を放ち、自分の意思である程度動かせる、くらいの進展しかない。

これだけでもかなりの発見だ。でも、だからなんだというのだ、と言われればそれまで。僕は研究者ではない。新たな発見に心を躍らせることもあるが、それはあくまで魔法を使うという目的に向かっている、という前提があるからだ。

現状、研究は停滞している。何かきっかけが欲しい。それが何なのか、まったくわからず、結局、集魔の練習を続けるしかない。

最初は数回で限界だった帯魔状態の維持も、二十回程度まで可能になっている。ただ、最初に比べると回数の上昇は緩やかだ。

帯魔状態を維持するには、体内からの魔力放出が必要だ。これは体内魔力、つまり僕が持つ『総魔力量』によって、帯魔状態に何回なれるのかがわかるということ。いわゆるマジックポイントだが、この上昇値が少しずつ減っている。一度に放出できる限界値もほんの少しずつ増えている気がするけど。総魔力量の上昇も限界がありそうだ。

とにかく、そろそろ進展が欲しい。さすがに気が萎《な》える。

どうしたものかと考えていると扉が叩かれた。これはマリーではないなと思いつつ、僕は返事をする。すると入ってきたのは、珍しい人だった。父さんだ。

「勉強中だったか？」

「ううん、大丈夫。どうしたの？」

「うむ。実はこれからイストリアへ行こうかと思っていてな。シオンも行くか？」

イストリア。それはエッテン地方にある都市のこと。家から最も近い中規模の都市だ。といっても、僕たちが住むリスティア国はかなりの小国らしいので、期待はできないけれど。

正確な人口はわからないけど、国の総人口は十万程度しかいないとか。領地も広くはなく、村々は分散しており、大都市と言える場所はイストリアとリスティアの王都であるサノストリアの二ヶ所だけ。

「でも、いいの？　街に行くのは父さんと母さんだけって言ってたよね？」

僕も街には行きたかった。魔法に関しての調査がしたかったからだ。ただ、街へ行くのは危険だからと父さんに止められていた。何度か、ねだったけどダメだったのだ。

ちなみにマリーも行ったことはないらしい。

「今日は特別だ。私だけでなく、何人か馬車持ちがいてね、彼らも街へ買い出しに行くというから、丁度いい機会だと思ったわけだ。他にも用事があるからな。で、どうだ、行くか？」

馬車は高級だ。牛車は畜産を営んでいる人たちであれば持っていなくはないが、移動速度は遅い。そのため買い出しは馬車が基本だ。

ただし馬車は高く、維持費も馬鹿にならないため、所持している人は少ない。貸し馬車業などを営んでいる人もいるらしいけど、村にはいない。

ある程度距離がある街まで移動して、一日のうちに戻ってくるには馬車が必須だ。そして街での買い出しはどこの村でも必ず必要になる。村だけで自給自足することは困難だからだ。

そこで大体の村では共同で馬車を購入したり、比較的裕福な人間が購入、管理をして、買い出しをする代わりに手間賃を要求することが多いらしい。

僕たちの村では父さんが前貸しして、少しずつ返してもらっているとか。父さんが購入し、貸し出すという方法をとらなかったのは、領主に依存しすぎることを嫌ったからみたいだ。

完全に返済すれば馬車は村の財産になるので、領主に何かあっても所持し続けられる。父さんは領民の自立を促しつつ、互いに支え合う生活を模索しているようだった。

それはそれとして、父さんの提案はありがたかった。

まあ、図書館なんて便利なものはこの国にはないから、魔法関連の書籍があるとは思えないけど、街を見ておきたいとも思っていた。

「うん、じゃあ行くよ」

「そうか。では準備しなさい。日が暮れるまでに帰らないといけないからな。それとマリーとエマも一緒だ」

「わかった。すぐ準備するよ」

父さんは居間の方へ戻っていった。イストリアまで徒歩で三、四時間程度らしい。馬車だと一時間程度だろうか。

途中で日が暮れると野宿しないといけないが、これは非常に危険だ。夜になると凶暴な魔物が現れる。この世界では、野宿には危険が伴うということが常識なのだ。

傭兵《ようへい》や軍隊、多人数の移動であれば見張りを立てたりすれば対処は可能だ。それでも基本的には夜の移動や野営は非推奨とされている。当然、僕たちのような一般人が野宿するのは命取り。だから必ず夜になる前に村や街へ到着しなければならない。

魔物か。どんな生物なんだろう。魔法に執心していたため、関連しそうな情報や、歴史とかばかりに目を向けていた。そのため魔物や妖精のことはよく知らない。

それになんか、あんまり詳しく教えてもらえないんだよね。子供には恐ろしいものを教えない、ということなのだろうか。

ただ魔物は危険だから近づくな、とかは散々言われている。外に出るにも、必ず父さんか母さんの許可が必要だし。思っている以上に、この世界は危険が溢れているのかも。

まあ、出あうようなことをしなければ大丈夫だろう。父さんもいるし。

そう思いながら、僕は鞄を背負って部屋を出た。

馬車の荷台に僕とマリーが乗り、父さんと母さんは御者台に乗っている。

他の村人たちも同じように馬車に乗っていた。話したことがないのでちょっと気まずい。

乗り心地は悪い。でも、この世界で贅沢《ぜいたく》は言っていられないし、なにより街へ行けるというのが嬉しかったので、あまりストレスはなかった。

楽しみだという話をマリーとしながら、道中を過ごす。街道を進み、平原と森を抜けた。道中で旅人らしき人や商人らしき人とすれ違う。会釈をして、再び先を急ぐ。

「見えてきたぞ」

父さんの一声で、僕とマリーは前方へ視線を向ける。

街だ。思ったよりもしっかりした造りのようだ。防壁もあるし、門衛もいるし、入場待ちをしている人たちもいる。結構広い気がするけど、これでも中規模なのだろうか。

列に並び、門衛の審査を受けると、僕たちはイストリアの中へと入っていった。

大門を抜けた先にあったのはまっすぐ伸びた通り。しかし先の方は左に曲がっており、遠くまでは見えない。細道はあるが、大通りは直線ではないようだ。

建物で全体像が見えないけど、格子状に通りがあるような構造ではないようだった。そのためかやや雑多な印象が強かった。なんというか整備されてない、発展途上の街って感じだ。

でもこれだけ人が多いところに来るのは、転生して初めてだったので、落胆はなかった。むしろ高揚感が強かった。ここなら少しは魔法に関する情報を手に入れられるんじゃないだろうか。

村人たちと一旦《いったん》、別れる。後で合流するみたいだ。

馬車が慎重に進む中、父さんは肩越しに振り向きながら言った。

「まずは買い出しだ。それから鍛冶屋《かじや》に寄って、帰宅する。はぐれたら迷子になるから、絶対に私たちから離れないように」

子供だから当然か。これは自由に調査できそうにないな。

それに魔法に関する何かを調べるにしても、何を調べたらいいものか。他に何かないかと辺りを見回すくらいしかできない。

まあいいさ。まだ子供だから見回れないけど、ある程度成長すれば自分で街へ来られるだろうし。無理に希望を言っても、わがままな子供だと思われるだけだ。良い子でいるように心掛けているのに、その努力が台無しになる。だから今は良しとしよう。

さて、街並みを観察しよう。まず木造と石造の混合建築が多い。造りは現代に比べると雑だけど、この時代ならこんなものだろうと思われる見た目だ。

僕たちの服装はシンプルで色合いも地味。男性はシャツとズボン姿が多く、女性はワンピースかブラウスとスカートが多い。正確には部分的に形は違ったりするけど、大体は同じだ。

街を行く人たちも同じような感じ。ただ鎧《よろい》を着た兵士や傭兵のような人も散見された。村にはいないタイプなので少し珍しい。ああ、ここは異世界なんだな、と改めて実感した。剣と鎧があるのなら、魔法があってもいいんじゃないかとは思うけど。

通りをゆっくりと進みながら、途中でいくつかの店の前で止まると、僕とマリーは馬車で待たされた。大概の店は狭く、大勢で行くと邪魔になるかららしい。大型店舗なんてほとんどないらしく、大体は個人店だ。だから別に不満はなかった。暇だけど。

それにしても、今日のマリーは少し様子がおかしい。いつも以上にニコニコしているしソワソワしている。待っている間も、気もそぞろで、周囲を見回したりしている。何かあるんだろうか。

何店舗かハシゴすると荷台の中には木箱や樽《たる》が増えていった。僕とマリーの居場所は狭くなったけど、ちょっと楽しい。何もない車内より、荷物が多い車内の方がなんかワクワクするよね。僕だけかもしれないけど。

「よし、買い出しはこれで終わりだ。次は鍛冶屋に行くぞ」

鍛冶屋。その言葉の響きに多少の浪漫《ロマン》は感じる。だけど僕には関係ないことだ。剣術はできないし、何より僕は剣士より魔法使いを選んだからだ。

鍛冶屋と聞くと、マリーのソワソワは極限に到達していた。彼女の足元はガタガタと揺れ始めている。貧乏ゆすりである。こんなマリーは珍しい。

鍛冶屋で何かあるのだろうか。そう思いながらも、なんとなく面白いので、マリーを観察するだけにとどめた。そして、街に入って結構な距離を進み、細路地に至ると馬車が止まった。

荷台を下りて、店を見上げる。子供だからかなり大きな店に見えるけど、普通の店だ。四人全員が入っても問題ないくらいには広い。看板には剣と盾らしきイラストがあり、『鍛冶屋グラスト』と書かれている。

父さんが中へ入ると僕たちも続いた。内部には多種多様な武器防具が飾られていた。剣、槍《やり》、斧《おの》、槌《つち》、盾、鎧、ほかにも色々。魔法に関するものがないかと探ってみたけど、やはりなかった。

「あー、いらっしゃ……あんだよ、ガウェインか」

気怠そうに出てきたのは父さんと同年代くらいの男性だった。短髪の男性は僕たちを見つけると、嘆息する。細身だけど、身体は引き締まっていた。

「なんだとはたいした言い草だな。グラスト。お得意様だろう」

「あー、そうだな。悪い悪い。あれだな、注文の品を取りに来たんだろ？」

「ああ。できているな？」

「上等なの作ってやったぜ。嬢ちゃんの剣だしな。おっと、自己紹介が遅れたな。俺はグラスト、こいつ……あー、おまえたちの父さんの、友達みたいなもんだ」

「こ、こんにちは。マリアンヌです」

「こんにちは。僕はシオンです」

僕とマリーが挨拶すると、隣で母さんが嬉しそうに笑った。グラストさんはうんうんと頷き、父さんに向かって言う。

「おまえの子供とは思えないくらい礼儀正しいな、おい」

「殴るぞ」

「やめろ。おまえの拳はマジで痛いから。っと、ちょっと剣とってくらぁ、待っててくれ」

言うや否や奥へ行くと、すぐにグラストさんは戻ってきた。手には小さい剣が握られている。マリーの剣みたいだ。

「ほらよ。子供用に刀身を短くして、重量も軽くしてある。扱いやすいと思うぜ。鞘《さや》には装飾を施してあるから、かなりお洒落《しゃれ》なはずだ」

マリーは父さんを一瞥《いちべつ》する。父さんが頷くと、マリーはグラストさんから剣を受け取った。

鞘には一部、宝石のようなものがあしらわれていた。鞘の表面には綺麗な模様が描かれており、貴族が持っていそうな剣だ。安物とは思えない見た目だった。

マリーが剣を抜くと、刀身が見える。

なるほど、確かに短い。脇差《わきざし》よりもさらに短いかも。それでもギリギリ長剣程度の長さだ。しかしかなりの業物なのではないだろうか。素人目にも切れ味はよさそうだった。

マリーは剣を再び鞘に戻すと、グラストさんに一礼した。

「あ、ありがとうございます」

「いいさ。金は貰《もら》ってるし。ただ結構、本腰入れて作ったからよ、頑丈だし、滅茶苦茶斬れる。扱いには気をつけな。嬢ちゃんくらいの年齢で自分の剣を持つ子供は多くねぇ。買い与えたってことは、それだけ嬢ちゃんを信頼してるってことだ。その信頼を裏切らねぇようにしな」

言葉遣いは荒いが、そこには間違いなくマリーへの想いが込められていた。会ったのは今日が初めてだけど、父さんから話を聞いているのだろう。

グラストさんからすれば、僕たちは甥《おい》っ子《こ》、姪《めい》っ子《こ》みたいな感じなのかな。グラストさんの言葉を受けて、マリーはぐっと唇を引き締めて、真剣な顔をした。

マリーは真面目だからな。間違いなく、信頼を裏切るようなことはしないだろう。

「しっかし、あのガウェインが子供を作るとはなぁ……いまだに信じられねぇよ」

「おい、グラスト。余計なことを言うなよ」

「え？　若い時は放蕩《ほうとう》息子で、世界中を旅するとかわけわからんことに俺を巻き込んで、その旅の途中で出会ったエマちゃんに一目ぼれして、リスティア国へ住むようになったとかか？」

「グ、グラスト！　お、おまえ、喋《しゃべ》れないようにしてやろうか！」

「やー、こわいー、やーめーてー、子供が見てるのー」

青筋を立てる父さんと、棒読みで助けを呼ぶグラストさん。二人の関係はかなり深いようだ。

なんとなく羨《うらや》ましく思うと同時に、父さんもこういう顔をするんだなと、なんだか嬉しくなった。

しばらくして父さんは我に返り、僕たちを見ると、咳払《せきばら》いをして佇まいを整えた。まだ父さんの顔は赤いし、後ろでは母さんがクスクス笑っているけど。

「と、とにかく、ま、また来るからな！　それと、たまにはウチに来い。仕事ばかりしてるんじゃないぞ」

「誘いはありがてぇけどな、案外繁盛してんだよ。修理とか相談に来るお得意さんもいるしよ」

「誰か雇えばいいだろう？　金はあると言っていたじゃないか」

「まあな。でも、店を大きくするために使いてぇんだよ。それまでは一人でやろうかと思ってよ。ま、なんとか回ってるし、現状、問題はねぇよ。休むのが難しいってだけで。それに、おまえが会いに来てくれるから、いいだろ？」

「……たまにだがな。まあいい。また来る。これからは時々、子供たちも連れてこよう」

「お、そうか。へへ、次は息子の方か。あー、じゃなくてシオンだったな。おまえも剣術習ってんだよな？」

「一応習ってはいたんですが、向いてないので別のところで頑張ろうかと思ってます」

「そうか。まっ、親と子供は別だ。親が得意なことが子供も得意とは限らねぇ。自分にできること、できないこと、したいこと、したくないこと。この四つだけ気をつけて生きりゃ、それなりに楽しく過ごせるだろうよ」

「好きなことを仕事にしている人間の言葉は重いな」

子供のような笑顔を浮かべるグラストさんを見て、父さんは呆れたように笑った。

「へっ、これでも大変なんだぜ。色々とな。まあ、楽しいけどよ」

「おまえの次の夢、店を大きくした際には花の一つでも贈ってやろう。では私たちは行く。邪魔したな、グラスト」

「おう。また来いよ！」

ぶんぶんと手を振るグラストさんに向かって、僕とマリーも手を振った。店を出て、馬車に乗ると、情景が流れ出す。

「良い人だったね、グラストさん」

「悪い奴ではないな。ただ、やや言動が荒いが」

「あら、あなたも昔は同じようなものだったわよ」

「そ、そうだったか？　む、昔のことは忘れたな」

楽しそうに笑う母さんの横で、父さんは視線を逸らしていた。二人にも色々とあったようだ。あまり踏み込むつもりはないけれど。

僕の隣ではマリーが嬉しそうに剣を抱えていた。

「よかったね。姉さんがソワソワしていたのは、剣が貰えるからだったんだね」

「え、ええ。まあ、そうよ。ドキドキして落ち着かなかったわ。誕生日が近いし、剣を買ってくれるってお父様に言われたの」

「でも、どうして隠してたの？　別に普通に言えばよかったのに」

「隠してたっていうか……ほら、シオンは何も貰えないのにあたしだけが貰うから、ちょっと悪いなって思ってたのよ」

「誕生日の品でしょ？　それに僕は弟だし、剣が欲しいとは思わないし。別に姉さんが気にする必要はないのに」

「……シオンはもうちょっとわがままになっていいと思うわ」

「わがままだよ。姉さんに、色々と付き合ってもらってるでしょ」

「そういうのじゃないのよね」

じゃあ、どういうのなんだろうか。ああ、そうか、物をねだれってことか。そういえば、何か頼んで買ってもらったことってないかも。マリーはお菓子とか服とか剣とか買ってもらったりしているけど。

僕はないな。だって欲しいものないし。魔法関連の何かがあれば欲しいんだけどな。存在しないものを望んでも、手に入るわけもない。

「シオンは何か欲しいものはないのか？　高価なものは無理だが少しなら何か買ってやるぞ？」

「ううん、欲しいものはないし、いいよ」

僕が即答すると、父さんと母さんは顔を見合わせる。

「本当にいいのか？　別に遠慮はいらんぞ？」

父さんはマリーと同じように僕のことを気にかけてくれているようだ。やっぱり、僕が何も欲しがらないからだろうか。でもなぁ、本当に欲しいものなんてないし。

もう一度、断ろうと思った時、僕は遠くの方に何かを見つけた。それが何かはすぐにはわからなかった。けれど、視線を奪ったその店は、僕の興味も一気に奪った。

「あの、あそこは？」

僕が指差した先に、三人の視線が移る。反応は三者三様だった。

マリーはきょとんとして、母さんは困ったようにして、父さんは顔をしかめていた。

「あそこは……シオンが知らなくていい場所だ」

その店の看板には大きく『妖精屋』と書かれている。なぜかその文言を目にした瞬間、僕は不穏な空気を感じ取った。それは馬車の中にも漂っていた。

父さんと母さんは、何やら妖精屋を忌避しているように見えた。

もしかして妖精を売っている店なんだろうか。以前、父さんが妖精の話をしている時に、調達する人がいると言っていたことを思い出す。

妖精は生物かあるいは現象に近いものと思われているらしいけど、わからないことが多いとか。僕にはこの程度の知識しかない。でもそれだけでもある程度の予想はできる。

妖精は人の形をしている。それを調達する人間がいる。そして……それを買う人がいる。人の形をした何かを買い、飼う。それはペットのように扱うということ。

この世界に愛玩動物がいるかどうかはまだ知らないけど、そのペットが人の形をしているというだけで、受け入れられない人も多いだろう。

「ごめん。ちょっと気になっただけだから、気にしなくていいよ。帰ろう？」

僕はただ、困らせたくなかっただけだった。でも僕のその言葉は、両親の困惑を解消することはなかったようだった。むしろ、少し悲しそうな顔をさせてしまったくらいだ。聞き分けが良すぎたか。でもそう言うしかなかった。

どこか気まずい雰囲気の中で馬車は通りを進んだ。

僕は妖精屋を一瞥した。店からは裕福そうな親子が出てきて、子供は鳥かごを手にしていた。中には小さな人型の何かが入っていた。なぜかその光景が目に焼きついた。

ゴブリン襲来

半年が経過し、僕は七歳になった。成長はしているが、魔法の研究はほとんどそのまま。トラウトから得られる情報はもうないようだった。

気になっているのは妖精と魔物だ。僕の中では幻想生物に類している二種だ。異世界において、魔法に関わる可能性がある生物といえば、魔物と妖精しかいない。一度調べてみたいところだ。

しかし接触する機会は得られない。どうしたものかと考えながら日々を過ごしている。そんなある日のことだった。

自室で魔力鍛錬をしていた僕は、右手に集まる魔力の塊を眺めていた。帯魔状態、集魔状態、そして最近では魔力維持の練習も行っている。大体は数秒が限界だが、少しずつその秒数も増やせている。今は十秒程度まで維持が可能になっていた。

魔力の固着ができるようになっても、あまり感慨はない。魔力の操作自体に、何か意味があるわけではないからだ。最初は勝手がわからず、強い感情を以《もっ》て、魔力を放出していた。

でも、感情は意思でもあるという考えに至った僕は、比較的簡単に魔力を放出することに成功。完全に無機質な感情と意思では魔力は発生しないが、明確な感情は必要ないようだった。

恐らくは慣れだ。何度も続けていた魔力放出により、感情の加減がわかり、意思に伴い、魔力が生まれるようになった。

簡単に言えば、行動や意思の根底には感情がある。明確な感情ではなくともそこでは必ず、僕が何かを求めて何かをしようとしているはずだ。この場合の感情は欲求という表現の方が近いだろう。

意識が混濁している状態、つまり混乱していたり、極度の疲労の状況では別だが、正常な時は前述の通りになるはず。つまり適度な感情と意思があれば魔力は放たれる。

ひどく曖昧だが、恐らく感情、意思、欲求の割合によって魔力が放出されるということだ。その塩梅《あんばい》がわかるまではかなり修練が必要だった。

そこまでいくと、また壁にぶつかったわけだけど。今度こそ頭打ちだ。他に何も指針がない。

……と、突然、階下でバタバタとけたたましい足音と声が聞こえた。

何事かと僕は階下へ下りる。外は大雨で、雨音がうるさかった。

一階に下りて居間に向かうと、外套《がいとう》を羽織ったままの父さんが、ずぶ濡《ぬ》れで立っていた。その傍《そば》には数人の村人。大人の男性が同じような格好で、揃《そろ》って表情を硬くしている。母さんと何やら話しているようだ。

何か様子がおかしい。こんなことは今までなかった。不安に思っていると、二階からマリーが下りてきた。彼女も気になって来てみたのだろう。

二人して、父さんたちのところへ移動すると、僕たちに気づいてくれた。

「あの、何かあったの？」

どうしたものかと大人同士で視線を合わせていたけど、父さんが口を開いた。

「ゴブリンだ」

「ゴブリン？　って、も、もしかして魔物!?」

「ああ、そうだ。この近辺でゴブリンを数体、見かけたという証言があってな。危険だが、討伐しなければならなくなった。家から絶対に出ないようにしなさい」

ゴブリンといえば、魔物の代表的な存在。ゲームなどでは、多くは雑魚敵として描かれており、駆け出しの勇者や冒険者の獲物のはず。この世界も同じようなものなのだろうか。

しかし、その割には全員の顔が真剣だし、青ざめている。父さんは母さんに向き直ると言った。

「村の女性、老人と子供たちは全員ここに集める。全部で三十人ほどだ。男たちでゴブリンの巣に行って討伐してくるから。決して外に出ないように」

「ええ、わかりました」

いつも柔和な表情を浮かべている母さんだったが、今日に限っては表情が硬い。

大人たちが狼狽《ろうばい》しているだけで、こんなに不安に思うものか。僕も中身は大人だけど、何も知らない子供でもある。マリーも同じだったのか、僕の手をぎゅっと握った。

「だ、大丈夫。お父様たちがやっつけてくれるから。それに、あたしが守ってあげるからね」

マリーは剣を腰に携えていた。確かに彼女の剣術は子供にしてはたいしたものなのだろう。でも実戦経験はないし、あくまで子供にしてはだ。魔物相手に通じるのだろうか。

僕には漠然とした不安しかない。それに魔物と聞くと、どうしてもゲームのような印象が強く、実感が薄かった。その上、相手はゲームでは弱いとされることが多いゴブリン。こんなに狼狽《うろた》えるものなのだろうかという疑問は浮かぶ。

しかしみんなの反応からして、かなり危険な生物であることは間違いないだろう。考えを改めた方がいいようだ。

「では、私たちは巣に向かう。なあに、二匹程度しかいないようだし、大丈夫。男たち全員でかかればなんとかなるだろう。別のゴブリンがいないか確認するためにも山狩りが必要だが問題ない。少し時間がかかりそうだが」

恐らく、父さんは安心させるために言ったのだろう。母さんに向けての言葉だったが、明らかに僕たちにも聞こえるように言っていた。

でも僕はその言葉で、現実を理解し始めてしまう。男たち全員で、と父さんは言ったのだ。村の大人の男性は十数人いる。その全員で二匹を倒す。

そうしなければ倒せないのか。いや、もしかしたらそれでも簡単ではないのかもしれない。それほどに危険なのか。僕は瞬時に状況を把握し、そして反射的に父さんを呼び止めた。

「と、父さん」

「シオン、悪いが、時間がないんだ。話なら後にしなさい」

「す、すぐ終わるから。父さん、ゴブリンは外から二階に入るだけの知恵や身体能力はある？」

怪訝《けげん》そうにしていた父さんだったが、すぐに答えてくれた。

「いや、それはない。奴らは頭が悪いし、家の外壁には凹凸が少ないから登れないだろう」

「だったら、僕たちは二階で閉じこもっておくよ。一階の入り口は家具とかでできるだけ入れないようにしておく。そうすれば、仮にゴブリンたちが来ても入れないよね？」

僕が言うと、父さんは指を顎《あご》に添えて、考えていた。

隣にいた母さんや大人たちが驚いたように僕を見ていた。

マリーは不安そうに動向を見守っている。

「確かに……では、そのようにしてくれ。私たちが戻ったら二階に聞こえるように合図を送る」

「うん、わかった。父さんたちが戻ってくるまでは部屋を出ないから」

父さんは鷹揚《おうよう》に頷《うなず》くと、僕の頭を撫《な》でた。

「頼んだぞ、シオン」

そしてすぐに離れると大人たちを引きつれて外に出た。

マリーの手は僕の手を掴《つか》んだまま。その力が、少しだけ強くなった気がした。

「そ、それじゃ、みんなが来る前に窓に板を打ち付けましょう。く、釘《くぎ》はグラストくんから貰《もら》ったものがあるし、板はこういう時のために置いてあるから。え、えと、ど、どこにあったかしら」

母さんはおろおろとし始める。緊急事態には弱い性格のようだ。

「中庭の倉庫にあったはずだから、持ってくるよ。母さんは釘を集めておいて。姉さん、行こう」

母さんもマリーもかなり狼狽している。少しでも冷静な僕が仕切った方がよさそうだ。そう思い、僕は中庭の倉庫から板を運び始めた。

その後、すぐに村中の老人や女性、子供、そしてローズが家に集まり僕たちは事情を説明した。

慌てて大人たちが作業を始める中、一人の女の子が駆け寄ってくる。

「わたくしも手伝いますわ」

「ありがとう。お願いするよ」

ローズが表情を強張《こわば》らせながらも申し出てくれた。こんな状況でも彼女は比較的に冷静なようだった。それでもやはり状況が状況だ。いつもと違ってかなり緊張している様子だった。

大人を中心に板を運び、窓に打ち付ける。扉にも板をいくつか打ち付けて、これでもかというように家具で塞《ふさ》いで入れないようにした。これなら多少は障害になるはずだ。

総勢三十人の戦えない人たちは不安そうに一階に集まっていた。最低限の補強を終えると、全員で二階に移動した。二階の部屋は五つ。僕とマリーの自室、夫婦の寝室、書斎と客間がある。

マリーの部屋に僕、マリー、母さん、ローズ、他に男の子を連れた母親の六人で入ることになった。

詳しくは知らないけど、ローズには家族がおらず、村長さんの世話になっているらしい。以前、迎えに来た人が村長さんなのだろうか。村長さんは戦えるので討伐に行っているようだ。

マリーの部屋は飾りっ気が少ないけど、人形が少しだけあった。カーテンやシーツも淡い色合いだったりレースだったりで、女の子の部屋っぽくはある。

僕たちは部屋に入ると、机を扉の前に動かして、ベッドや椅子に座った。外は大雨で、様子がよくわからない。それが余計に不安を大きくしているような気がした。

魔物か。魔法の研究のため、調べたいと思っていたけど、これでは難しそうだ。僕も、さすがに死にたくはないし。

母さんは僕とマリー、ローズの三人を抱き寄せてくれていた。

村人の親子も部屋の隅で身を寄せ合っている。

無言のまま時間が過ぎる。いつもと違う。こんなのは想像もしていなかった。でも現実なんてそんなものだ。備えもなく、いきなり不幸に見舞われたりする。僕も、そうやって死んだのだから。

あんな思いは二度としたくない。そしてみんなにも味わわせたくない。

僕は何も言わなかった。本当はゴブリンに関して聞きたかった。けど、今そんなことを話せば、みんなの不安を煽《あお》るだけだ。だから僕は黙し通した。それにゴブリンたちがもしも近くにいたら、話し声で場所を知らせてしまう。そんなことになれば危険だ。

そういう思いがみんなにもあるのだろう。だからじっと我慢していた。

どれくらい時間が経《た》ったのか。恐らく一時間程度はそうしていた。

ふと雨音に何かの音が混ざっているように感じた。その違和感はちょっとずつ大きくなり、近づいてきている。これは足音か？　途中で、何か甲高い音が混ざっている。ガラスを引っ掻《か》いた時のような不快な音だ。それが、徐々に迫っていた。

マリーと母さんの震えが大きくなる。母親と子供も同様に恐怖に顔を歪《ゆが》ませていた。みんなも気づいているようだ。父さんたちではない。合図がなかった。

そして音は玄関の方に移動して、そこから動かなかった。

何かがそこにいる。連想はしている。だけどそれが現実だとは思いたくなかった。

数分の空白。もしかしてどこかへ立ち去ったのかと思った時。

ガンガンガンガンガンと扉が何かに叩《たた》かれていた。小さな悲鳴が辺りから聞こえる。みんなが震えて、耳を塞いでうずくまる中で僕は耳を澄ませた。数分間音は聞こえていたが、扉は破壊されなかったようだった。

音は鳴りやむ。しかし足音がまた移動を始めた。

家の脇に移動したそれは再び足を止めると、気持ちの悪い鳴き声と共にけたたましい音を鳴らす。

パリンという音。それは間違いなく窓を叩き割った音だった。

再び、ガンガンという音が響き渡る。途中で軋《きし》む音が混ざり、やがてもっとも聞きたくない音が響いた。明らかに木材が破壊される音と共に、何かが一階に入ってきた。

間違いない。もう確実に、これは魔物だ。ゴブリンがやってきたのだ。

「ギィイイイイギャアアッ！」

金切り声。それは一階から二階に届き、僕たちの恐怖を増幅させた。みんな泣きながら震えて、縮こまっている。音を鳴らさずにじっとして、そうやって危機が去るのを待つことしかできない。

しばらく一階で暴れるような物音が聞こえていた。そして変化が訪れてしまう。

トントントン。階段を上る音が響き渡った。少しずつ、確実に何かの気配は近づいている。それは階段を上りきり、廊下を進むとやがて立ち止まった。

「ギイィ、ギギギィッ」

近い。すぐそこにいる。恐怖が身体を縛る。震えが止まらず、僕はただ扉を見つめる。

マリーは僕に縋《すが》り、ローズは僕の手をぎゅっと握り、母さんは僕たちを守ろうと抱きしめる。

そんな状況は長くは続かず、一枚の薄い扉は激しく揺れた。

「ひっ……!?」

男の子が悲鳴を上げた。その瞬間、ゴブリンは激しく扉を叩き始めた。

こんな状況だ。誰も責められない。

叩かれる度に扉は歪む。すぐに破壊されることは間違いなかった。でも僕たちには対処しようがない。扉と、その前にある机がなんとか耐えてくれることを祈るだけ。

だがその願いは脆《もろ》くも崩れ去る。破壊音と共に、扉の上部が壊れ、何かの手が部屋に伸びた。

緑色の何か。蠢《うごめ》くそれには鋭い爪が生えており、明らかに何かを殺すためのものだった。

隙間《すきま》から顔が覗《のぞ》く。醜悪な。恐怖を体現したような顔。形は歪《いびつ》で、不快感を催す。赤黒い目がぎょろっとこちらを覗き、そして口腔《こうこう》が歪んだ。笑ったのだ。

「ギイイギィギギギッギギギッギッ！」

嬉《うれ》しそうに叫びながら、ゴブリンは扉を何度も殴った。扉の上部はほぼ破壊された。

ゴブリンが入ってきた。猫背で腹は気持ち悪く膨らんでいる。ゴブリンというよりは日本の餓鬼のようだった。手には何も握られていない代わりに、太い爪がある。口腔には牙が伸びており、噛《か》まれればひとたまりもないことがわかった。

魔物が目の前にいる。僕が研究したいと思っていた魔物が。そう思っていたはずなのに。今は、そんな考えは微塵《みじん》もなかった。ただただ怖かった。

こんな相手を研究したいなんて思っていた過去の自分を蔑《さげす》む。こんな恐ろしい存在を軽視していた。魔物なんてたいしたことはない。そんな風に思っていたはずだ。

ゴブリンなら尚《なお》のこと。だって雑魚として扱われている魔物なのだ。弱いに決まっている。そう思っていたのに、目の前にいるその雑魚は絶望そのものだった。

絶対に抗《あらが》えない。僕たちは殺されてしまう。それを全員が理解していた。

「こ、子供たちだけは、こ、殺さないで……！」

母さんが叫ぶ。しかしゴブリンにそんな言葉が通じることはない。いや、通じていた。だからゴブリンは嬉しそうに笑ったのだ。

怯《おび》える獲物を見て、自身が圧倒的な強者であると自覚し、優越感に浸ったのだ。

もう手段はない。殺されるしかない。そう僕が思った時、マリーが突如として立ち上がった。

鞘《さや》から剣を抜き、構えた。彼女は僕たちを守るように、背中を向けていた。ゴブリンと対峙《たいじ》する、剣士。しかしその肩は異常なほどに震えていた。

「あ、あたしが、あ、相手に、な、なるわ」

ああ、無理だ。絶対に勝てない。殺されてしまう。

その勇気はとても尊く素晴らしいものだ。でも、現実は非情なのだ。この魔物を相手にしては、何もできはしない。

不意に何の脈絡もなく、ゴブリンが手を振るとマリーの剣が宙を舞い、壁に刺さった。

「え？」

マリーが素《す》っ頓狂《とんきょう》な声を上げる。

ゴブリンが軽く腕を振るっただけで、武器を手放してしまったのだ。

相手は魔物。知性はないだろうが、戦闘能力は圧倒的にあちらが上だ。背丈はマリーよりも多少高い程度。小柄だ。でもその身体には圧倒的な力が秘められている。

ゴブリンが腕を掲げる。

「あ、あ……あ」

マリーは恐怖から動けない。

僕は反射的にマリーに向かい駆けだそうとした。だがその前に、僕の視界を誰かが覆った。

何かの音が響いた。誰かが倒れている。マリーと……母さんだった。

血が出ている。溢《あふ》れている。母さんの背中には深い裂傷が走っていた。母さんがマリーをかばったのだ。

マリーは母さんの下敷きになっているが無事のようだった。でも動揺から目を泳がせて、母さんを見ていた。

母さんは半身を起こした。

「け、怪我は……ない……？」

「あ、あたしは、だ、大丈夫。お、お母様が」

「い、いいの。あなたが、無事なら、そ、それで」

かなりの重傷であることは間違いなかった。

出血の量が多い。身体中の熱が奪われていく気がした。

母さんが死ぬかもしれない。そう思うと、怖くて怖くてしょうがなかった。

ゴブリンが母さんたちの方へ歩く。悠然と。まるで状況を愉《たの》しんでいるかのように。

母さんはマリーを抱きしめて、かばうようにゴブリンに背を向けた。

ダメだ。ダメだダメだダメだダメだ！　二人とも殺されてしまう。家族が、大事な人たちが殺されてしまう。絶対に嫌だ！　そんなの絶対に受け入れられない！

僕は衝動的に床を蹴る。無意識だった。ただ二人を助けないといけないと思った。

ゴブリンも僕の行動は予測できなかっただろう。相手はただの子供。それが突然、襲いかかってくるなんて考えもしなかったようだ。だから、僕は簡単にゴブリンに触れることができた。

目が合った。赤い目が僕を見ていた。なんておぞましい顔をしているのか。

ゴブリンは僕を見るとニタァと笑う。当然だ。相手は子供。武器もない。何もない。何もできない無力な子供だ。それが腕を掴んだからといって何になるのか。

僕もわかっていた。僕は何もできない。でも何もしないままではいられなかった。

対策はない。何もない。なかったはずだった。

ゴブリンの身体に淡い光が宿っていることに気づくまでは。

近くで目を凝らして初めてその事実に気づいた。それは魔力の放出。

急激に、僕の頭は冷静になる。今までのことをすべて思い出した。何がきっかけなのか自分でもわからない。でも確かに、すべては繋《つな》がっていた。僕が今まで培ったそのすべてが。

そして僕は瞬時に結論を出す。魔力の性質。魔力の反応。そこから導き出される答え。

僕は反射的に帯魔状態になり、集魔を行う。ゴブリンに触れている右手に魔力が集まった。

ゴブリンが僕に向かって爪を伸ばす。

魔力が一気に高まる。

ゴブリンの爪が瞳に触れそうになる。

「ギャアアアアアアアアッ!!」

ゴブリンが叫びだし、焼け焦げるような悪臭が部屋に充満する。

ゴブリンの腕は蒸気を発しながら、焼け焦げる。火傷《やけど》が進行し、腕は抉《えぐ》れていく。僕の手が触れている場所から、まるでウイルスが侵食するかのように、ゴブリンの身体が黒く変色していった。火は存在しない。だが火傷のような現象を起こしながら、ゴブリンの腕は削れて、やがて床に落ちた。

あまりの激痛からか、ゴブリンは床をのた打ち回る。だが生きている。殺さなくては。でなければみんなが殺される。

僕はすぐにゴブリンの頭に右手を当てて、再び魔力を放出した。

頭部から蒸気が上がり、臭気と共に、ゴブリンは悲鳴を上げる。しかしそれも長くは続かなかった。十秒。それだけの時間でゴブリンは絶命し、動かなくなった。

「はっ、はぁ、はぁ……」

僕は必死だった。だから自分がしたことを認識する暇もなかった。

魔力を持つ者は魔力に反応する。魔力に触れると熱を感じ、感触を得る。それが弱い魔力であれば温かい程度。では練りに練った強い魔力ではどうか。僕はそこに賭けた。

一年ほどの魔法の研究と魔力鍛錬により、僕の集魔はかなり濃密なものになっていたらしい。あくまで仮定。半ば実験的。でも成功した。僕の魔力で、ゴブリンは死んだのだ。

ゴブリンが魔力を持っていなければ勝てなかった。魔力を与えても、体内魔力がなければ反応しないのだから。

僕は荒い息をそのままに死体から後ずさる。

気持ち悪い。吐きそうだ。ニオイと自分がしでかしたことに。仕方がなかった。でも人型の生物を殺したという事実を、僕は激しく嫌悪した。

ローズとマリーは驚いたように僕を見ていた。

親子からは奇異の視線が僕へと向けられていた。そして彼らは僕と目が合うと、小さく悲鳴を漏らし、僕から距離をとるように後ずさった。

それじゃまるで僕が化け物みたいじゃないか。僕はただ魔物を倒さないとみんなが死ぬって、そう思ったから必死で抗っただけなのに。

僕は自分が穢《けが》れた存在になってしまったように感じた。大型の生物を殺したことは初めてだ。嫌悪感が凄《すさ》まじく、吐き気がした。得体《えたい》の知れない罪悪感と、別の世界へ踏み入れたような、妙な後悔が僕を苛《さいな》んだ。

僕は自分の手を見下ろす。この手で殺したのだと思うと、僕はどうしていいかわからなかった。

ふと僕の手に誰かの手が重ねられた。

「……シオンのおかげで助かりましたわ。ありがとう」

ローズだった。彼女の表情は決して清々《すがすが》しくはなく、安堵《あんど》感もそこにはなかった。それに彼女の手は震えていた。先ほどまでの出来事を考えれば当然だろう。

もしかしたらその恐怖は、僕に対して抱いているのかもしれないとも思った。けれど、それを僕はすぐに否定した。ローズには僕に対する強い気遣いがあったからだ。だから僕は彼女の思いを素直に受け取れたし、少しだけ冷静になれた。

男の子の母親から向けられる視線には、明らかに警戒心や恐怖が滲《にじ》んでいたけれど、なぜか少し気まずそうにしてもいた。

さっきまでの心境が嘘《うそ》のように、僕は冷静さを取り戻しつつあった。きっとローズのおかげだ。

「お、お母様!?」

マリーをかばうように抱いていた母さんが、地面に倒れてしまう。

それでようやく僕は我に返った。今は僕のことなんてどうでもいい。母さんを助けないと。

マリーは我を失い、母さんを揺さぶっていた。

「だ、だめだ、動かしたらいけないっ！」

僕は急いでマリーの近くに移動した。マリーはかなり混乱している。それも仕方ないことだ。実の親が死にかけている状態で冷静になれるはずがない。

僕は、どうして冷静なんだろうか。違う。怖いけど大人の自分が囁《ささや》くのだ。冷静にならないと大事なものを失ってしまうと。だからゴブリンを倒せた。今も冷静でいられる。落ち着かないと、誰かが死んでしまうと思ったから。

暴れるマリーを羽交い絞めにしていた僕だったけど、ローズが慌てて手伝ってくれた。

「わ、わたくしが代わりますわ」

「お、お願い」

「お、お母様！　お母様ぁっ！　離して、離してよっ！」

マリーを母さんから引きはがすローズ。彼女は比較的冷静になっているようで助かった。

僕は母さんの顔色を確認する。血色が悪い。明らかに出血が多すぎる。脈拍はまだ大丈夫。でも安全なわけじゃない。

背中には裂傷が走っている。まだ出血している。止血しないと。

あまり動かさない方がいいけど、床で治療すると体調が悪化する。せめてベッドに移動させたい。

しかしマリーは我を失っていて、ローズはそんなマリーを羽交い絞めにしている。

僕は七歳で小柄。どちらにしても子供だけでは無理だろう。大人一人を運ぶことはかなり大変だ。すぐそこにいる親子は僕を恐れている状態だ。すぐに冷静になることなんて無理だろう。協力を求めても応えてくれるとは思えない。

他にゴブリンはいないはずだ。物音はしない。だったら。

「誰か！　こっちに来て手伝って！」

叫ぶと、他の部屋から誰かが出てきた。女性や老人たちが部屋の様子を見て驚き、ゴブリンが死んでいるとわかると、駆け寄ってきた。

「い、一体、何が？」

「今は母さんをどうにかしないと！　ベッドに運んで！」

大人の女性たちが協力して母さんをベッドに運んでくれた。

あんなに元気で優しかった母さんが、今はまったく動かない。呼吸はしている。大丈夫、きっと助かる。

マリーも少しずつ落ち着いてきたのか、泣きながらも暴れることはなくなっていた。

ローズが優しくマリーを抱きしめてくれていた。

「誰か医学や薬学に詳しい人はいますか!?」

誰もが顔を見合わせるだけだった。小さな村だ。そんな知識のある人間はいないだろう。

どうする。このままだと危険なのは間違いない。誰もできないなら、僕がするしかない。落ち着け、冷静にならないと母さんが死んでしまう。何をすべきか、きちんと考えれば、きっと大丈夫だ。

「じゃあ裁縫が得意な人、いますか!?」

何人かが手を上げてくれた。その中で一番腕がいいと言われる人を選ぶ。若い女性。多分、十五、六歳程度。普通の女の子で髪は三つ編みにしていて、そばかすがあるのが特徴的だった。

「あ、あの、な、何をするんですか？」

「ちょっと待ってて。他の人、母さんの寝室に裁縫道具があるからとってきてください。それと台所にお酒があるから、濃度が高いやつを持ってきてほしいです。あとは蝋燭《ろうそく》を用意して火をつけてください。それと清潔な布をできるだけ持ってきてください！　それぞれ分担して用意してくださ い！」

僕が言うと、理由はわからないだろうが、みんなが急いで行動を始める。

「残った人は……その、ゴブリンの死体を廊下に出してほしいです。嫌だろうけど……お願いします。終わったら廊下に出ていて。何かあったら呼びますから」

みんな僕の指示通りに動いてくれた。誰も指揮をとらないから、余計に動きやすかったんだろう。

死体の移動も思いのほか、円滑に進んだ。慣れてるのかな……。

準備ができるまで僕たちにできることはない。母さんに声をかけて、手を握るくらいだ。

部屋にはマリーとローズ、僕と三つ編みの女の子だけが残る。同室だった親子は僕から逃げるように出ていこうとしていたけど、男の子が僕の横で足を止める。

「あ、ありがとう、お兄ちゃん」

そう言って、僕の手を恐る恐る握った後、すぐに走り去っていった。

男の子の母親は戸惑いながらも頭を下げて、階下へと下りていった。

少しだけ救われた気がした。僕は目を閉じて、さらに冷静さを取り戻す。まだすべてが終わったわけじゃない。

僕はすぐにマリーの近くに移動し、話しかけた。

「姉さん、今から母さんの治療をする。だから落ち着いて。そうじゃないと母さんが助からないかもしれない」

「た、助からないって、イヤッ！　し、死んじゃうなんて！」

「だから落ち着くんだ。姉さんが暴れると母さんが危なくなる。わかった？」

僕はマリーの手を握り、じっと目を見つめる。それが彼女を少しは冷静にさせたらしい。マリーは何度も頷いた。

「わ、わかったわ」

「よし。それじゃ、そこで見ていてね」

ローズがマリーの肩を抱いてくれていた。彼女がいればもう大丈夫だろう。

僕はローズに視線を送ると、ローズは頷いてくれた。任せろということらしい。頼りになる子だ。

「それと姉さん、短剣か何かある？」

「え、ええ、そこに」

棚にあるようだ。手のひらサイズのナイフがそこに入っていた。はさみなんて便利なものはない。

僕はベッドに戻り、三つ編みの女の子に話しかけながら、母さんの様子を確かめる。

「名前を聞いてもいいかな？」

「リ、リアです」

「敬語はいらないよ。年下だし。普通に話して。僕はシオンっていうんだ」

「え、うん、わ、わかった。シオン、くん」

緊張しているようだ。この状態はちょっとまずいな。彼女の役割はかなり重要だ。失敗は許されないが、それを彼女に言ったら余計にプレッシャーがかかりそうだ。

僕は母さんの服をナイフで切断し、背中の傷を露出させる。どくどくと血が溢れていた。

「ひ、ひどい傷……」

「……でも思ったよりは傷は深くないみたいだ。肩から背中にかけて傷が伸びている。ゴブリンの爪に毒があったりはする？」

「な、ないと思う。聞いたことがないもん」

「よかった。毒に関してはどうしようもないし」

しかし不衛生ではあるだろう。しっかりと消毒すれば大丈夫だと思いたいけど。それにこのまま放置していたら危険なのは間違いない。

この世界には病院なんてないのだ。ちょっとした怪我でも命取りになる。

毒はなくとも何かしらの感染病になる可能性だってある。昔の人は風邪で死亡したことも少なくないと聞く。

「も、持ってきましたよ！　シオン坊ちゃん！」

村の人たちは僕が言ったものを全部用意してくれた。

リアと僕たち以外の人たちには外に出てもらった。

一応、他のゴブリンがいるかもしれないので一階での見張りを頼み、もし現れたら、すぐに部屋に戻るように指示した。

「じゃあ、始めよう」

「あ、あの、何をするんですか？」

「縫合だよ。傷を縫うの」

「は、はい!? ど、どうしてそんなことを？」

参ったな。やっぱり、縫合術自体がないのか、浸透していないらしい。

外科手術は、西洋医学が未熟だった時代ではかなり批判を浴びたり、迫害を受けたりとかしたらしいし。まあでも、縫合なら身体を傷つけるという印象は薄いだろうし、きっと大丈夫。メスを入れたりすれば、さすがに問題になるだろうけど。

「傷口を縫合しないと出血が止まらないし、傷が開いたままで危険だからだよ。だから縫って、疑似的に傷がない状態にする。そうしたら傷の治りも早いし、出血も抑えられる。感染を防ぎやすいし……と、とにかく僕の指示通りにして、いいね？」

なぜそんなことを知っているの、という視線を受けて、僕は慌てて言い切った。自分がしていることの重大さに気づきかけていたが、今はそんな場合ではない。大事なのは母さんを助けること。それだけだ。

「よ、よくわかりませんけど……そ、その、でも奥様の身体を傷つけるわけには」

「傷つけて救うか、傷つけないで見捨てるか、どっちがいい？」

僕は最低なことを言っている。でも必死だった。問答をしている間も、母さんの状況は悪化している。それに僕では上手《うま》く縫えるかわからない。だから彼女に頼んでいるのだ。

僕の言葉に、リアは迷っていたがローズが彼女の肩をぽんと叩いた。

「お願いしますわ」

そう一言告げると、リアは意を決して大きく頷いた。

ローズとリアは元々知り合いなのだろうか。

「わ、わかりました。やります」

「何かあったら、全部、僕の責任だから。じゃあ、まずは――」

僕は指示を始めた。応急処置的なことだから、そんなに難しいことじゃない。

まず両手をきちんと洗って、清潔な布で血を拭《ぬぐ》って、アルコールで消毒し、針を火で炙《あぶ》って、傷口を縫う。これだけだ。

しかし、初めてのことだし、相手は領主の奥さん。リアからすればかなり緊張しただろう。それでもここまで抵抗なく、やってくれたのはありがたかった。

ただの縫合だ。それほど難しくなく、十数分で完了した。傷口を縫うと出血は止まった。かなり綺麗《きれい》な縫い目だ。皆が言うだけあって、裁縫技術はたいしたものらしい。

見た目とは違い、度胸もあるようだった。

慎重に包帯を巻くと母さんを上向きに寝かせる。

「ありがとう。助かったよ」

「う、ううん。でも、これで奥様は助かるの？」

「安静にしていれば、多分。出血量は多いけど、死に至るほどじゃないと思う」

輸血できればいいんだけど、そんなものはない。注射器を作るなんて技術はこの世界にはないだろうし、それだけの腕がある人間がいても、まず作成に時間も費用もかかるだろう。そんなものができるまで待つ余裕はない。母さんの脈拍と顔色を見ると、一先《ひとま》ずは安定している。

「シ、シオン。お母様は？」

「もう大丈夫だよ。しばらくは様子を見ないとだけど、大丈夫。治るよ」

「う、ううっ、ああ、うわああん！　シオンぅっ……お母様がぁ、お母様がぁ……っ」

マリーはくしゃっと顔を歪ませて、僕に抱きついてきた。

僕は何度も大丈夫大丈夫と背中をさすってあげる。彼女の気持ちはわかる。だって僕も同じ気持ちだったから。気づけば、僕も泣いていた。ずっと我慢していた感情が溢れ出る。

怖かった。とても。怖くてしょうがなくて、そして安堵して、力が抜けた。

すべてが終わったのだと実感したのは、それから数十分後。父さんたちが帰ってきた時だった。

翌日。父さんたちの寝室で母さんが寝ている。その横でお医者さんが椅子に座りながら、母さんの診察をしている。医者といっても、この世界では薬学療法が主らしく、いわゆる西洋医学の知識は乏しいようだ。それでも僕よりは圧倒的に知識が豊富だろうけど。

ちなみに母さんはもう意識を取り戻している。顔色はあまりよくないが、話せるくらいには回復している。

「うんむ。問題ない。それなりに深い傷だったみたいだがね、幸いにも骨や内臓には到達していなかったようだね。傷口も綺麗に縫われている。誰か医学に精通している人間がいたのかね？」

僕は答えに窮して、無言を通した。あの現場にいたのは僕とマリー、母さんとローズ、それとリアだけだ。母さんは気絶していたし、ローズとリアはここにはいない。

知っているのは僕とマリーだけ。結局何も説明せずにいると、医者はさらに続けた。

「縫合自体は珍しくはない。医学をかじっていればね。ただ、医者にかかる人間自体多くはないし、医学書も高価だ。精通している人間はそう多くはないと思うがね。ふむ……まあよかろう。とにかく安静にして、しっかりご飯を食べなさい。では、儂《わし》は帰るでな」

「ありがとうございました」

父さんが老人の医者に頭を下げると、僕たちも倣って頭を下げた。玄関まで医者を見送り、再び部屋に戻った。ベッドに寝ている母さんは優しく笑っている。かなり疲弊している様子だ。起きているのも辛《つら》いはず。

隣を見ると、マリーが悲しそうな顔をしながら俯《うつむ》いていた。しかし、すぐに顔を上げると、母さんに向かって口を開いた。

「あ、あの！　お、お母様……ご、ごめんなさい。あたしのせいで……あ、あたしのせいで、こんなことに」

マリーは今にも泣き出しそうだった。

それはそうだろう。自分をかばって、母さんは怪我をしたんだ。僕を含め、誰もマリーを責めないし、そんなつもりは毛頭ない。けれどマリー自身は自分を責めるだろう。彼女はそういう子だからだ。

しかし母さんは柔和な笑みを浮かべたまま、マリーの頭を撫でた。

「いいの。いいのよ。マリーのせいじゃないわ。マリーが戦おうとしてくれたから、少しだけ時間が稼げたんだもの。だから、自分を責めなくていいの。マリーは悪いことをしたんじゃないわ。勇気を出して、みんなを守ろうとしたんだもの。だから胸を張っていいのよぉ」

優しさに溢れた言葉だった。僕も思わず、泣きそうになるくらいに。

マリーはたまらず泣いてしまったけど、すぐに涙を拭った。そしてグッと唇を引き締めて、真剣な顔になる。母さんの前で泣いてはいけない、そう思ったんだろう。怪我で辛い思いをしているのにこれ以上、心配をかけないようにしたんだと思う。マリーはまだ幼いのに、人を慮《おもんぱか》ることができる人だから。

二人の会話が終わったと見ると、父さんが口火を切った。

「では、話はそれくらいにして、ゆっくり寝ていなさい。しばらくは私たちが身の回りのことをするから」

「ごめんなさい……迷惑をかけてしまったわね」

「迷惑なんかじゃないさ。君も子供たちも無事でよかった。本当に」

「ええ、記憶が曖昧だけど……もう安全なのよね？」

「ああ。安心しなさい。もう付近のゴブリンは全部駆除した」

「そう……よかった……ごめんなさい、もう、眠く……なって……」

母さんは目を閉じた。すぐに寝息が聞こえる。父さんが母さんに毛布を掛けてあげた。

僕たちは廊下に出ると、一階へと下り、居間に入る。

「二人に聞きたいことがある。座りなさい」

きた。予想はしていたので、面食らったりしない。でも覚悟が必要ではあった。

昨日の騒動後、父さんたちが帰ってきた時、すべては終わっていた。聞くと、父さんたちは近くの森にあったゴブリンの巣を見つけ、そこに棲《す》んでいたゴブリンを二体倒したらしい。

しかし、二体にしては巣に残された痕跡が多いことに気づいた父さんたちは、急いで村に戻ることにしたという。村には怪我人はいたけど、死人は出なかったとか。

その後、再びの周辺の捜索と、ゴブリンの痕跡を再調査、家の修理とゴブリンの処理、それと母さんの状況確認と、街に医者を呼びに行くということが重なり、僕たちに事情を聞くことができなかったのだ。

色々と疑問はあっただろう。逆の立場なら、僕も同じように思ったに違いない。

テーブルについた僕たちは椅子に座る。僕とマリーが並び、正面には父さんが座った。

「では、事情を聞こう。何があった？」

どう話したものかと悩んだが、嘘をついても、他に目撃者もいるし、騙《だま》せないだろう。真実を話すしかない。信じてもらえなくとも。

僕はゴブリンが突然襲いかかってきたことを話した。そして、マリーが襲われ、かばった母さんが傷を負ったこと。僕が研究していた魔力を使ってゴブリンを倒したこと。その後、僕の指示で応急処置をしたことを。

話している最中、父さんはじっと目を閉じて、聞き入っていた。話し終えると静寂な空間が生まれる。そして、父さんがゆっくりと目を開いた。

「それを信じろと、私に言うんだな？」

「……嘘は言ってないよ。全部事実で……これ以上、説明のしようがない」

そう言うしかなかった。あまりに非現実的だけど、でも事実なのだ。

昨日から、どう説明したらいいのか悩んでいた。でも結局、嘘をつけないし、誤魔化しも利かないという結論を出した。目撃者が多い中で、どうしても嘘は言えなかったのだ。

こうなることは想像できていた。でもそんなことよりも、母さんとマリーを救いたかった。

沈黙が続く。父さんは顔をしかめて黙っていたが、やがて嘆息した。

「領民たちから事情は聞いている。確かにシオンの話と合致する。母さんの治療をしたという部分も聞いた。だが……どうしてそんなことができた？　どうして医療の知識があった？」

僕は前世では三十歳の男で、日本という国に住んでいて、そこはかなり技術が発達していて、色んな知識を得られるんだ、なんて言えるはずがない。ただ父さんを困らせるだけだ。

だから曖昧なことを言うしかない。

「僕も、なぜかはわからないよ。でも知ってたんだ」

父さんはため息を漏らし、頭を抱えた。

僕とマリーはただ動向を見守ることしかできない。

「以前、マリーが湖で光が見えると言っていた。それと、魚の入った桶《おけ》の上に手をかざせと言っていたな。何を言っているのかと思ったが、先ほど話していた魔力というものに関係があるのか？」

「どうしてわかったの？」

「シオンは昔からおかしなことを言うことはなかったし、行動も理性的だった。子供らしくないくらいにな。それなのに、部分的に違和感のある言葉を言ったり、行動をしたりしている。それもごく一部だけ。だから変だとは思っていた」

「信じてくれるの……？」

「わからん。私は子供のことを信じたい。事実、おまえの説明通りのことは起きている。だが信じがたい。なぜ知識があったのか、この際それは置いておこう。問題はゴブリンを倒せたということだ。大人が複数人いてようやく倒せるくらいの魔物を、七歳の子供が殺してしまったということだ。それに魔力とやらの研究をしているとは。大人びているとは思っていたが、まさかそんなおかしなことをしているとは思わなかった」

父さんは明らかに悩んでいた。自分の子供が魔物を殺し、母親の怪我を治療したなんて、受け入れるのは難しいだろう。しかも魔力なんてよくわからない力を使って。父さんからしたらあまりに信じられないことが連続で起こって、頭が混乱しているだろう。

しばらく黙っていたが、父さんは俯いたまま言った。

「いいか、このことは口外無用だ。村人にも同じように言ってある。子供ができるようなことじゃない。外に知れたら……よくないことが起こるかもしれん」

なぜそんなことを言うのか、すぐにはわからなかった。でも改めて考えるとなんとなくわかった。文明が進んでいない世界では、理解の範疇《はんちゅう》を超えるものをすべて悪《あ》しきものと捉える人がいる。

魔女、異教徒、外来語や西洋医学。

様々な外の、常識外のものをすべて拒絶し、時として糾弾し、淘汰《とうた》した。それが歴史にはまざまざと残り、その中で犠牲になった人も少なくない。

もし、ただの子供が大人顔負けの知識があり、不可思議な力を使ったら。僕だけでなく、周りの人に迷惑をかけるかもしれない。

「何があっても、私はおまえの親だ。だから絶対にかばうし、味方でいる。だが世の中にはやってはならないこと、受け入れられないことがある。特に他人は簡単に人を虐げる。意味がわかるか？」

「特殊な存在は迫害されるってこと？」

「そうだ。私はおまえにそうなってほしくはない。だからこの件に関しては口外してはいけない。それと魔法の研究もやめなさい。それは危険な力だ」

父さんが言うや否《いな》や、マリーが立ち上がった。

「そ、それはダメよ！　シオンがどれだけ頑張ったと思ってるの!?　それに、シオンがいたからあたしもお母様も助かったのよ！　それなのに、魔法の研究をやめろだなんて……！」

「危ないことかもしれないのに認めるわけにはいかない！」

「危ないかどうかもわからないじゃない！」

「危ないとわかってからでは遅いと言っている！　それに魔物を殺せる能力が危険でないわけがない！」

父さんの言っていることはもっともだ。

子供が魔物を殺したのだ。その能力を危険視するのは当然だ。もし、その力のおかげで助かったとしても、親の立場では容認できないだろう。

必死で僕を擁護してくれようとする、マリーの気持ちは嬉しかった。

だが、二人の会話は平行線だった。マリーは僕の味方をして魔法の研究を続けさせてあげてと主張している。対して父さんは魔法の研究をやめさせたい。

心情的には父さんの指示に従いたくはない。でも魔法の研究を続ければ、ずっと父さんに心配をかけることになるし、何か大事《おおごと》になる可能性もある。

もうバレてしまった。隠れてこそこそと研究するにも限界があるだろう。

家族は大事だ。でも僕にとって魔法の研究は尊いものだ。そのためにずっと生きてきた。だから誰にも邪魔されたくはない。

魔法の研究をやめても、生きてはいけるだろう。でもそれは死んだように生きるだけ。つまらないと思いながら生きるだけ。それは、僕に死ねと言っているようなものでもある。

もしも魔法が存在せず、仕方なく諦めるならば受け入れられるかもしれない。でも可能性があるのに、自ら手放すなんてことはしたくない。だから僕は言った。

「父さん、僕は魔法の研究を続けるよ」

「シオン！　私の言うことが聞けないのか！　なぜわからない！」

父さんは明らかに憤っていた。当たり前だ。小さい子供のくせに、親にたてついているのだ。

でもこれだけは譲りたくなかった。譲れば人生の目的を失うからだ。

「わかるよ。父さんの気持ちも、言っていることも理解できるし、その通りだと思う。でもね、もし研究をやめたら、僕は不幸になる。何があっても、ずっと引っかかったまま生きていかないといけない。父さんにとってはただの危険な力でも、僕にとっては夢の力なんだ。実現するためにずっと頑張ってきたし、これからもそうしたいんだ」

「……おまえはまだ子供だ。狭い世界でしか考えられない。だからそんな考えになっているだけだ。大人になれば考えも変わる」

「大人になっても変わらないよ、父さん。絶対にね」

僕は迷いなく、父さんの目を見て言った。

だってもう、一度目の人生で学んだんだ。僕は漫然と生きることに幸せを抱けないって。

父さんは僕の視線を受けて、たじろいでいた。

「誰も巻き込まなければいいんだよね。だったら僕を隔離してくれていい」

「シ、シオン！　あんた何を言ってるの!?」

「僕は本気だよ」

マリーが何を言おうと、父さんが説得してきても、僕の考えは変わらない。父さんは正しい。でも、僕は普通の子供じゃない。大人になってからならいいというならばまだ我慢ができるが、今、ここで譲れば、父さんはいつまでも許してくれないだろう。だから引かない。

父さんは呆気《あっけ》にとられていた。でも怒ってはいないようだった。悲しげに、寂しげにしていた。

「……そこまで研究をしたいのか？」

「うん」

「危険なものなのかもしれない。実際、魔物を殺すほどの力だ。それが何なのか、私はまだわからないし、本当に存在するのかもわからない。もしかしたらおまえ自身の命を奪うかもしれない」

「うん。わかってる」

「誰にも認められないかもしれない。むしろ蔑まれるかもしれない。それでも、続けるのか？」

「うん、続ける。覚悟はあるよ。もしも僕の存在が邪魔で、みんなの迷惑になるっていうんなら、勘当してくれてもいい」

マリーが何か言おうとした。でも僕の顔を見ると、言葉を失ってしまったようだった。

僕には迷いがない。家族は大事だ。大切な人たちだ。でも、魔法は僕の人生に深く根付く、僕自身のようなものだ。それを捨てたら、僕は僕じゃなくなる。

もし研究のせいでみんなに迷惑がかかるくらいなら、追い出された方がいい。それくらい、僕は覚悟している。

みんなのことは好きだ。だからといって魔法を捨てたくはない。だから僕は迷わなかった。

自分勝手だと思う。でも、僕のアイデンティティを捨てるようなことを、できるわけがない。

「…………そうか。そこまでの覚悟があるのか」

父さんはじっと僕を見つめた。そうしてしばらくして、鷹揚に頷く。

「わかった。研究は続けるといい。ただし、今後は研究成果を私に報告しなさい。あまりに危険なことをするようであれば止めるぞ」

「え？　そ、それだけ？　本当にいいの？」

「仕方がないだろう。男が覚悟をしていることに、親が口を挟めるはずがない。まさか七歳の子供にそこまでの覚悟ができるとは思わなかったがな。あんなにまっすぐな目をされたら、親としても男としても何も言えん」

深いため息を漏らし、脱力して、苦笑を浮かべる父さん。

僕はそんな父さんの姿を見ると、鼻の奥が痛んだ。理解してくれるとは思わなかった。関係は悪化して、勘当される未来も考えた。七歳で生きていくのは難しい。死ぬかもしれない。そんな不安もあった。それでも、僕は意志を貫いた。そして、父さんはそれを認めてくれた。

ありがたくて、僕は思わず俯いてしまう。

「胸を張れ、シオン。おまえはおまえのやりたいことを見つけ、その道を進むと決めたんだろう。だったら進み続けろ。私はその手伝いをしよう。それが親の務めだからな」

僕は顔を上げる。頬《ほお》を伝うものを感じつつも、顔をそむけなかった。

不意に手を握られた。隣に座っていたマリーが、僕の手に自分の手を重ねていた。

「よかったわね、シオン」

マリーは複雑そうな顔をしていた。でも、認められたことを喜んでいるようでもあった。

よかった。これで心置きなく研究を続けられる。その事実に、僕は強く安堵した。

最悪な出来事の連続だったけど、得るものもあった。また試してみるとしよう。

その思いを胸に、僕は涙を拭った。


話を終えてしばらくしてから、僕は父さんに魔力を集めた手を見せた。

「やはりまったく見えないな」

ちなみにマリーには経過を報告しているので、驚きはない。

「かなり光ってるから、これで見えないなら、どうやっても見えないかも」

「ふむ。マリーは見えるんだな？」

「ええ、見えるわ。右手に光が集まってる状態。でも、シオンと見え方は違うかもしれないけれど。ねえ、集魔状態の時の魔力に触ってみてもいい？」

僕は逡巡《しゅんじゅん》した。ゴブリンを倒したのはこの魔力だ。もしもマリーが触って、同じようなことになったら、大変だ。しかし帯魔状態では温かい程度の熱しか発さないのだから、魔力放出量を抑えれば大丈夫かもしれない。

「ちょっと待って、もうちょっと魔力を抑えるから……はい、これなら大丈夫だと思う。熱かったらすぐに手を放してよ？」

「わかってるわよ」

魔力量を抑えると、光量も少なくなる。その状態で、マリーは僕の手を触った。

「ちょっと熱いけど、火傷するほどじゃないわね。このまま魔力を増やすと、あの時のゴブリンみたいになるのかしら」

「恐らくそうなるんじゃないかな。でもあれは、魔力がある相手にしか起きない現象だと思う。だから父さんが触っても問題ないみたい。だけど相手に魔力があると、危険みたい」

「しかし、そういうことなら、魔物相手ならば効果があるということだな？」

「それも一概には言えないかも。ゴブリンが魔力を持っていただけかもしれないし。あのゴブリンだけが持っていたのかも。人間だって魔力を持っている人と持ってない人がいるわけだし」

「つまり誰にでも有効なわけではないんだな」

なるほど、と何度も頷く父さん。

僕とマリーは目線を合わせた。互いに同じ疑問を抱いたようだ。

「あ、あのさ、父さん、さっきの話の後なのに順応するの早いよね」

「信じたからには、何かあるごとに疑ってはきりがないからな。これからは手伝うこともあるだろうし、きちんと知っておきたい。私には見えないし、感じられないが、そのうち、認識できるようになるかもしれないだろう？　それに子供が興味のあることに関心を持たない親などいない」

いや、それは違うと思うけれど。父さんが子煩悩なだけだと思う。言わないけど。でも僕としては、ここまで興味を持ってくれるのは嬉しい。僕、父さんのこういう考え方、好きだな。

「しかし、もし魔力の反応、だったか、それがあるのなら安易に放出すると危険だな」

「うん、もちろん、注意するよ。誰かを傷つけたいわけじゃないから」

「うむ。ならいい。それで今のところ、できるのはここまでなのか？」

「残念ながら。でも試してみたいことがあるんだ。ちょっと火を起こしたいんだけど」

「ならば井戸の近くで火を起こすか。すぐに消せるからな」

父さんと二人して話し、外に向かう途中でマリーが僕に耳打ちした。

「なんかお父様、ノリノリじゃない？　さっきまで反対してたのに」

「父さんも好きなのかもね。何というか浪漫《ロマン》？」

「あたしにはよくわからないけど……」

こういうのは男同士でないとわからないこともあるのだ。父さんは魔法を危険だと言っていた。でもやっぱり非現実的なことに思いを馳《は》せることもあるのだろう。それが男の子ってものだ。

差別ではなく区別。女性にもわかるだろうけど、やっぱり同性だからこそわかる部分もあるだろう。逆に、僕は女性のことがわからないし。

「シオン！　行かないのか？」

父さんが中庭から叫んだ。なんであなたの方がちょっとウキウキしているんですかね。まあ、僕も内心ではドキドキしているから、何も言えないけれど。

僕とマリーが外に出ると、すでに父さんが薪《まき》を組んでいた。焚《た》き火《び》の準備は万端のようだ。

中庭の隅に井戸がある。そこに移動すると、父さんが言った。

「さあ、火をつけるぞ。いいのか？」

火打石《ひうちいし》を手にして、目を輝かせている。なんか可愛《かわい》いなこの人。僕の父さんだけど。

「うん、お願い」

何度か火打石を打ちつけると、火花が散り、火が灯《とも》った。

そのまま、ふーふーと息を吹きかけると、煌々《こうこう》と火が上る。さすがに手慣れている。僕はこんな風にはできない。

「ありがと、父さん。じゃあ、ちょっと離れてて」

二人は離れて動向を見守る。

僕は焚き火の前で膝を曲げると、集魔する。右手に集まった魔力をそのままに、火に光を触れさせた。瞬間、手に火が燃え移った。

一瞬の出来事だった。手には触れていない。魔力にしか炎は触れていない。だというのにガソリンに触れたかのように一気に火が移ってきた。手首から先には、青い焔《ほのお》が燃えていた。

熱い！　尋常じゃないほどに熱い！　熱いし、予想外のことにパニックになった。

「燃えてるぅうううううぅぅう――っ!!」

「シオンッ！」

「な、何してるのよ!?」

父さんが咄嗟《とっさ》に、桶に入っていた水を手にかけてくれた。

幸いにも一度で火は消え、残ったのは焦げ臭いニオイだけだった。思ったよりは被害が少なかった。かなり熱かったけど。

「あ、危なかった……ありがとう、父さん」

「まったく、危ないだろう！　嫌な予感がしたから、桶に水を入れておいたが」

「い、いやほんと、面目ない。本当にありがとう」

仕方ない奴だとばかりに嘆息する父さんとマリー。

僕もさすがにこれには反省した。でも、まさかいきなり燃え移るとは思わなかったのだ。

「それで、今のは何だったの？　突然、手に火が移ったように見えたけれど。しかも火は青かったわよね？」

「それなんだけど、魔力って他者の魔力に反応するでしょ？　それは魔力だけなのかなって疑問はあったんだ。それで二つ考えてたことがあって。一つは魔力を持っている相手に対して、高魔力を接触させるとどうなるか。これはゴブリン相手で結果は出た。そしてもう一つ、何かしらの現象に触れさせるとどうなるか、これが見たかったんだ。結果はさっきの通り。反応があった。赤い炎は青くなったし、明らかに魔力に燃え移った。これは間違いなく、魔力に触れたから起きた現象だと思う」

「なるほど……魔力は火のような現象に触れさせると何かしらの反応を起こすということか。もしかしたら他にも？」

「多分ね。だからこれから色々と試すことになると思う。ただ、あまり試すことは多くないかな。とりあえずは火の研究をしたいと思う。予想とは違ったけど、間違いなく魔力に反応したしね」

「実際、目にしたからな。信じるしかあるまい。シオンの言葉は真実だったな」

父さんは嬉しそうにうなずいた。

僕も嬉しくなって、笑顔を浮かべる。

「やっぱり、二人してわかりあってる。あたし、全然わかんないのに……」

「ほ、ほら、姉さんには姉さんの得意なことがあるから！　それに今まですごい助けられたし、姉さんがいたから魔力の存在がわかったわけだから！」

「そ、そう？　そうよね。うふふ、そう！　あたしがいたからよね!?」

「そうだよ！」

すぐに機嫌を直した、チョロい姉である。そこが可愛いんだけど。

火に触れた魔力の過剰な反応。そして、その結果を考えると僕は瞬間的に閃《ひらめ》く。

あれ、これって魔法みたいじゃない？

何もない場所から生み出したわけじゃないけど、手のひらに放出した魔力に火が灯った。それはつまり火属性の魔法みたいなものなのでは。ファイアーボールを出す未来も、遠くないのかも。

「うへ、うへへっ、ファイアーボール撃てるぅ、うっへへへっへっへ」

「シ、シオンが気持ち悪い顔をしているぞ!?　どういうことだ!?」

「シオンって、魔法で何か進展があるとあの顔するのよ。気にしたらダメよ、お父様」

「そ、そうか。息子の新たな一面を発見してしまったな。喜ぶべきか、悲しむべきか悩むな」

そんな二人のやり取りを気にすることなく、僕は魔法が使えるという未来に思いを馳せ続けた。

魔法。それが現実味を帯びてきたのかもしれない。

嬉しくて嬉しくてしょうがなく、小躍りしそうなくらいだった。本当に転生できてよかった。大変なこともあるけれど、報われることもある。僕は、そんな世界を好きになり始めていた。

フレア

翌日から本格的な実験が始まった。かなり無茶な実験だという自覚はある。

渋る父さんを説得し、実験に付き合ってもらうことにした。僕とマリー、ローズだけでするのは許可が下りなかったからだ。

僕としてもありがたい。やはり父さんがいる方が心置きなく実験ができるからだ。

「本当にやるんだな、シオン」

頬《ほお》を引きつらせながらも、父さんは僕の隣に佇《たたず》んでいた。僕は上半身裸だ。そうしないと危険だからね。

「もちろんだよ、父さん。こうなったらとことん付き合ってよね！」

「くっ！　我が息子のキラキラした顔を見ては断れん。いいだろう。どこまでも付き合ってやる！

さあ、来い！」

マリーといえば、遠くの方で素振りをしている。今日はこちらに加わる気はないようだ。最近、マリーは剣の稽古をしている時間が多い気がする。

マリーは何も言わないけれど、ゴブリンに襲われた時のことが関係しているんだろうか。心配だけど、僕はいつも通りに振る舞った。魔法がないことで悩んでいた時、マリーも同じようにしてくれたからだ。

もし、マリーが何か思い悩んでいたら、その時は手助けするつもりだ。黙々と剣を振るマリーの横顔を見て、僕はそう決意していた。

僕は焚き火《たび》を前に、魔力を右手に集める。

今日は集魔した魔力と火の反応実験をする予定だ。ただし条件を少しずつ変えて実験をする。集魔量の増減による変化、火の強さの違いによる変化、火ではなく高熱に対する反応など。色々な条件を変えて結果を記録する。地味な作業だが必要なことだ。

「行くよ！　父さん！」

「いつでもいいぞ！」

僕は魔力を火に接触させる。途端に火が燃え移る。

「熱いいいいっ！」

「どっこいしょ！」

父さんが桶《おけ》に入った水をぶっかけてくれたおかげで、火は消えた。

「あ、熱い！　温度は変化なし！　煙は黒めの灰色。炎の色は青。火の量をもっと増やして！」

「よし、薪《まき》を増やすぞ……よーし、準備完了だ！」

僕は手に魔力を集める。魔力を触れさせると火が燃え移った。

「熱いよおぉおぉぉっ！」

「はいよっ！」

バシャッと水が降りかかると、またしても火は消えた。

「お、温度に変化なし。というかわかんない！　煙も炎も色も変化なし！　次は魔力量を減らしてからやってみる！」

「よし、来い！」

魔力量を少なくして火に触れさせると、瞬時に燃え移ってくる。

熱い！　けれど火の勢いは弱いようだった。

「あっついぃっ！」

「どりゃあぁいっ！」

手慣れてきた父さんは、滑らかな所作で桶に入れた水を僕にかける。

手に火傷を負うほどではない。一瞬だし。でも我ながら無茶な実験だ。よく許してくれたな、父さん。

「お、温度変化はわからない！　火の量は少なかった。魔力量によって、燃え移る火力は変わる！つ、次は――」

数時間、実験を続けると、さすがに魔力を限界近くまで消費してしまった。

僕は疲弊して、地面に座り込んでしまう。

「シオン、そろそろ休憩にしよう。ここで休んでいなさい。飲み物と手拭《てぬぐ》いを持ってこよう」

「う、うん。ありがとう、父さん」

呼吸を整えているとローズがやってきた。いつも通り、整った身なりをしている。

手を振ってくるローズに手を振り返す。ローズは特に何を言うでもなく僕の隣に座ろうとしたけど、少し距離をとって座った。ちょっと傷つく。いや、辺り一面水だらけだからしょうがないけどさ。

「びしょびしょですわね。魔法の実験ですの？」

僕は実験の内容を話した。

ローズは興味深そうに会話に耳を傾け、彼女にしては珍しく驚きを顔に出していた。

「魔力に火が!?　本当にそのようなことが？」

「うん。あとで見せるよ。父さんがいないとやっちゃダメだって言われるから」

「ガウェイン様に話したんですのね。その口ぶりですと許可をしていただいたんですの？」

「紆余曲折《うよきょくせつ》あったけどね。なんとか、協力してくれることになった」

「そうですの……ガウェイン様は理解がある方ですのね」

ローズはなぜか複雑そうな顔をしていた。

彼女の内心は読み取れなかったけど、どこか安堵《あんど》しているようにも見えた。心配してくれていたんだろうか。

僕はふと、ゴブリンが家にやってきた時にローズが気遣ってくれたことを思い出した。

「ローズ。一昨日はありがとう」

「あら、何のことですの？」

「ゴブリンを倒した後、気遣ってくれたよね？　声をかけてくれて、なんていうか嬉《うれ》しかったよ」

「……シオンが感謝をする必要はありませんわ。むしろ感謝すべきはわたくしの方です。あなたがいてくれたからわたくしたちは助かったのですから」

ローズの慈しみさえ感じる表情に、僕は強い安心感を抱いた。

村人たちが抱いたであろう魔法への忌避感や、父さんが言っていた魔法の異常性を突きつけられて、僕の意志は少しだけ揺らいでいたから。もちろん魔法の研究をやめるつもりはない。けれど、周りから否定されるか肯定されるかによって、僕の心持ちはまったく違う。

ローズの存在や言動が、僕や魔法の存在を肯定してくれているように感じて、僕の心はすっと軽くなった。父さんが協力してくれているっていうのもある。もちろん最初から味方をしてくれているマリーの存在も僕の心の支えになっている。

とにかく、ローズはいい子だなって、そう思ったんだ。

「けれどあの力。あれは魔法の力で間違いないんですの？」

「うーん、実はまだ明確にはわかっていないんだ。魔力を持つ相手に反応が起きたっていうのは間違いないと思うんだけどさ。だから魔力を持つ者同士では使わない方がいいと思う。ローズも気をつけてね」

「わかりました。気をつけますわ。けれど魔力はすさまじいですわね……想像よりも遥《はる》かに様々な可能性を持っているのかもしれませんわ」

「そうだね。僕もそう思う。だからこそ楽しみでもあるんだけどさ」

僕が笑うとローズも笑う。不思議と壁は感じない。マリーみたいに一緒にいた時間が長いわけじゃないけど、多分もう僕たちは友達なんだろうな。

不意にローズが素振りをしているマリーに視線を向けた。

「珍しいですわね。いつもシオン、シオンと言って、傍《そば》にいますのに」

「そ、そんなに傍にいるわけじゃないよ」

「そうですの？　わたくしから見れば、いつも二人一緒にいる印象ですわよ？」

否定しようと思ったけど、確かにいつも一緒な気がする。むしろ離れていることが珍しいという か。もちろん常に一緒にいるわけじゃないけど、多くの時間をマリーと過ごしている気がする。

はたから見ればべったりしてるって思われるのも無理はないかも。

「一昨日のことがあったせいかもしれませんわね」

「そうだね。多分、大丈夫だとは思うけど」

「あの子、結構頑固ですものね。自分で決めたら曲げないんですもの。その度にこっちが折れないといけないことも多くて大変ですわ」

「な、なんか姉が申し訳ない」

「ふふふ、気にしなくてもよろしくてよ。それもマリーの良いところですもの。確かに周りを巻き込むことも多いですが、どんな時でも助けてくれる、とても優しい子ですから」

「……うん。僕もそう思うよ。自分の姉ながらね」

「何かあった時は味方になってあげてください。きっとマリーもそうしてほしいでしょうし」

ローズの何気ない一言に僕は大きく頷《うなず》き返した。

マリーはずっと僕の味方でいてくれた。だからもしも何かあれば、僕が傍にいて味方になるべきだ。たった一人の姉なんだから。

それから一ヶ月が経過した。父さんがいない日は火属性魔法の研究は危険なのでやめて、魔力の鍛錬に時間を使うようにしている。時折、マリーとローズが手伝ってくれたけれど、マリーは以前ほど積極的ではなく、剣術の練習をしている時間が多かった。

一ヶ月間で判明したことはいくつかあった。

一つ。集魔した魔力放出量によって燃え移る火の量は変わる。

魔力が多ければ多いほど、手にとどまる火の強さが決まる。僕が抱いている魔法のイメージと、この部分は同じだった。魔力消費量に伴って、強力な魔法が使えるってことでいいだろう。

二つ。色々な燃焼を試してみたけど、火以外でも反応した。高温であれば一応は着火するらしい。

三つ。帯魔状態で触れても、普通に燃え移るだけ。これは当然だが、帯魔状態だと普通に人体に火が燃え移るような反応だった。火の色も赤いまま。つまり普通に燃えた。

四つ。これは集魔に関係することでもあるけど、手袋のように身体の一部を覆っている状態で、集魔をしても、魔力は衣服を通して体外に放出される。

そしてその状態で火に触れさせると、同様に火が燃え移り、手袋が燃える。

以上の四つをまとめると魔力量によって火力を調整できるが、身体に燃え移るので実用性はなく、危険ということがわかった。そして魔力は、どうやら可燃性物質のような役割をしているということがわかった。

ただこれは一つの性質でしかなく、それがすべてではないはずだ。魔力の反応によって、様々な変化があるし、他の現象に対しても実験をしようと考えてもいる。

一ヶ月、色々と試したがこれ以上の成果は得られないと判断した。

そして現在、僕たちは居間にいた。

テーブルにつき、僕と父さん、マリーとローズは話し合いを始めていた。

ローズが魔法研究に参加していたことはすでに父さんも知っているし、今後の参加の許可も貰《もら》っている。ただ、危ない実験をする場合はより気をつけるように言われている。よそ様の子供だし親としては当然の対応だろう。

話し合いを始めるにあたり、父さんがまず口火を切った。

「シオン、この実験、なかなかに有意義だったと思うが、どうも先に進んでいる気がしない。魔法とは火などを生み出すものだと言っていたな。生み出すという段階が難しいことはわかる。そこで私たちは火を扱うという目的に絞っている。その上で発言するが、このままではそれも難しそうだ。ただ魔力に火が燃え移っているだけだからな。多少の調整はできるが、そこで留《とど》まっては意味がない」

「そうだね。父さんの言う通りだと思う。初期段階としては、炎を手のひら、あるいは手自体に宿らせて、それを別の標的に向けて放出するか、飛ばしたいんだ。でもそこまではいきそうにない」

「火を通さない手袋をはめることができればあるいは……しかし、そんなものは存在しない」

完全な防火手袋なんてこの世界にはないはずだ。そんなものがあれば、この世界の消火活動は楽だろうけど。

僕と父さんがどうしたものかと唸《うな》っていると、マリーがおずおずと言い出した。

「ねえ、あれは？　トラウトの光の玉。あれって魔力の玉だったんでしょ？　だったらあれができれば手から離れた状態で火を移せるんじゃ」

「うん。それは僕も考えたんだけど、なかなかできなくて……」

「え？　できるわよ？」

マリーは軽く言うと、手のひらを上に向ける。するとすぐに手のひらから小さな光の玉が浮かび、そのまま上空へ浮かぶと徐々に消えた。

「……へ？　ど、どどど、どうしてできるの!?　というかいつの間に、集魔までできるようになったの!?」

「シオンにやり方を聞いて、自分でやってみたらできたの。でもシオンほど魔力放出量だっけ？　それは多くないみたいだけど。ローズもできるわよね？」

「ええ。できますわよ」

言うとローズもマリーと同じように魔力を体外へ放出した。綺麗《きれい》な光の玉が浮かび上がると消える。マリーよりも少し光が大きかったように見えた。

いつの間にか二人ともできていたらしい。これが天才というやつか。

僕は魔力鍛錬に時間を費やしたのに、マリーは剣術の練習を、ローズは家業を手伝いながら、片手間で集魔どころか、魔力の体外放出までできるようになっていたのだ。

「まあできるようになったのは最近だけど」

「それにシオンもできるものと思っていたので、言いそびれていましたわ。申し訳ありません。次からはすぐに伝えるようにしますわ」

言おうとしていたことを先に言われてしまった。これではなんで言ってくれなかったのか、と問いただすことなんてできない。まあ、責めるつもりはないけど。

「そ、そうしてくれると助かるよ。でも、二人ともそれどうやってるの？」

「普通に。手のひらから出そうとして出してるわよ？　でも結構難しいのよね、これ」

「繊細な調整が必要ですわね。少しでも気を抜くと成功しませんわ」

とか言いながら二人ともぷかぷかと複数の玉を浮かばせている。僕は一つもできないのに。

無力感に苛《さいな》まれつつも、僕は前向きに考えることにした。人にもできるということが実証されたのだ。だったら僕にもできるはず。

でも僕は一度も体外放出ができていない。二人は簡単にやっているけれど。

手のひらから浮かぶ玉のサイズ、そして集魔の状態を観察する。大きさはピンポン玉くらい、僕に比べるとかなり薄い魔力の膜が張っているだけだ。魔力放出量の差があるのはわかる。でも、それにしてもかなり光が弱いような。

閃《ひらめ》いた！　僕は手のひらに魔力を集中させた。そして、意識を集中して魔力を放出させようと、意思を込める。次の瞬間、野球のボールくらいの光の玉が浮かび上がると、そのまま上空へのぼって消えた。

「あら、できたじゃない」

「私たちのものよりも少し大きかったですわね」

「できたのか？　私には見えないのが歯がゆいな……しかしどうやったんだ？　今までできなかったんだろう？　それが突然できたのはなぜだ？」

「えーと、体外放出する魔力量の調整がおかしかったんだと思う。一度の総魔力放出量が百として、今の僕の集魔は八十くらいが限界。右手に集まった八十の魔力を、僕はそのまま体外に放出しようとしたんだ。でも放出するには、手のひらに魔力を残さないといけなかったんだ。放出にはエネルギーが必要だし、手のひらに残った魔力があるから放出することができるわけだからね」

天井に付着した水分から水滴が落ちる状態を想像すればわかりやすいだろう。水分すべてが地面に落ちることはなく、幾分かの水分は天井に残る。それを強引にすべての水を落とそうとしても無理があったのだ。

考えてみれば、集魔時に身体に何割かの魔力がどうしても残る理由にも繋《つな》がる気がする。身体に帯びた魔力をすべて吐き出すことはできず、そして吐き出すには相応の魔力が必要になる。

必然、放出には六十程度の魔力しか込められないということになる。かなり非効率的な気がするけど、今は気にしなくていいかな。

「早速外に行こう！」

「ああ、私も行こうじゃないか！」

「はぁ……もう、二人して楽しそうで羨《うらや》ましいわ」

「まあまあ。わたくしたちも行きますわよ」

やる気満々の僕と父さん、呆《あき》れたようにしながらもどこか楽しそうなマリーと、そんなマリーを連れてくるローズ。

僕は三人を伴い外へと向かった。

いつも通り焚き火を準備してくれる父さん。ローズとマリーは水汲《く》みを手伝ってくれている。

僕も上半身の服を脱ぎ、桶に水を入れた。

「よし、準備できたぞ、シオン！」

「じゃあ、行くよ！」

手を焚き火に向けて、手のひらに集魔し、体外放出する。

手から離れた魔力が火に触れると、青い焔《ほのお》を放ち始める。その状態のまま上空へ浮かび、そして途中で消えた。

青い炎は僕の手から完全に離れたのだ。

「お、おおおおおっ！　で、できた!?」

「おおっ！　浮かんだぞ、シオン！」

喜びから、笑顔になる僕と父さん。

マリーは呆れたように笑いながら、ローズは素直に嬉しそうに拍手してくれた。

ついにできた！　これが魔法だ！　え？　しょぼい？　いいんだよ！　まだ試作段階なんだから！

僕が知っている魔法に比べればお粗末なものだ。だって火がただ浮いて消えるだけだから。でもこれを僕が考え、見つけ、生み出したということが重要なのだ。

この世界には魔法がなかった。その魔法を僕が見つけたのだ。そして何よりも嬉しいこと。魔法が使えたということ。それが嬉しくてしょうがなく、僕は思わず涙を流した。

「ううっ、ま、魔法が使えた、魔法が……うへ、うへへへっ、へへっ」

「おお！　いつもの気持ち悪い笑顔が出たぞ、マリー！」

「ふふふ。おめでとう、シオン」

「本当によかったですわね」

三人が祝福してくれた。それは嬉しかったけど、僕にはまだやりたいことが残っていた。涙を拭うと、ポケットからあるものを取り出した。

「それは……携帯型の火打石《ひうちいし》か？」

そう、これは片手で使える火打石だ。小さなピンセットのような形をしており、先っぽには火打石が固定されている。かなり小さく、火花も小さい。大きめの火打石の方が火がつきやすいため、家ではそっちを使っている。

「ちょっと、見てて」

僕は正面に手を差し出す。その手には火打石を握っている。そのまま魔力を集めて、体外放出する瞬間に火打石を叩《たた》いた。

瞬間、生まれた火花が魔力の中で弾《はじ》かれ、炎となって燃え上がった。その火の塊は僅かに空中に浮かび、消える。

「い、今のは!?　シオン、今のはまさに魔法だったんじゃないか!?」

「す、すごいじゃない！　そんな使い方があるなんて思わなかったわ！」

「火が……すごいですわ。これが魔法……！」

僕はしたり顔になり、後頭部を掻《か》いた。

三人とも自分のことのように喜んでくれた。

僕はずっと考えていた。火を起こして、それを魔力に移す。それではただ別の可燃物に火をつけているだけだ。魔法というにはお粗末ではあるという自覚はあった。だから次の段階を事前に考えていた。それも体外放出ができてからのことだと思っていたので、これほど早く実現できるとは思わなかったけど。

とにかく、僕は実現できたのだ。試作魔法を応用段階にまで進められた。まだ改良の余地はある。だってまだ、ただ火の玉が浮かぶだけだ。僕が目指すイメージは、まっすぐ対象に向かう感じ。それが実現するまではまだまだ時間がかかりそうだ。

でも、確かに僕は魔法を使った。三十年以上も思い焦がれていた魔法が使えたのだ。これが現実なのかという不安を抱くほどに、僕はふわふわした心境だった。

「えへ、うっへっへ、魔法使えた。やった。できた。僕、できた」

「嬉しさのあまり、シオンがいつも以上に気持ち悪い笑みを浮かべているわね。その上、言語能力が著しく落ちちゃってる……」

「いつもは凛《りん》としていますのに……いえ、そうでもないですわね。よくよく考えれば、たまに表情が緩んでいましたから、いつも通りということかしら……？」

「よっぽど、嬉しかったんだろう。二人とも、今はそっとしておこう」

三人の生暖かくもちょっと引いた視線を受けつつも、僕は幸福に満たされていた。

ああ、ありがとう異世界。魔法を僕に与えてくれてありがとう。これからも頑張って、魔法学を

開拓していくから。もっともっと魔法を使えるように頑張ろう。改めて、そう決意した。


それから一週間。事件から一ヶ月以上が経過した。

ゴブリン襲来以降、村の人全員からお礼を言われたり、色々と心配されたりしている。中にはちょっと僕とは距離をとっている人もいるけど、僕がやったことを考えればそうなって当然だろう。

父さんは領民たちに詳しく説明していないと思う。説明しようがないし、真実を話しても、混乱させるだけだし。だけど口外しないように、という話だけはしているらしい。

領民の人たちは優しいが、全員が全員、黙っているかは疑問だ。今のところ問題はないけど。

それと母さんに関して。嬉しいことに母さんの怪我は問題なく完治した。そのため今日から家事を始めることになっていた。まだ、病み上がりだから少しずつではあるけれど。

そして朝食を終えた家族四人は、居間に集まっていた。

魔法のことや、ゴブリンのことを母さんにはまだ話していなかったのだ。傷に障るし、静養してもらおうと思ってのことだった。経過はよく、傷跡もほとんど残っていないらしい。

以前と変わりなく元気な様子で、僕たちは心の底から安堵していた。

「それで、どんな話なのかしら？」

柔らかく笑う母さんを前にして、僕は事情をすべて話した。途中で父さんとマリーが補足を入れてくれたりもした。父さんに話した内容とほぼ一緒だ。

僕が話し終えると、母さんは言った。

「あらあらそうなの。よくわからないけれど、シオンちゃんの好きにしていいわよぉ」

簡単にそう言われて、僕は面食らった。でもすぐに思い返す。いつも優しくて見守ってくれている母さんだから、すぐに得心がいった。

柔和な笑みを浮かべている母さん。すべてを受け止めてくれたおおらかさに、僕は感謝した。こんなに寛大な親はそうはいない。この家族に生まれたことを心の底から感謝した。

「でも、これからは何かあったらお母さんやお父さんに言ってねぇ。きっと力になれるし、なれなくても話すだけでわかることもあるのよ」

「うん、今度からはそうするよ。父さんとも約束してるから」

「ふふ、じゃあいいわ。頑張ってね」

僕は戸惑いつつも母さんのニコニコ顔を眺めた。父さんもそうだけど、僕の両親は寛大すぎる。でもだからこそ、僕は自由でいられるんだ。

強い感謝と敬愛を以《もっ》て、僕は笑みを浮かべる。そして決意を新たにした。これで憂いはない。これからはもっと魔法の研究に勤《いそ》しもう。

さあ、頑張るぞ！


しばらくして。

家の修理も完全に終え、色々と落ち着いた時期を見計らい、また剣術の稽古が始まった。

マリーとローズを中心に剣術の稽古をしているけど、僕は周辺を走り回るだけ。

魔法の研究がしたいけれど、父さんに身体を鍛えることも大事だと言われ、鍛錬を続けることになったのだ。まあ、魔法を使えても、身体が動かないと後々困りそうではある。何があるかわからないし、魔物がまた来るかもしれない。だったら鍛えることにも意味があるだろう、と無理やり自分を納得させた。

今、マリーとローズは試合をしている。どうやら互いに実力が拮抗《きっこう》しているようだった。

マリーは身体能力で翻弄《ほんろう》しつつ攻撃を繰り出す速度重視のタイプで、ローズは動きを最小限にしつつ攻撃を捌《さば》き、タイミングを見て攻撃をするタイプ。

子供なので非力なのは当然。だからこそ一撃で相手を倒すというやり方はできないのだろう。もちろん、二人の素質を考慮して、父さんがそれぞれの戦闘スタイルを勧めたんだろうけど。

しっかり見て対処するローズに対して、マリーは本能的とも言えるほどに動き回る。フェイントを混ぜた攻撃の連続にローズは対処できない。

剣閃《けんせん》が十を超えた時、ローズの腕にマリーの木剣が当たった。

ローズの手から木剣が落ちる。同時にローズは腕を押さえつつ、膝を折る。

「くっ！　ま、負けましたわ……」

マリーとローズは激しく息を切らしていた。限界まで戦ったということだろう。

「よし！　今日の稽古はこれまでだ！」

父さんの声と共に、稽古は終わった。

ローズは負けたことを気にした風もなく立ち上がり、木剣やらを片付けている。

二人の試合を何度も見ているけど、ややマリーが優勢という感じだろうか。ローズは視野が広く、マリーの攻撃に対処することもできるけれど、それも長くは続かないという感じだ。

ローズが汗を拭いつつこちらへやってくる。

「お疲れさま、ローズ」

「ええ、お疲れさまですわ。ずっと走ってた割に、あまり息切れしていませんわね」

「だいぶ慣れたからね。さすがにこうも走り続けてたら体力もつくよ」

「それもそうですわね」

なんとはなしに言った言葉だったけど、ローズは考え込むような仕草を見せる。

「どうしたの？」

「わたくし自身のことですが、あまり成長が見られないと思いまして」

「そんなことないと思うけど……」

マリーに負けたことを気にしているのだろうか。見た目では気にしたそぶりはなかったのに。

ローズはあまり感情を表に出さないからな。冷たいわけじゃなくて、辛《つら》さとかを見せないという か。

「本当は魔法を組み込めないか考えてもいるんですのよ。けれど魔法を使う時、片手を使う必要がありますから、剣を片手で扱えなければなりません。それでは満足に剣を扱えませんの」

「その考えは正しいぞ、ローズ」

父さんが感心したように言う。

「子供のような非力な人間には片手で剣を扱うのは難しい。もちろん軽量のレイピアやナイフを扱うという方法もあるが、それは今の段階ですべきではない。長剣を扱うのは基本中の基本だからな。肉体的に成長し、技術を得た上での選択肢としては悪くはないがな」

「そうですわね……残念ですが、わたくしには魔法を戦いに活かすのは難しそうですわ。今のところは、ですが」

僕みたいに魔法を使うだけだと割り切れば話は別だけど、前線で戦う剣士のローズには魔法を扱うことは難しいみたいだ。今後、魔法の研究が進めば事情も変わるかもしれないけど。

「では、そろそろわたくしは帰りますわ」

「ああ。気をつけて帰りなさい」

「またね、ローズ」

ローズを見送ると、ふと僕はマリーの姿を探した。まだマリーは中庭に残り、素振りを続けていた。ここ数週間、毎日のことだ。マリーは稽古が終わってもずっと一人で黙々と鍛錬を続けている。

ゴブリンが家にやってきて以来、マリーは変わってしまった。普段は普通だけど、剣術に対して、かなり執着するようになったのだ。

「マリー、今日はそれくらいにしておきなさい」

「まだ大丈夫。ご飯までには戻るから。いっぱい稽古した方が強くなるってお父様も言っていたでしょ？」

「それは言ったが、それにも限度が……」

父さんが諫《いさ》めるくらいに、マリーは根を詰めすぎているような気がした。今回に限っては父さんに同感だった。

「姉さん、父さんがこう言ってるんだし、そろそろ」

僕が言うと、マリーは手を止めた。わかってくれたのかと思ったけれど、マリーは僕を睨《にら》んだ。そんな顔を見るのは初めてで、僕は面食らってしまった。いつも一緒で、仲の良かった相手からの怒りが自分に向けられているという事実に。僕はひどく動揺し、心臓が早鐘を打ち始めた。

「わかったわよ。シオンが言うなら……そうするわ」

だが睨んだのは一瞬だけで、すぐに俯《うつむ》いて、マリーは家に入っていった。

その反応に僕は何も言えなかった。ただ動揺し、その場に立ち尽くした。するとポンと頭に何かが触れた。

「気にするな。マリーは少し気が立っているだけだ」

「…………うん」

色々とあったし、怖い目にもあった。あんなことに遭遇したら、今までと同じではいられないだろう。

ゴブリン襲撃後、父さんも母さんも普通にしているが、内心では色々と思うことがあるはず。僕にもあれ以来、魔物から自分や家族を守るために、魔法を使おうという考えが生まれた。マリーは魔物と直接対峙《たいじ》した上に、自分をかばって母さんが怪我をしたのだ。何も思わないわけないだろう。

もしかしたら嫌われてしまったんだろうか。そう思うと、僕は怖くてしょうがなかった。それほどに僕の中でマリーの存在が大きくなっていたからだ。

僕は父さんと共に家に戻った。気まずさを残したまま、その日は終わりを告げた。

火属性魔法——試作段階ではあるけれど——、僕はこの魔法を『フレア』と名付けた。現段階では正式な魔法ではないので、試作フレアと暫定的に呼ぶことにする。

試作フレアは火と反応した魔力が上空へ向かう。そのため攻撃手段としてはまったく活用できないし、何かしらの利便性もない。これをまっすぐ飛ばすことが第一目標だ。火力は小さいが、鬼火程度にはなるだろう。

そのためにはさらに魔力への意思を込める必要がある。つまり『右手から魔力をまっすぐ放出する』という命令である。帯魔状態から集魔状態へ移行し、六割程度を体外放出する、という流れになる。

気づいたんだけど、魔力に何かしらの意思を伝達、つまり命令をすると、移動させることができる魔力量が減っているようだ。実感はないけど、命令ごとにある程度は魔力を消費しているのかもしれない。

そこで実験をした。限界量の魔力をできるだけ間近に向かい体外放出した状態と、離れた場所に向かい体外放出した状態で魔力量は同じなのかどうか。

結果は、後者の方が僅かに魔力量が少ないようだった。目測だけど間違いない。つまり火力が弱くなっていた。離れれば離れるほど火が小さくなる、ということだ。

現在、一日に発動できる帯魔状態は三十回が限界。つまり、三十回までならば試作フレアを発動できるということでもある。一応、魔法として扱える段階にはきているわけだ。

まっすぐ飛ぶ火の塊。これだけで結構、脅威なのではないだろうか。もし、またゴブリンやら魔物がやってきたら使えるかもしれない。

ちなみに色々な物に使ってみた。岩のような硬い物には、当然ながらたいした影響はなかった。しかし木のような可燃物には効果があり、離れたところにあるものを燃やすことが可能だった。ただ、僕が思い描いている火属性の魔法のように、触れた瞬間爆発したり、相手に刺さったりはしない。ただ触れて燃える程度だ。それでもかなり有効な攻撃手段ではある。相手に燃え盛る松明《たいまつ》を近づけるようなものだからだ。それを三十回も使える。

しかし僕のもっぱらの仕事は決まっていた。

「シオン、火をつけてくれるか？」

父さんに頼まれて、薪に火をつけた。

そろそろ気温が低くなってきて暖炉が必要になっている。手作業で火をつけるのは時間がかかるし、手間だ。そのため毎回、僕が火をつけるようになったのだ。僕は携帯用の火打石を叩き、試作フレアを生み出し、薪に火をつけた。

「ありがとう、助かったぞ。青い炎は少し違和感があるが」

「うん、なんか地味だけど」

「何を言ってるんだ。こんなこと普通はできない。魔法を使えるのはシオンだけだ。すごいことだと父さんは思うぞ」

褒められているのか、フォローされているのか微妙なラインだと思う。でも、役に立たないよりはいい。ちょっと想像していたのとは違うけど、まあ悪くはないさ。

しかし次はどうするかと、また行き詰まってしまった。

火属性の魔法を使うには点火源が必要だ。魔力は気体の可燃物で、酸素供給はされるから問題はない。しかし点火源の火打石は必須だ。これがなくては魔力に火をつけられない。

それをどうにかして、何もない状態のままで魔法を使えればいいんだけど。本当は杖《つえ》のような触媒を使って魔法を使用するというのが理想だ。火打石を常に持っているのは少し不格好だし。

もう十分魔法を使えているという実感はあるけれど、僕の目的はもっと先だ。なんというか大魔法的なものを使えるようになりたい。

可能か不可能かはわからないけど、あくまで夢は持ち続けていたいんだ。

とにかく、どうにかして素手の状態で魔法を使えるようにしたいところだ。とはいえ、まったくその方法が浮かばない。フレアに関しては、これ以上の進展はないかもしれない。

行き詰まったら別のアプローチをする。それが僕のやり方だ。とにかくフレアの研究はここで一《いっ》旦《たん》、保留とする。次の研究に移ることにしよう。

雷鉱石

冬場になり、空気は乾燥しつつあった。かなり冷え込んできて、服装も冬服に変わっている。

寒いのは嫌いじゃない。なんとなく幻想的に感じられて、心が洗われる気がするからだ。

さて、フレアの研究を保留にしているが、次にする研究は決まっている。

電気だ。火の次に電気を選んだのは理由がある。魔法の属性には火水風土雷闇聖などがよく挙げられるが、土と水は現象ではなく物質だし、闇と聖はよくわからない。残りは火、風、雷で、火に反応したことを見ると、魔力はそれらの現象に対して反応すると考えていいと思う。

風は大気と変わりはしないし、そこら中に吹いているし、すでに魔力が触れていることもある。

一応、土や水にも魔力を与えたけど変化がなかった。

そして残りは雷しかない、というわけだ。

さてここで疑問が浮かぶと思う。火打石《ひうちいし》で生まれる火花の正式名称は、火花放電である。つまり火花は電気であり、火属性ではなく、厳密には雷属性であるということ。だが実際、火花に魔力を与えると青い焔《ほのお》が生まれる。

ここで僕は暫定的に、一つの答えに行きついた。僕が考える科学や物理法則やらなんやら、それはこの世界と共通ではない、あるいは魔力はその法則に当てはまらないかのどちらかであるということ。

魔力という概念が、火花放電を『火属性である』と判断しているということ。

地球の科学知識では無茶な理論だが、この世界は異世界であり、ここは地球ではない。今までも何度も考えていたけれど、常識や当たり前に囚《とら》われすぎると答えを見失う。そもそも魔力自体、何なのかよくわからないし。

とにかく火花放電は、僕の考えている分類上では火属性に当たる、というわけ。まあ、燃焼も雷もプラズマだから、広義的には分類は同じだけど。

結果、明確な電流が生じないと雷属性の魔法は使えないのではないかという考えに至ったのだ。ひょっとして魔力は火以外には反応しないのではないかという不安はある。それでは僕が望む魔法とは違ってしまうので、そんな結末は訪れないでほしいものだけど。

とにかく、まだ実験段階だ。僕は電流に魔力を与える実験を開始することにした。問題はこの時代には電気がないということだ。当然だけど。

僕が一から作るしかないわけだ。

個人が手軽に作れる電気となれば、やはり静電気だろう。金属やガラスの棒を毛織物や絹織物、羊毛などで摩擦して帯電させることはできる。しかし、この世界で手に入りやすい鉄は導体だ。導体はアースに触れてすぐに帯電が解消されてしまうので、絶縁体が必要になる。

すぐ思い浮かぶのはゴム。だが、ここにそんなものはない。あれ？　ガラスって絶縁体だっけ。電気を通しにくいものだっけか。そもそも、棒を擦《こす》って帯電させて、一気に放電させたところで、火花が散るくらいの電荷が移動するだろうか。

ネオン管でもあればいいけどないし、というかそんなものがあるなら、そもそも電気があるだろう。

平賀《ひらが》源内《げんない》よろしく、エレキテルを作るということならばライデン瓶が必要になる。しかしその構造まではわからないし、ライデン瓶なんて作れる気がしない。

そもそもこの世界のガラスが、僕の知っているガラスと同じなのか、それ以外の物質も同じ性質なのか、調べないとわからない。

デンキナマズやデンキウナギのような生物がいれば、簡単ではあるんだけどな。

全部試すという選択肢もあるけれど、それにはかなりお金がかかりそうだ。

オーダーメイドのガラスや金属の加工は手数料が凄《すさ》まじくかかるらしい。七歳の子供がねだるには、かなり高級だし、父さんたちに申し訳がたたない。

できるだけお金がかからず、電気を発生する装置なりなんなりがあればいいけど。

摩擦発電機なりを作った方が確実ではあるんだけど、合成繊維も合成樹脂もないから、視認できるほどの静電気を発生させるには一苦労する。

昔の人って静電気に悩まされることはあまりなかったって聞くしなぁ。

さてどうするか。すぐに壁にぶち当たるな、僕は。とりあえず、父さんに聞いてみよう。

僕は部屋から出て居間へ向かった。

今日、父さんは休日らしく、家でくつろいでいた。

「どうしたんだ、シオン。今日は魔法の研究はいいのか？」

「うん。ちょっと行き詰まってて。それで父さんに聞きたいんだけど。電気を発生する生物とか道具とかないかな？」

父さんは顎《あご》を指でいじりながら言った。

「電気、とはなんだ？」

それはそうか。電気なんて言葉自体ないもんね。

「えーと、雷みたいな現象のこと」

「雷を発生させる生物や道具はないな……雷そのものではいけないのか？」

「放出した魔力を接触させたいから。雷だと不規則だし、何より危険だからね。避雷針でも立てて、待ってても、いつ来るかわからないし」

「よくわからんが言いたいことはわかった。しかし電気か……雷ほどではないが、似たような現象を見たことがある、とどこかで聞いたような」

静電気の類《たぐい》だろうか？　視認できるのならば、それなりの電力が発生しているということだ。どんな方法で発生させているのかな。でも現象って言ったから、自然現象っぽいな。

「グラストがそんなようなことを言っていた気がするが。よし、今日はイストリアに行くか」

「うん、行きたい！」

今日、母さんは出かけている。どこに行っているのかは知らないけど。

マリーは剣術の鍛錬をしたいので残ると言った。あの日から、ずっと剣術の稽古をしている気がする。僕も魔法の研究をしているけど、それはたいして身体に負担はかからない。けれど剣術の稽古はかなり疲労する。それを長い間しているというのはどうなんだろうか。

気がかりだし、時折、休むように父さんと母さんは言っているみたい。

僕は、少しだけ険悪になって以来、剣術に関して話すことはできなくなっていた。

普段は普通に話す。でも剣術に関して僕が話すと、マリーは明らかに嫌がっていたからだ。僕もそんなマリーを見たくなかったので、自然と剣術のことを話すことはあまりなくなっていた。

多分、マリーは自分を追い詰めているんだろう。けれど今のところ大きな問題はないため、様子を見守ることにしている。

僕と父さんは男同士で街へ繰り出すことにした。ローズを誘おうかともちょっと考えたけど、さすがに父さんに手間をかけさせるし、今日はたぶん家業があるだろう。村人の生活は子供でも仕事が多いし、あまり気軽には誘えないんだよなぁ。

準備をして外に出ると、父さんは馬を用意しているようだった。

「あれ？　今日は馬車じゃないの？」

「ああ。今日は買い出しの予定はないからな。馬だけで移動した方が早い。馬車の半分の時間で到着するぞ」

それはそうか。でも馬に乗るのは初めてだ。ちょっと怖いかも。

「ほら、乗りなさい」

父さんが僕の身体を抱き上げて、馬の上に乗せてくれた。

思ったより硬い。これ、かなりお尻が痛いのでは。

父さんは僕の後ろに乗ると手綱を引いて、馬を歩かせた。

「け、結構揺れるんだね」

「慣れないうちは、お尻が痛くなるな。少しの辛抱だ。我慢しなさい。それ、走るぞ！　掴《つか》まれ！」

僕は鞍《くら》にある突起物を掴みながら姿勢を低くした。

速い。速すぎる。馬ってこんなに速いのか。走っているというより、地面を滑っているような。人が走る時とは全然違う。でも、やっぱり振動が伝わってきて、臀部《でんぶ》が痛い。

最初はまだよかった。数分、十数分が経過すると、ヒリヒリし始める。次第に骨まで痛みが伝わり、僕は腰を僅かに上げようとした。

「姿勢を低くしていなさい」

父さんに言われては従うしかない。

揺れが激しいので、無理に姿勢を高くすると落下してしまう。それはわかるし、父さんは僕の身体を抱きしめながら、馬を走らせている。つまり速度的にはそれほど出ていないのだろう。それでも速いし、お尻が痛い。これ、全力で走らせたらどうなるんだろう。僕のお尻は破裂するんじゃないだろうか。

なんとか我慢して一時間程度。数時間かかる徒歩や馬車の移動時間を考えると、かなりゆっくり走ってくれたみたいだ。だけどイストリアに到着した頃には、僕のお尻は感覚が麻痺《まひ》していたし、疲労困憊《ひろうこんぱい》だった。馬車で移動した方がよかったのではないかと思ったほどだ。

「僕、馬嫌い……」

「馬に乗れないと大人になった時に困るぞ。ずっと私が馬に乗せてやるわけにもいかん」

想像してみた。大の男が、父親の操る馬に二人乗りしている姿を。なんか嫌だった。乗馬の練習は必要なようだ。

とにかくイストリアには着いたのだ。文句もこれくらいにしよう。

父さんがわざわざ連れてきてくれたのに、愚痴を言うのは憚《はばか》られる。

僕たちはグラストさんの店へ向かった。雑踏を抜けて店に到着すると、中へ入る。

「いら……おう、なんだガウェインか。今日は二人だけか？」

「ああ、少し聞きたいことがあってな。今、いいか？」

グラストさんは嘆息しながら両手を広げた。

「忙しく見えるか？　暇すぎて、店じまいしようかと思ってたくらいだ」

まだ昼前なのに判断が早いんじゃないだろうかと思ったけど、どうやらただの冗談のようだった。

「で、なんだよ」

「以前、雷のような現象が起こる鉱物があった、という話をしていたな？　覚えてるか？」

「ああ、雷鉱石《らいこうせき》のことか。覚えてるぜ。それがどうしたんだ？」

「実は、少し興味があってな。その雷鉱石とやらを手に入れられないかと思っているんだが」

あれ？　そんな話までいってたっけ？　僕はそういう生物か道具みたいなものはあるのか、と話しただけだ。でも父さんは手に入れる気満々って感じだった。

先回りされてしまった。あんまりお金を払ってもらうのは気が引けるんだけど。そんな僕の思いを知らずに、父さんはさっさと話を進めていく。

「雷鉱石をか？　そりゃ難しいな」

「希少なのか？」

「いや、結構見かけるぜ。鉱山にもあるし、採掘も許可を貰《もら》えば問題ねぇ。けどよ、運搬が難しいんだ。雷鉱石ってのは常に雷を放っててな、触れねぇのよ。邪魔だし危険だけど、移動もさせられねぇから、放置してるんだと。発見当時は観光に使ったりしようとした動きもあったけど、危険だしずっとピカピカしてるだけだからな、すぐに廃れたとかなんとか」

父さんは僕に視線を送った。状況を聞いて、どうするか尋ねている感じだ。

グラストさんの話を聞く限りでは、放電現象がある鉱石のようだ。さすが異世界って感じ。

でも放電が激しくて触れないし、近づけないし、利用方法もないから放置している、と。

僕としては雷鉱石自体を調べたいわけじゃなく、魔力を与えてどんな反応をするか見たいだけなんだけどな。どうしようか。アイディアはあるんだけど、なんかまずい気もするなぁ。

だって雷鉱石って、要は発電機の役割を担っているわけだし。こんな便利なものが地球にあったら、色んな方面でブレイクスルーしそうだ。この時代、電気は発見されていないし、活用するって考えも技術もないだろう。

それにただ雷鉱石を運搬するだけだ。周りの人はせいぜい見世物にするか、灯《あか》りに使う程度だろうと思うんじゃないかな。だったら問題はないかな。多分だけど。

さて、あるかどうかはわからないけど聞いてみるか。

「グラストさん。白い粘着質な樹液を出す木ってあります？　独特のにおいがすると思うんですが」

「いや、知らねぇな。植物学者だったら知ってるかもしれねぇけど」

ゴムの木はないのかな。それともまだ見つけられてないのか。異世界だし、地球と同じものがあるとは限らない。とりあえずゴムは保留か。

「じゃあマイカ、いや雲母《うんも》かな、っていう鉱物ってあります？　ちょっと特殊な鉱物で、いくつもの層になっていて、薄く剥《は》がれるような構造なんですが。結晶みたいな感じだったりするはずです。やや透明、かな？」

正確には白雲母。絶縁性のある鉱物で、現代でも広く使われている。

この文明で作れるものと言ったら、後はガラスくらいか。最悪、絹織物を重ねて強引に運ぶとかするしかないかも。どれくらいの電力なのかわからないから、危険だけど。

知識が豊富な人ならもっと他に手段があるんだろうけど、僕にはこれが限界だ。ちょっとした雑学と基礎知識程度しかないから我ながら曖昧な部分も多い。ネットか専門書籍が閲覧できれば、すぐに解決しそうだけど、ないものは仕方ない。

「マイカ？　いや……名前は知らねぇな。でも、同じような特徴の鉱物はあるぜ。硬度も粘度も高くないからまったく使えないってんで、利用されてねぇけど。ペラ鉱石だろ？　待ってな。昔、採ったやつがあったはずだ」

グラストさんは店の奥に行くと、すぐに戻ってきた。手には何かの鉱物を持っている。

白と黄色が混じったような見た目だった。昔、図鑑とかで見ただけだから、あんまり自信はないけど、多分、白雲母で間違いない。異世界にもあるんだ。

「これか？　形は面白いし、綺麗《きれい》な見た目だから、とっておいたんだ。まあ、珍しいもんじゃないし、観賞用だな」

「見せてもらえますか？」

「ああ、構わねぇよ」

僕はグラストさんからマイカ、白雲母を受け取ると、よくよく観察した。見れば見るほど似ている。この鉱物が僕の知っている鉱物なのかはわからないけど。

でも、生活用品に使われている素材は、基本的に地球と同じような名称だ。麻とか綿とか鉄とか銅とか。だったら特徴が同じものは、同一のものの可能性も高い。それでも雷鉱石のような特殊なものもあるので、注意が必要だ。

問題は、マイカをどのように加工するか。手作業でできるマイカの加工は剥がしか集成、というかそれしか知らない。

マイカは薄く剥がすことができるため、それを重ねて貼り合わせることで、一枚のシートにする。それを絶縁体として活用する方法が昔の地球では使われていたと思う。

そしてマイカを砕き、紙すきの要領で一枚のシートにする、という方法がその後普及した。ただ貼り合わせるよりは、紙すきで完全に一枚にした方が強度も張力も跳ね上がる。つまり壊れにくくなるし、ある程度の変形も可能、というわけ。

しかし貼り合わせるための接着剤の代わりになるものがあるのかもわからない。そもそもマイカって砕いて紙すきするだけで、加工できるんだろうか。原料が他に必要だったりしないかな。

それに紙すきに必要な道具が必要になる。じゃあ、スノコがいるのか？

そのうえ大量のマイカを、砕いて水に入れて、掬《すく》うという作業をすることになる。

もっとマイカが必要だ。というか砕いたマイカって浮くのか？

鉱物なのに。鉱物だから重いっていうのは先入観か。でもこの世界で、僕の知識が通用するかどうかもわからないのか。

そもそもだ、僕の知識が正しいのかも半信半疑なんだよなぁ。学生時代の知識なんて、社会人になると忘れるし、こんな知識必要ないしなぁ。というか、これ本当にマイカなのか。

ああ、だめだ。なんか堂々巡りになっている気がする。

僕がうんうん唸《うな》っていると、グラストさんが父さんに言った。

「で？　何しようとしてんだ？」

「さあな。息子の考えはよくわからん」

「シオンの考えか？　子供のやることってのはよくわからねぇな」

「……それはどうかな。シオンが、その子供の考えをしているとは限らんぞ」

「それはどういうことだよ？」

「見ていればわかる。恐らくな」

僕が思考を巡らせている間も、父さんとグラストさんは待ってくれていた。

「うん、無理して作る必要はないかな。僕の目的は別のところだし。よし！　ねぇ、グラストさん。この鉱石、もっと大きいのはないですか？」

「あるぜ。こんくらいだったかな。ただ結構高い上に、ただの観賞用だから役にも立たない。確か四千リルムくらいしたな」

手を広げて大きさを教えてくれた。

大体、六十、七十センチくらいかな。大きいな。そんなマイカなんてあるのだろうか。異世界にだけ存在するものなのかも。しかしそれだけのサイズがあれば、問題ないか。

高いのか。うーん、僕はお小遣いを貰ってないし、何かを買う時は父さんに頼むしかない。でも七歳の子供がねだる値段じゃないかも。どうしよう。

四千リルムか。リルムというのは、この国の通貨単位だ。五十リルムでじゃがいも一個、という言葉がある。

じゃがいもは不作の時でも収穫できることが多く、値段は据え置きになりやすい。そのため値段の基準にされることが多いようだ。つまりじゃがいも八十個分の値段。まあまあ高い、のかな。

「どこに売っている？」

僕が何か言う前に、父さんはグラストさんに平然と聞いた。

「交易所だな。ずっと置いてあるから、値段は変わってねぇと思うぞ。誰も買わねぇし、観賞用としても人気があんまねぇみたいだな」

僕は慌てて、父さんの服を引っ張る。

「と、父さん、まさか買ってくれるの？」

「当然だ。必要なのだろう？」

「そ、それはそうだけど。でも高いし」

「子供が値段を気にするな。それに、シオンは今まで物をねだったことは一度もないだろう。マリーにはそれなりに買い与えてきたし、問題ない。いいか、シオン。もう少し、父さんにわがままを言っていいんだ。ダメならダメと言うし、いいならいいと言う。何も伝えずに我慢する必要はないんだよ」

父さんは僕の肩に手を置いて、優しい笑顔を浮かべる。

この人が父さんでよかったと思った。僕が父親になった時、こんな風にできるとは思えない。

「……………子煩悩な父親だな」

「うるさいぞ、グラスト。私は父親なんだ。子煩悩でない方がおかしい。ではシオン、交易所に向かうか」

「あ、その前に、試したいんだ」

「試す？　そういえば、この鉱石を何に使うか聞いてなかったな」

まったく用途も聞かずに買い与えるなんて。僕は苦笑しながら、答える。

「この鉱石は絶縁体、えーと、電気を、じゃなくて……雷みたいなものを通さない、可能性があるんだ。だからこれを使って、雷鉱石を運べたらなって思って」

雷鉱石が採掘場にあるとして、そこで魔力を与えて、研究をすることはできる。でもそれでは人目につくし、父さんとの約束を破ることになる。魔法の研究は隠れて行うようにしなければならない。僕も、別に魔法をひけらかしたりするつもりはないので、異論はない。

僕はただ、魔法が使いたいだけだからね。

僕の答えを聞くと、父さんとグラストさんは顔を見合わせる。

「それは本当かシオン」

「わかんない。だから試したいんだ」

「なぜそれを知ってると聞いても、意味はないんだな？」

「…………うん」

僕は七歳の子供。人が知らない知識を持っていれば、怪訝《けげん》に思って当然だ。子供はおかしなことを言うものだとしても、それは常識の範疇《はんちゅう》のこと。僕が話している内容は明らかに異常で、普通ではない。

それを今まで父さんが受け入れてくれていたのは、父さんが寛大だったというだけ。普通の人は、僕のことを気味悪がるだろう。もっと追及してくる方が当たり前だし、魔法の研究をやめさせるべき、と考えるだろう。

でも父さんは、ただ何かを考えて、

「そうか、まあいいだろう。では、採掘場で試してみるか。近いんだろう？」

と簡単に言ったのだ。

なんとなく想像はついていたけど、僕は感謝を禁じ得ない。こんなにいい父さんの子供に転生できてよかったと心の底から思った。

グラストさんは後頭部を掻《か》いて、何やら思案顔だったけど、僕に質問することはなかった。

「ああ、徒歩でもすぐに行ける距離だ。んじゃ、行くかね」

グラストさんは僕の頭をぽんぽんと叩《たた》き、外に出ると店の扉に鍵を閉めて、閉店のプレートを扉に下げた。

いいのかなと思ったけど、グラストさんは何も言わなかった。

だから僕も何も言わなかった。ただなんとなく、引っかかる。あまりにとんとん拍子に進んでいるから、少し不安なのかも。まあ、気にする必要はないかな。

そう思い、僕は父さんたちと共に採掘場へと向かった。

街から徒歩で十分くらいの位置に採掘場はあった。思ったよりも近い。イストリアでは採掘業が盛んなのだろうか。僕たちが入れるということは一般開放しているんだろうし、採掘場は沢山あるのかも。

採掘員たちが鉱石を運搬しているが、それ以外にも普通に道を通る人がいた。鉱山だけど、別地域に行くために通る道でもあるらしい。そのため、旅人や商人の姿も散見された。

採掘場には二区画あり、一つは採掘員しか入れない独占区域で、もう一方は許可さえ取れれば一般人でも入れる採掘区域らしい。多少のお金を払って入れば後は自由に採掘が可能だ。

ただ一般開放されているだけあって、あるのは安い鉱物だけだし、採掘するにはそれなりの道具や労力が必要である。そのため大抵は赤字らしい。

目的の雷鉱石は岩盤内ではなく、普通に露出している。通りに面して存在していたりするので、近くに看板がある。そこには『雷鉱石注意』と書かれているだけだ。

岩場のそこかしこに雷鉱石があった。グラストさんが言っていた通り、それは放電していた。青い電流をバチバチと生み出して、発光している。高電圧の線香花火を見ている感じだ。見た目はつるつるした石だけど。

触ると危険だし、近づけないことは間違いない。雷鉱石は大小あり、大きさに比例して、電流の強弱が変わっている。

「不用意に近づくなよ。火傷《やけど》じゃすまねぇからな」

グラストさんの忠告を聞き、僕は周りを観察した。

僕の身体と同じくらいの雷鉱石は見るからに危険そうだ。でも手のひらサイズの雷鉱石はそうでもなさそうだ。それでもかなりバチバチと電気を発しているけれど。

「それで、どうする？　ペラ鉱石を使って触るのか？」

「ううん、この状態のペラ鉱石で触っても、厚いから絶縁体じゃなくても電気は通らないはず。だからこうする」

僕はマイカをむしろうとしたが、思ったよりも硬かった。僕の力だと剥がせないかも。

「貸してみな」

グラストさんに渡すと、簡単に層を剥がした。

何枚か剥がしてくれたので、僕は感謝を言いつつ、剥がしたペラ鉱石を何枚も重ねて、手のひら全体を覆うようにした。手の上には薄い膜が何枚も重なっているが、少々頼りない。

僕はそのまま雷鉱石の前に座って、不意に触った。

「シ、シオン!?」

慌てて父さんが僕の身体を持ち上げて、雷鉱石から離れた。

その拍子に、持っていたマイカの膜が落ちてしまう。

「な、何をしてるんだ!? 怪我はないか!? 火傷は!?」

そう言って、父さんは僕の手を何度も見ていたが、怪我はない。

無事だとわかると、父さんはほっと胸を撫《な》でおろす。

「まったく、危ないことはするなとあれほど」

「ごめんなさい、父さん……でも、ほら、何ともないよ。やっぱりあれはマイカだったみたい。絶縁体だった」

父さんが僕から手を離す。

僕は地面に落ちているマイカの膜を集めると、父さんに見せた。

「……焦げても焼けてもないな。絶縁体というのは、この雷、ではなく電気を通さないんだな？」

「うん。半信半疑だったけど、これで実証されたね」

僕たちが話していると、グラストさんが言った。

「それで触れれば問題ねぇってことか……貸してみな」

グラストさんは僕の手からマイカの膜を奪い取ると、手のひらの上に重ねた。そのまま躊躇《ちゅうちょ》なく、雷鉱石に触る。

「確かに、何も感じねぇな。完全に防いでやがる」

驚きの表情のまま、グラストさんは僕を見た。

その目に強い疑問が浮かび始めると、僕は慌てて言葉を繋《つな》いだ。

「と、とにかく、これでペラ鉱石だったかな、それが絶縁体だってことはわかったし。後は大きめのペラ鉱石を購入して、雷鉱石を運べばいいだけだね！」

僕の目的は達成できそうだ。これだけのことでかなり時間と労力を消費したけど、しょうがない。地球みたいに文明が発達しているわけでも、便利な道具があるわけでもないんだから。

不便だけど、別に嫌じゃないかな。魔法があるし。

グラストさんは何か考えているようだったけど、特に何も言ってこなかった。

さすがにまずいことをしたかも。父さんや母さんはあまり気にしないでいてくれるけど、誰もがそうだとは限らない。グラストさんは良い人みたいだけど、それは何でも受け入れるということじゃない。早まったかもしれない。

「じゃあ街に戻って、ペラ鉱石を購入して、戻ってくるか」

そう言い放った父さんは気にした様子はなく、グラストさんを一瞥《いちべつ》しただけだった。

父さんも僕と同じように考えたのだろうか。でもそれが事前にわかっていたら父さんなら止めたと思うけど。そこまで深く考えなかった、って感じなのかな。僕もそうだし。

とにかく、目的を達成できそうだし、早いところ、雷鉱石を持って帰ろう。

色々と気になることはあったけど、僕は新たな魔法研究の材料を見つけたことで高揚していた。

今度はフレアよりももっと魔法らしい魔法が使えるといいなと思いながら、街へと帰った。

ペラ鉱石の膜で包まれた状態で風呂敷に包み、雷鉱石を家に持って帰った。

大きさは二十センチ程度のもの。あまり重いと運べないし、危険でもある。そのためこれくらいが限度だ、と父さんに言われたのだ。僕としては、丁度いい大きさだったので不満は一切なかった。

それと余ったペラ鉱石は、グラストさんに譲った。半額出してくれたので、別に問題はない。良い人だ。

結構高いのに、甥《おい》っ子《こ》みたいなもんだからなと笑いながら言ってくれた。

父さんとグラストさんの厚意を無駄にしないように、魔法の研究を頑張ろう。

ちなみに雷鉱石を持ち出す時、受付の人はものすごい顔をしていた。


さて僕は今、中庭にいる。

雷鉱石は常にバチバチ、ピカピカするので、部屋に置いておけないのだ。それに家に燃え移ったら大変だから。ということで中庭の端っこにある、岩場に置いておくことになった。

雷鉱石は断続的に電流を発生させる鉱物。エネルギー源が何なのかとか色々と疑問はあるけど、僕は科学者でも鉱物学者でもない。魔法が使えれば他は別にどうでもいいし、調査が必要ならするだけだ。

離れた場所から父さんと母さんが見守っている。

父さんは目をキラキラ輝かせて、母さんは笑顔のまま、僕の姿を見守ってくれている。

マリーは、外出しているようだった。ちょっと気がかりだけど、今は目の前のことに集中しよう。外出して帰ってきたばかりだから、ローズはいない。魔法の研究を一緒にしたいとは思うけど、タイミングが合わない時は仕方ないかな。

僕は雷鉱石の前に立ち、手をかざした。

さて始めよう。雷魔法の実験開始だ。

僕は右手に魔力を集める。集魔状態から、体外放出へ移行。手のひら大の魔力の玉が放出され、雷鉱石へと向かう。

触れたその瞬間、青白い電流が一瞬だけ赤白く変色した。そしてほんの少しだけまばゆく光った。

「おお!?」

父さんが拳を握りつつ、興奮したように声を上げた、が。

「……おお?」

声に疑問の色が滲《にじ》み始める。

雷鉱石は放電し続けている。通常通り。青白い電流だ。つまり、一瞬で通常の現象に戻った。

魔力を与えたことで変化したのは、色と光量だけ。それ以外に一切の変化がなかった。

しかも光の量がほんの少し増えただけで、たいして意味はなかった。

さらに、火に対して魔力を与えた場合は、放出した魔力はそのまま移動をし、離れて消えていたが、雷鉱石に向けた魔力は一瞬にして消えた。

「失敗したのかしらぁ?」

「そう、みたいだな」

それぞれの反応を見せる、僕の家族。

落胆していることは間違いなかった。背後で戸惑いの気配がした。

僕がその場から動かなかったからだろう。二人は僕のもとへ近づいてきた。

「ま、まあ、失敗するのは当たり前だ。今までだっていっぱい失敗して、やっと火の魔法が使えたわけだしな。気にするなシオン」

父さんは僕の肩をポンと叩いて、慰めてくれた。その隣で、母さんが首を傾《かし》げつつ言う。

「あら？　シオンちゃん、もしかして……」

僕は肩を震わせた。それは悲しみから生まれたものではない。僕は笑っていたのだ。

「うへ、うへへっへ、へへへっ！」

「ど、どうした!?　シオン！　成功してないのに、その顔になるとは……ま、まさか、何か悪いものでも食べたのか!?」

「あらあら、シオンちゃん、とっても素敵な顔になってるわねぇ。うふふ、幸せそうねぇ。お母さんも嬉《うれ》しくなっちゃうわ」

僕は父さんに身体を揺さぶられた。

「死ぬな、シオン！　傷は浅いぞ！」

仮に脳に何かしらのダメージがある場合、そんなことをしたら本当に死んじゃうからやめようね。なんてことも、今の僕にはどうでもよかった。

「うへへ、成功したぁ。やったよぉ」

「どういうことだ？　どう見ても、失敗だったぞ？　いや、まさか色が変わったし、光は発生していたから、成功なのか？　しかし火魔法に比べるとただ色が変わっただけのような気がするが」

僕は笑顔を我慢しつつ、説明を始めることにする。

「へへ……あ、あのね、火打石から出る火花は厳密には放電で、この電流と同じ現象なんだ。それで、魔力に触れさせると青い炎が生まれる、ってことはもう知ってるよね？　この時点で、僕は二つの仮説を立てていたんだ。魔力は可燃性物質で、それ以外の特性はないということ。もう一つは、魔力は可燃性物質にもなるけど、それ以外の特性があるっていうこと。あくまで可燃性物質というのは暫定的で、それは一つの特性でしかないかもしれないけど。とにかく可燃性物質としての特性しかないなら、雷鉱石に魔力を接触させれば燃焼を起こすはずなんだ。でもそれはなかった。電流の色が変わって、光量が増えた。つまり、魔力は可燃性物質としての特性以外にも特性があるってこと。僕が想像している色々な魔法を使えるという可能性が高くなったってことなんだ」

火、この場合は火花だけど、それに接触した場合、魔力は炎を纏《まと》う。しかし電流に接触させると変色し、発光した。つまりまったく別の現象が起こると証明されたのだ。

科学に基づいて考察することは難しい。僕は理系じゃないし、詳しいわけでもない。僕がやっているのは色々な条件で魔力を触れさせ、その結果を見て、理論を積み重ねることだけだ。今回の実験では、魔力の性質を知ることができたというわけだ。

あくまで一部だけど、それでもこの収穫は大きい。だって、火魔法以外にも使える可能性があるってわかったから。まだどうやって雷魔法として活用するかはわからないけど。光明は見えたのだ。だから僕は笑った。

劇的な結果は求めてなかったんだ。僕はただ、燃えないでくれと願いながら魔力を放っただけ。

それが叶《かな》った。だから僕は嬉しくてしょうがなかったのだ。

「ふむ、つまり雷魔法が使える可能性が高くなったということか？」

「うん。でも今の状態じゃ、使えないね。ただ体外に魔力を放出して接触させても、電流の性質に変化を与えただけって感じだった」

「どういう結果が出れば、成功したって言えるんだ？」

「うーん、手のひらから目標目がけて電撃を放つって感じになれば、かな」

「だが、そうなると魔法を使う方にも被害が出そうだが」

父さんの心配は当然だ。僕も同じように考えた。

「手のひらから直接、魔力を放出させた状態で電撃を放った場合はそうなるだろうね。火魔法も同じだけど、まずは自分が怪我をしないように考えないといけない。その前に、いくつか試さないとだけど……」

「なるほどな。私としてももう少し研究に付き合いたいところだが、今日はやめておきなさい。帰ってきて、すぐに実験を始めたからな」

父さんの言う通りだろう。

朝出発して、採掘場に行ったり、市場で買い物をしたり、他にもついでに買い物もした。そのおかげで帰ってきたのは夕方前だったのだ。さすがにずっと魔法の研究をするわけにもいかないだろう。本当は、色々と試したいけど。

今日は沢山わがままを言ったし、父さんには迷惑をかけた。ペラ鉱石も買ってもらったし、採掘場の採掘代も払ってもらったし。結構な額になったはずだ。ちょっと打算的だけど貴族の子供でよかったって心の底から思った。

父さんに言われて、僕たちは家の中に戻った。

空は赤く染まり始めている。その中で、雷鉱石が断続的に放電していた。

僕は思った。

夜は目立つだろうなと。

早めに、囲いか何かを作っておいた方がよさそうだ。そんなことを思いながら、僕は家の中に入った。


雷鉱石を入手して一ヶ月が経過していた。

最近はかなり気温が下がり、乾燥している。雪が降る日もあるくらいに、完全な冬季に突入したみたいだ。

さて、この一ヶ月の出来事を説明しようと思う。まず毎年のことだけど、冬場は基本的に食料の保管と燃料の確保が重要になる。日本のように、どこにでも生活用品や食料がある環境ではないからだ。僕やマリーもすでに労働力として数えられているため、村に準備の手伝いに行ったり、買い出しに同行したりする日が増えた。そのため魔法の研究に割く時間はあまりとれなかった。

それでも時間をできるだけ確保して、多少は魔法を研究することはできた。

雷鉱石を手に入れた当日の研究結果を改めて簡単に説明しよう。

雷鉱石に対して魔力を与えた場合、電流の色が赤くなり、一瞬だけ光量が増した、という結果が出た。なぜこのような反応が出たのか、という点に関しては一先《ひとま》ずおいておくことにする。

何度も試したけど、魔力を与えると同じ現象が起きた。火魔法との大きな違いは一瞬で魔力が消失するということだ。

火魔法の場合は、火に魔力を接触させると青く変化し、魔力に火が移る。そして燃え続けた状態で移動し、放出魔力がなくなると消える、という感じだ。でも雷魔法に関しては、一瞬だけしか変化がない。これはどういうことか。

僕は、魔力は可燃性物質ではないが、それに類する性質のある何かしらのエネルギーだと思っていた。そして魔力は、何かしらの現象を継続させる性質を持っているのではないかとも思っていた。

燃えるには点火源と酸素と可燃物質の三要素が必要で、可燃物質の役割を魔力が担っていたと思ったからだ。でも、雷魔法の実験でそれは違うとわかった。

火と雷の違いを考える。共にプラズマ。でも、特徴は違う。

火は三要素があれば、燃える。何かしら燃えるものがあれば燃え続けるわけだ。つまり自然に継続する現象。

雷、この場合は電流だけど、こっちはどうだろう。電流は電荷の移動だ。放電されればそれで終わりで、続けるにはまた電荷を移動させる必要があり、それはいわばタメが必要な現象でもある。

雷を見ればわかるが、落雷は継続的に地上に流れ続けない。電気を流し続ける自然現象は存在しない、と思う。雷鉱石もあくまで断続的に電流を発生している。

つまり、火と違って断続的な自然現象である、と言えるだろう。

もちろんアーク放電のように近距離で発生する高電圧の放電のようなものであれば、継続的に現象は起こるけど。今回はあくまで一時的な放電の話だ。

二つの違いは、継続的か断続的か。そして自然現象として継続するか、しないかという違い。

火は魔力を与えれば燃え続ける。雷は魔力を与えれば一時的に変化し、消える。

つまり、こういうことだ。『魔力は現象自体を増幅し、その現象を独立して起こすことができる』ような物質であるということ。

火魔法に関しては、すでに点火しており周囲に酸素もある。だから魔力を与えることで『疑似的に燃え続ける現象を起こし続けることができる』のではないだろうか。

雷は発生源が鉱石であり、雷を発生させるには電荷の移動が必要で、魔力はその現象を手助けしない。だから『雷魔法は一時的な変化しかしない』のではないだろうか。

この結果から導き出される魔力の性質は、現象をそのまま増幅させるということ。つまり火に触れれば魔力が燃えるのではなく、魔力自体が火になるということ。恐らくは色の変化も、魔力が現象に変化した現れなのだろう。そして燃焼は継続し、電気は一瞬で放電されるというわけだ。

電流に関して、光の量が増すのは、広義的な意味でのスパークをしている状態なんだと思う。

つまり魔力内に――この場合は放出魔力の形状が球の形をしているので、その内部において――一瞬にして電流が流れ、電圧が増した、ということかも。

これが、魔力が現象を増幅させるという考えの理由だ。

現時点で、魔力には『触れた現象を疑似的に模倣し、現象を自ら起こす性質』と『触れた現象を模倣した後、その効果を増幅させる性質』が存在するということ。

魔力が可燃物質でないという裏付けにもなるはずだ。

ただこれは暫定的な考えであって、結論ではない。まだまだ研究は必要だし、改良も実用性を高めるための試行錯誤も必要だ。

さて、ここまで判明した時点で、今に至っているわけだけど。問題は電流をどうやって魔法に変換するかだ。

火は燃え続けるため、魔力を与えるだけで魔法に変換が可能だ。火打石で発火して魔力を与えることで、鬼火のような形を作り出すわけだ。

だけど雷鉱石に関しては、魔力を接触させた時点で魔力は霧散する。魔力によって増幅された電流は、一瞬にして大気中に放電されるわけだ。

電気は一瞬で流れていく。それを止めるのは難しい。

僕は頭を捻《ひね》っていた。自室のベッドの上。もはや、僕の定位置になっている場所だ。そこで僕はずっと唸っていた。

「うーん、どうしたらいいのかな……」

放出した魔力を触れさせた時点で弾《はじ》けるのならば、打つ手はないような気がする。ただ魔力による反応が生まれることを目的とするならば、これで目的は達成している。でも僕はもっと自由な魔法が使いたい。

火魔法もそうだけど、雷魔法も実践に使える程度には昇華させたい。今のままだと薪《まき》に火をつけたり、敵に火傷を負わせるくらいしかできない。

敵に魔力があればゴブリンを倒した時のように、魔力反応を使えるかもしれない。でもあの現象もまだ不確かだし、相手が魔力を持っていない場合は効果がない。

「雷魔法……雷魔法……雷……うーん……何か根本的に間違ってるような」

何かが引っかかる。とてつもない間違いをしているような気がする。なんだろう。何がいけないのかな。

僕はなんとなく集魔状態になり、手のひらから魔力を放出した。球体の発光した魔力が天井へ浮かび上がると徐々に消えていく。その様子を見て、僕はあんぐりと口を開けた。

「……トラウトと同じ現象に拘《こだわ》りすぎてた？」

トラウトの現象から魔力の存在に気づいたため、僕はトラウトの行う魔力関連の出来事に固執してしまっていた。でもそうじゃなかったんだ。そうだ。簡単なことだった。

まさか『魔力が球体である必要はない』なんてことに気づかないなんて。

「そうか！　そうだよ！　放出魔力の形が球体である必要はないんだ！」

トラウトのこともあったけど、なんとなく魔力のイメージが球体だった。

色々な創作物で魔力とか気とかの不思議エネルギーの形が、なぜか円状が多いからかも。

僕は試しに『右手に集まった魔力が四角形で放出される』という意思を抱いた。すでに何千回と行ってきた集魔状態からの放出だったためか、円滑に魔力は放出される。手のひらから現れた魔力は、四角形だった。

「うお！　本当に出た!?」

その四角形の魔力は天井に向かうと消えた。

その後も、何度も別の形を試してみた。すると思い通りの形の魔力が放出された。固定概念は足かせにしかならないことが証明されたのだ。

もっと柔軟に考えないといけないな。なるほど、僕は魔法を使うことに執着しすぎていたらしい。

もっと魔力に関して知るべきだし、もっと試すべきだったんだ。

形だけじゃない。今は、ただ放出させているだけだ。もっと他の命令を与えることで、複雑な動きをしたりもできるだろう。色々と試さないといけない。

「へへ……これから、これから」

僕は頰《ほお》を緩めて、魔力の放出を続ける。

最初に比べて、一日に四十回近くまで魔力の発動が可能になっている。当然、体内へ魔力を巡らせられる一度あたりの量には限界がある。総魔力量はもう少し増えそうだけど、一度の魔力放出量は限界かも。

今のところ、放出魔力が足りないと思うことはないから問題ないけどね。

それじゃあ体外放出魔力への命令を色々と試してみよう。

その日の僕は魔力へどんな命令ができるのか実験を繰り返した。その結果、夢中になってしまい、魔力が枯渇して身体が動かなくなり、家族に呆《あき》れられました。なんだがちょっとずつ家族が慣れていってる気がして、怖い。


目を覚ますと身体が怠《だる》かった。ここ最近、魔法の研究ばかりしているためか、寝覚めが悪い。

ちょっと根を詰めすぎかもしれない。色々とわかってきたこともあるし、少しずつ進んでいるから、やめられないんだよね。面白いゲームのやめ時がわからないみたいな。

とにかく、少しは自重した方がいいかもしれないな。まあ今日も研究はするけど。

一階に下りて母さんと食事をしている最中、僕はふと窓から中庭を見る。マリーは今日も一人で剣の鍛錬をしているようだった。

剣を振り続けている姉を見ると、何とも言えない気持ちになった。

彼女の表情は真剣そのもので、近寄りがたい雰囲気が遠目でも感じられた。朝から晩近くまで、ずっと稽古をしている。それが毎日続いているのだ。

しばらくすれば収まるだろうと思っていたけれど、その気配はなかった。僕も人のことを言えないけれど、マリーは少し頑張りすぎだと思う。

母さんも心配しているようで、ちらちらと外を見ていた。

「ごちそうさま」

「おそまつさまでした」

食事を終えると母さんは何も言わず、優しい笑顔を浮かべて食器を片づけてくれた。

多分、母さんはマリーを咎《とが》めたりしないだろう。もちろん心配はしてるから、無理はしないでとかは言っているし、休憩するように言っているはずだ。でもよっぽどのことがない限りやめろとまでは言わない。僕の時もそうだったし。

それを寛容と見るか、放任と取るかは人によると思うけど、僕は信頼だと思っている。

だって父さんも母さんも僕たちを愛してくれているし、いつも気遣ってくれているから。

でも今のマリーはさすがに放っておけない。

触れるのが怖くて、素知らぬ振りを続けていたけど、そろそろ言った方がいいかもしれない。嫌われるかもしれない。怒られるかもしれない。でも、多分それは僕の役目なんだと思う。ずっと傍《そば》にいてくれた姉に対して、同じ立場だった僕だから言えることがあるはずだ。

僕は意を決して中庭に出た。

「ふっ！　ふっ！　ふっ！」

マリーが剣を振っていた。縦、斜め、突き。踏み込みながら、あるいはその場で、その型を続けていた。真剣で、僕の存在に気づいてもいない。

彼女は九歳だ。そんな子供が一心不乱に剣を振るっている。それが強く僕の胸を打ち、締め付けた。マリーはまっすぐすぎる。周りが心配していることに気づいていても止まれないいんだろう。

僕は庭の端に移動して、じっと稽古を眺めた。

僕が魔法の研究をしていた時、マリーは今の僕と同じように、見守ってくれていた。今度は僕がそうしようと思った。

それから二時間程度、マリーは素振りを続け、今度は走り始めた。昼時までかなりの速度で走り続け、汗だくになり息を弾ませていた。

「はあ、はあ、はあっ！」

鬼気迫っていると言っていい。彼女の醸し出す空気は子供のそれではない。自分を追い込む人間のそれだった。

僕はそんなマリーの姿を見て、なんともいえない気持ちになった。強くなるには鍛錬が必要だ。

そして厳しい訓練であればあるほど、成長は早いし、より高みへ行けるだろう。

だけど今のマリーは痛々しかった。見ていられない。それでも僕は目を背けない。僕はいつでもマリーの味方で、マリーの力になりたいと思っているからだ。

けれど、今のマリーの味方になることは、マリーのためにはならないだろう。マリーのことを思うなら、止めるべきだ。そう思って僕は口を開いた。

「姉さ――」

話しかけようとした時、マリーが振り向いた。その目は僕を見据え、射抜いた。あまりに澄んだ瞳に僕は言葉を失い、その場に立ち尽くしてしまった。

「……何？」

マリーは不機嫌さを隠そうともしない。いつもはもっと優しい。でも剣術の稽古中は、いや剣術のことを話すとこんな風になってしまう。

一度、稽古をやめた方がいいと話したことがあった。あの日以来、僕とマリーの間には微妙な隔たりができている。

険悪ではない。よく話すし、仲は良い。でも、今までみたいに仲睦《むつ》まじい感じじゃない。何か引っかかりがあり、距離を置いている気がした。それが嫌だった。

僕はマリーのことが好きで、一緒にいたいし、味方でいたかった。そしてマリーのことが大切だからこそ、剣術の稽古を休んでほしいと思ったんだ。

だから……だから？　だから僕はマリーに稽古をやめた方がいい、なんて言ったのか。

僕が？　マリーの味方であるはずの僕が『マリーの考えを否定した』のか。

「……姉さん」

「だから、何よ？」

「ごめん」

僕はすぐに謝った。頭《こうべ》を垂れて、マリーに許しを請う。

「……何について謝ってるのよ」

「僕は、姉さんの考えを否定してしまった。だからごめん。姉さんの気持ちも考えず偉そうに助言なんかしたつもりになって……僕は姉さんの味方でいなかった」

今まで、マリーは僕の味方でいてくれた。

魔法なんて怪しげなものに執心していることを止めもせず、助けてくれて、味方でいてくれたのに、僕は……マリーの行動や考えを否定した。ずっと味方でいてくれた彼女のことを諌《いさ》めた。

大人ぶって、上から目線で彼女のことを勝手に判断して。僕は何様なんだ。

やりすぎは身体に毒だ。それはわかっている。時として周りが止めることは大事だ。でも僕がすべきことはそんなことじゃなかった。

僕は大人じゃない。親でもない。マリーの弟で絶対的な味方だ。

たとえマリーが間違っていたとしても、安全圏から高説を垂れるなんてことをしてはいけない。

僕はマリーと共に歩くべきだったんだ。

辛《つら》い時は共に辛い目にあう。悲しい時はずっと傍にいる。周りから否定される時は一緒に否定され、一緒に行動する。マリーはそうしてくれた。

魔法なんて、存在するかもわからないのに、否定せず、受け入れて、その上で僕のことを考えて行動してくれた。その彼女に、僕はなんてことを言ったのか。

僕の言葉は今までの彼女の優しさをすべて否定してしまっていた。そんなことに気づかず、僕は何をしていたんだ。

自分の愚かさに苛立《いらだ》ちを覚えた。見放されてもしょうがない。そう思った。

「違うわ。そんなこと気にしてない」

マリーの言葉を受けて、僕は即座に顔を上げた。

「でも、いつも姉さんは僕の味方でいてくれたのに、僕は……」

「確かにちょっとは思ったわよ。なんで味方になってくれないのって。でも、シオンが言っていることは間違いじゃないとも思ったし、それはいいの。いいのよ」

よくない。よくないけれど、マリーが気にしているのはそこじゃないらしい。いや気にしているけれど、飲み込んでくれたということか。やはり気にしてはいたんだ。自省はしないといけない。

「じゃあ、その、どうして……」

その先を、なんて言えばいいのかわからなかった。怒っているのか、という言葉は妥当ではないような気がした。別に、マリーは常に怒っているわけでもないし、僕との距離をとっているわけでもない。なんとなく、近づきがたくなっているだけで、それは態度が違っているということではないのだ。普段はまったく今まで通りだったのだから。

僕の戸惑いを受けて、マリーは嘆息した。

「シオンが悪いんじゃないわ。あたしが勝手に……嫉妬してるだけ」

「嫉妬？」

「あたしはシオンのお姉ちゃんだから、ずっと守ってあげなきゃって思ってた。だから、ずっとシオンの味方だったし、ずっと剣の訓練をしてた。自信、少しはあったのよ。魔物相手でも戦えるはずって。何かあったら守るんだって。でもできなかった。怖かった。足が震えて、力が入らなくて何もできなかった。それで……お母様があんなことになって……あ、あたしは……」

マリーは自分を抱きしめた。

トラウマになっても仕方がない。怖くて、何もしたくなくなってもおかしくない。普段通りに振る舞えるマリーは強い人だと思う。けれど、そんな彼女でもあの恐怖を忘れることはできないだろう。あの醜悪な存在と対面し、平気でいられる人間はいない。

「死ぬと思った。でもお母様が助けてくれて、何が何だかわからなくなって。あたしは、ただ叫んでただけ。シオンが助けてくれなかったらみんな死んでた。生きてることが嬉しかったけれど、お母様のことを考えると素直に喜べなかった。何より……何もできなかった自分に腹が立った。そして、守る存在だと思っていたシオンに守られたことが……許せなかった」

「僕が、嫌いになったの……？」

マリーは慌てて首を横に振って、僕に近づいてきた。

「そ、そんなことは絶対にないわ！　シオンはあたしの弟だもん！　今までも、これからも大好きなまま！　許せなかったのは自分自身。今もシオンの強さに嫉妬してる、あたし自身の弱さよ。大好きなのに、シオンに嫉妬してる自分が嫌で、強くなろうって。そしたらきっと自信が持てるし、もっと堂々とできるって」

近くで見ると彼女の手は赤く染まっている。どれほどの時間、剣を握っていたのか。激しく痛むだろうに、それを表に出さない。

「だから、稽古を続けてたんだね……」

「ええ。でもね、わかってるのよ。こんな風にやっても身体を壊すし、みんなに心配をかけるって。けれど、じっとしていると落ち着かなくて、あの日のことを思い出して。シオンの顔を見るとどうしても嫉妬してしまって。その思いを振り切りたくて」

「姉さん……」

子供も大人と同じように悩み、そして真剣に生きている。それを僕は忘れていた。

僕が子供の頃、こんな風に真剣に生きてはいなかった。けれどそれでも悩みはあったし、辛い思いもした。

マリーはまだ九歳だ。それなのに色々な思いを積み重ね、必死に現実と戦おうとしてる。その勇敢さと清廉さに僕は胸を打たれた。だからか、僕は自然とマリーを抱きしめていた。溢《あふ》れる思いのままに、僕は力を込めて、マリーの身体を引き寄せた。

「シ、シオン……？」

「気づけなくてごめん。姉さんが悩んでいることはわかっていたのに、僕は姉さんに嫌われるのが怖くて何もできなかった。ごめん、ごめんね、姉さん。僕は姉さんの味方のはずなのに、味方で居続けられなくてごめん」

身長はまだマリーの方が高い。しかし、以前ほどの身長差はなくなっている。

僕はマリーをぎゅっと抱きしめた。するとマリーも僕の背中に手を回してきた。縋《すが》るように力を込めてきた。同時に思いが伝わってきた気がした。

「あたしの方こそごめんね……シオン。嫌な態度、とっちゃったわね。ごめんなさい……」

「いいんだ。何かあったら僕にぶつけてくれていいんだ。僕は全部受け止めるから」

マリーは何も言わず、ただ僕を抱きしめた。

子供も大人も関係ない。誰もが必死で生きている。それが転生して気づいたことの一つだった。

マリーの顔は見えない。でも時折聞こえる嗚咽《おえつ》が、彼女の感情を表していた。

僕は無言のままだった。マリーも無言のままだった。ただ互いに体温を求めるように、抱きしめあった。縋るように。互いの感情を宥《なだ》めあうように時間を過ごした。

翌日からマリーは無茶な稽古をしなくなった。


朝。中庭の雷鉱石前。

断続的に電流を走らせている鉱石の前に僕とマリー、そしてローズが立っている。

今日は父さんがいない。今までは父さんがいない時は実験をするな、と言われていたんだけど。

マリーがいるなら、簡単な実験ならばしていいと言われた。

それと常に近くには水を汲《く》んだバケツなりを用意しておけとも。実験イコール水が必要みたいな方程式が父さんの中でできてしまったらしい。

ちなみに終始、ローズから視線を送られている。

その目が言っている。何してるんだ、こいつらはと。

僕は耐えきれなくてマリーに向き直った。

「あ、あのね、姉さん」

「ん――――？　なあに？」

どうしたものかと考えながら隣を一瞥した。


近い。滅茶苦茶近い。

マリーは僕と腕を組んで離れようとしない。頬をすりすりと腕にこすり付けてくる。

お互いの思いを打ち明け、仲直りしてからこの調子だ。マリーは以前にも増して僕の傍にいるようになったし、密着度が増した。

猫みたいで可愛《かわい》いが、姉と弟というよりは恋人のようだ。嫌じゃないけど、あんまりべたべたするとまた父さんに怒られる。

それに何というか、このままの距離感は今後を考えるとまずいような気もする。子供のうちはいいけど。とりあえずそれは置いておいて、今は近くにいられると困る。ローズの視線も痛いし。

「ごめん、少し離れてほしいんだけど」

「どして？」

「今から、ほら、魔法の実験するからさ。近いと危ないし、ね？」

「……あたし、邪魔なの？」

悲しそうに目を伏せてしまった。

なんだこれ。はたから見ればイチャイチャしてるようにしか見えないような気がする。

日本にいた時は、こういう恋人たちを見かけたら、内心で呪詛《じゅそ》を吐いていたものだ。まさか自分がその立場になるとは。姉弟《きょうだい》だけど。

「邪魔じゃないよ！　でも、ほら、離れてくれた方が、魔法の研究がしやすいし」

唇をとがらせて、マリーは僕から離れる。名残惜しそうに僕の右腕を見ていた。そんなに腕が好きなのかな。

「むぅ、わかったわよ」

マリーはぷっくりと頬を膨らませつつ、不満そうにしながらも、僕から距離をとった。庭の端っこで座り、膝を抱えている。マリーはわがままな部分があるけど、説明すれば理解してくれる。しかし、さすがにローズの手前、少しは自重してほしかった。もう遅いけど。

普段は冷静で理性的なローズだったけど、姉弟のイチャイチャを見ては大人ではいられなかったようで、ジト目を送ってきている。それはもう見事な蔑《さげす》むような責めるような視線だった。彼女がここまで感情的になったのはゴブリンがやってきた時以来だと思う。後で言い訳しておこう。

僕は小さく嘆息して、気を取り直した。さて今日の研究を始めよう。

まずは復習だ。今日に至るまで僕はいくつかの鍛錬と実験を続けていた。それは魔力の形状を変化させるというもの。

体外放出した魔力の形は今までは綺麗な球体だった。それは恐らく、何も命令せずに放出した場合、魔力はその形に落ち着くからだと、今は暫定的に結論を出している。だから形状を変えるという発想に至るまで時間がかかってしまったわけだけど。

それはそれとして、魔力の形状変化においていくつかわかったことがあった。

一つ。体外放出した時点の魔力の質量以上に魔力を増加させることが可能。

何も考えずに体外放出した場合、直径二十センチほどの綺麗な球体の魔力が生まれる。しかし意思を伝えれば、魔力そのものを薄く延ばすことも可能だ。体外放出した魔力量と体積をそれぞれ六十としよう。それは固定ではなく、反比例する。つまり体積を増やした場合、魔力量は減少する。

体積が八十ならば、魔力量は四十という風に変動するというわけだ。ただしこれは合計値が固定されている、というわけではない。この例では合計数値は百二十で固定だが、実際はかなり違う、という意味だ。

割合の厳密な計算をするつもりは今のところはないけれど、間違いない。まあ、それは当然なんだけど。体外放出した魔力のエネルギーは変動しないわけだし。

エネルギーは消費すれば減る。そして存在するだけでも徐々に減少していくものだから。

この事実がわかった時点で、僕の中でいくつかの疑問点が浮かんだ。どこまで膨張させることができ、どこまで収縮できるのかだ。

前者は、薄く延ばせばおおよそ直径三十メートルくらいまで可能だ。ただ魔力が薄すぎると魔法に昇華できない。

着火しないし、電気も流さなくなってしまう。

つまり、魔法として使うにはある程度の魔力量が必要になるということだ。

ちなみに、五メートルほどの円であれば電気はほんの少しだけ通すが電流はほぼ見えない。三メートルなら一瞬だけ光り、電流はほんの一瞬だけ見える。一メートルならまばゆく光り、同時に明確に電気が目視できる。

魔力量によって反応は違い、明らかに威力にも違いがあった。五メートル規模で電気を通しても
あまり意味はないだろう。ちょっとビリッとするくらいだと思う。

フレアに関しては、デフォルトの綺麗な球体に近い魔力でなければ着火しなかった。薄く延ばしても火はつかず、意味はなかったわけだ。

さて、では通常の綺麗な球体よりも体積を小さくした魔力、つまり魔力を凝縮した場合はどうだろうか。電気の方は小さく光るだけで終わった。多分、体積量が少なすぎたのだろう。凝縮した分、威力はあるかもしれないが、今のところは使い物にはならない。

フレアはどうか。こちらは少し予想外の反応を見せた。普通の火ではなく、バーナーのような火が生まれた。ガスに火がついたような反応だ。

今までのフレアは鬼火、つまり普通の火の形だったが、濃密な魔力に火をつけると、火力という観点でみると、明らかに向上している。

試しに、木の板に向かって双方を放ってみた。今までのフレアは普通に火が燃え移るだけ。その上、触れてから燃え移るまで時間がかかる。

後者のフレア、暫定的に『ガスフレア』としておこう。ガスフレアを使用した場合、木の板の表面は一瞬にして焦げ、着火した。火の広がり具合は、フレアと大差はなかったが、板の表面には黒い跡を残していた。ガスフレアの方が確実に威力は上だ。

ただしフレアの方が長持ちする。フレアの持続時間は五秒。ガスフレアの持続時間は三秒くらい。

持続時間が違うのならば必然的に、体外放出して対象に向かって放った場合、移動距離はフレア

の方が長くなるということでもある。

フレアは十メートル程度で、ガスフレアは五メートルほどだ。これが一つ目の気づき。

そして二つ目は、魔力の形状変化は大雑把《おおざっぱ》だということ。

三角形、四角形、五角形程度ならばできるが、それ以上になると、ぼんやりと丸くなったりする。精密な形を作るのは難しかった。

練習不足なのかもしれないので、この部分は要検証といった感じだ。

次に単純な形以外、例えばクモの巣とか、無数の糸のような複雑な形に関して。先に答えを言うと、それも可能だ。だが非常に難しく、思った通りの形にするのはより難しい。

魔力の形状変化は魔力の体外放出や、おおまかな命令、つまり放出し、対象へ向かうといったようなものと比べると、非常に繊細だ。明確なイメージが必要ということ。

人間の思考というのは複雑で不明瞭で、色々なものが混在している。イメージしても、雑念が混じってしまう。どれほど精神を落ち着かせても、よほどの精神鍛錬を積み重ねた人でない限りは、完全なイメージをすることはできないと思う。

これも継続して鍛錬する必要があるだろう。今のところは、明確なイメージが必要な魔力形状変化はないからいいけれど。今後を考えれば、魔力を操作する訓練をしておいて損はないと思う。

そして三つ目。魔力を体外放出させながら形状変化をする、という方法もできるということ。

基本的に、僕は魔力放出の際、手のひらから魔力を生み出す。

魔力放出時に接触面が大きく、イメージがしやすいためだ。

例えば細長い円柱型の魔力を生み出す場合、僕の手のひらからまっすぐ魔力が伸びる、という方法で魔力が生まれる。綺麗な球体や四角形のような、手のひらから瞬時に生み出すことができるような形状以外は、このような方式で魔力が放出されるのだ。

つまり西遊記の孫悟空《そんごくう》が持っている如意棒が、手のひらから伸びるような感じだ。

一メートル程度の長さならば瞬時に放出できるけど、それ以上になると一瞬では作り出せない。

当然だけど、伸ばせば伸ばすほど魔力量は少なくなり、体積は増える。

もちろん、手のひらに直接魔力が触れていると電気や火が身体に触れるため、手のひらから放出するという命令も加えている。

さて、現時点でわかっている魔力の形状変化に関しては以上だ。これを踏まえて、僕は雷鉱石の前に立っている。

僕は右手から魔力を生み出す。如意棒型の魔力が伸びる感じだ。それが僕の手から離れて雷鉱石に触れると電流が走った。

奥ではなく手前に。

僕の目の前まで赤い電気が走ったのだ。バチッという恐ろしい音を鳴らしつつ赤い茨《いばら》は流れた。まばゆいばかりの光が中庭を照らし、そして消えた。

僕は反射的に手のひらを後ろに引いてしまった。魔力は手から放していたので、手を伸ばしていても怪我はしなかっただろうけど。心臓が一瞬にしてうるさくなる。

「だ、大丈夫、シオン!?」

「怪我はありませんこと!?」

マリーとローズが慌てて、僕の近くに駆け寄る。

怪我はない。ただ怖かっただけだ。ちょっと予想はしていたけど、これはやはりそうなるか。

「だ、大丈夫。なんともないよ」

「そ、そう？　だったらいいけど……でも、さっきの、どういうこと？」

「電気が手前に来ていましたわね。私はてっきり前方へ電気が向かうと思っていたのですが」

「フレアの時も思ったけど、魔力を消費して、魔法は生まれているんだ。だから、魔力がある方に流れてくるのは、おかしなことじゃないんだよ。魔力が雷鉱石に触れた時点で、魔力が伸びている僕の方向に流れてくるのは当然の帰結だと思う」

マリーはよくわからないと首を傾げていた。ローズは難しい顔をして何かを理解したように目を見開いていたけど、完全にはわかっていないと思う。

説明するのもなかなか難しい。この世界には、電気という概念は浸透していないからだ。雷はあるから、なんとなくの説明はできるけど。

さて、先ほどの現象の検証に移ろう。

当たり前の話。僕は離れた場所から如意棒型の魔力を生み出し、先端を雷鉱石に触れさせた。すると電気は触れた部分から魔力を伝っていく。つまり僕の手元に向かうわけだ。

これは予想できた。思ったよりも怖かっただけだ。

ただこの場合、フレアと違って、電気は触れた時点で放電してしまうため、対象に向けて放つことが困難だ。雷鉱石に触れた時点で、魔力の如意棒が十分に伸びきっている必要があるし、先端は対象に触れている必要がある。

つまり、僕、雷鉱石、対象、という立ち位置になり、僕は対象まで魔力を伸ばした状態で、如意棒魔力の中心あたりを雷鉱石に触れさせなければならないということ。

かなり非効率だし、そのためにはかなりの命令が必要で、魔力量の消費が激しい。

体外放出し、魔力を伸ばし、そのままで固定し、中心部分を雷鉱石に接触させる、ということだ。これだけでかなり無駄な命令が多い。

まっすぐ魔力を伸ばし、任意のタイミングで電気を流すことができればいいんだけど。ただそれは無理だ。雷鉱石は断続的に放電しているし、手に持つのは不可能。マイカ、じゃなくてペラ鉱石のような絶縁体があれば別だろうけど。そもそも魔法を使いたい時に、都合よく雷鉱石があるわけもない。

うーん、今のままだとフレアみたいに手軽には使えそうにないかな。

僕は心配する二人、特にマリーを宥めて実験に戻った。

今度は放出した魔力を比較的、薄めて延ばした状態で雷鉱石に触れさせる。

これは先ほど述べたように、直径三メートルほどの厚みのない円であれば一瞬だけ光り、電気が一瞬だけ走る。触れる時までに形状を作り上げておかなければならない。

雷魔法はなかなかに癖があって使い方が難しい。触れた時点で、電気は魔力を喰《く》らうために暴れ回る。火もそうだけど、火は持続力がある。雷は一瞬にして魔力を消費してしまうため猶予があまりないのだ。

火魔法のフレアとは違い、雷魔法には問題が山積みだ。どうしたものか。

色々と活用できそうな可能性は感じているんだけどな。しばらく実験をしては脳内で検証、それを繰り返していると夕方になっていた。二人も色々と意見は言ってくれたけど、結局進展はないまま、その日は終わってしまう。

僕は、行き詰まっている現状に気づき始めていた。

何かが足りない。このままだと多分、雷魔法はまともに使えない気がした。まだ形にもなっていないのに。そしてその打開策が僕には浮かばなかった。


自室。いつも通りの風景だけど、だからこそ落ち着く空間だ。

僕はベッドに座りながら、じっと床を眺めていた。

現状、魔法の研究は暗礁に乗り上げている。完全な行き止まりではなく、何か掴めそうで掴めないという感じだ。

魔力には無限の可能性があるように思える。けれど僕は無知で、発想力も乏しい。もっと色々とやりようがあるような気もするけれど、今の状態が数日続いている。

世の発明家は、きっとこんな懊悩《おうのう》を何度もしていたのだろう。彼らは努力をしている上に才能溢れる人間で、僕のような一般人とは違う。僕は才能がないのだから、才能ある人間より苦悩して当然だ。

むしろこれまでとんとん拍子すぎた。あまりに事が上手《うま》く進みすぎていた。世界が僕に魔法を開発させようとしているのかと錯覚するほどに。でも、最近は遅々として進んでいない。

「問題は……雷魔法……か」

雷鉱石に魔力を接触させる形で発生させても、実用性がない。フレアは携帯火打石があれば使えるけど、雷魔法を使用するには色々と条件が必要だ。それに思い通りの結果も得られない。今のやり方だと厳しいかもしれない。

着眼点を変えよう。魔力をどうこうするのではなく、道具の方をどうにかした方がいいかもしれない。雷鉱石を火打石のように思い通りに使えればいいのでは。

雷鉱石は断続的に電気を発生させており、僕が意図するタイミングで電気を発生するわけじゃない。もしも意図的に電気を発生させられるような道具ができれば、悩みはすべて解消するんだけど。でも、さすがに道具を作る技術はない。そんなことをここ数日、考えている。

コンコンと扉が叩かれた。

ノックするということは父さんだろうか。扉を開けると、そこにいたのは予想とは違う人だった。

「よう、シオン」

グラストさんだ。イストリアで武器防具屋を営んでいる鍛冶師《かじ》。父さんの旧友で、マリーの剣を作ってくれた人だ。

僕は一瞬だけ驚いたけど、すぐに表情を繕った。

「グラストさん、こんにちは」

「ああ、こんにちは。悪いけど居間に来てくれるか？　話があんだ」

「話、ですか？　わかりました」

雷鉱石を手に入れた時以来、グラストさんとは会っていない。僕は雷魔法の研究にかかりっきりだから、父さんが街に行く時も、同行しなかった。マリーと母さんが一緒に行くことはあったけど、僕は留守番していたのだ。

そういうことから、グラストさんが僕に用事があるとは思えなかった。まあ、別に後ろめたいことはないし、気にする必要はないと思うけれど。

僕はグラストさんに続いて、居間へ向かった。そこには父さん、母さん、マリーの全員が集合していた。椅子に座って、談笑している。

空気はいつも通りなので、やはり問題のある話をするわけではないらしい。ただ、なぜかグラストさんに向けられている父さんの視線は、呆れが混じっていた。

グラストさんは顔を逸《そ》らし、素知らぬふりをすると椅子に座った。

僕とマリーが隣り合わせ、対面に母さんと父さん、その隣にグラストさんが座っている。

僕はマリーを一瞥した。表情に、何の話なのか、という疑問を含ませる。マリーはそれを察知してくれたのか、首を軽く横に振った。マリーもわからないらしい。

「あー、それで話なんだけどよ……」

グラストさんは横目で父さんを見る。するとこれみよがしに嘆息を漏らし、父さんが話し始めた。

「シオン。雷鉱石を採取したことは覚えているな？」

「うん。覚えてるよ」

「うむ。実はな……あの後、このバカはシオンの知識を利用し、雷鉱石を採取したらしい。今まで、雷鉱石を運搬することはほぼできなかったからな。持ち帰り、商売にしようとしたらしい」

グラストさんは天井を仰ぎ、誤魔化そうとしていた。ただまったく誤魔化せていないけど。

「ということでな……おい、グラスト。言うことがあるだろう」

呆れと苛立ちをグラストさんに向ける父さん。

そこまで言われては反応しないわけにはいかなかったのか、グラストさんは気まずそうに僕を見ると、鼻の頭を掻きながら口を開く。

「あー、なんだ。その、すまんかった。おまえの知識を利用した。許可も得ず勝手に、雷鉱石を運んで儲《もう》けようとした。悪かった」

父さんは何度も頷《うなず》きながらその言葉を聞き、母さんは困ったように首を傾げていた。

グラストさんは視線を泳がせ、居心地が悪そうだった。

隣のマリーを見ると、難しい顔をしていた。

僕は考える。考えてはみたが、よくわからない。結局、思った通りの返答をするしかないらしい。

「別に問題ないと思うんですけど」

そう言うと、グラストさんはあんぐりと口を開け、父さんは一瞬だけ驚き、小さく嘆息した。

「い、いや、おまえの考えを利用したんだぞ、俺は」

「まあ、そうなるんですかね？　でも別にいいのでは」

「しかしだな、誰も考えもつかなかった方法をおまえは思いついた。それを俺はおまえに何も言わずに利用したんだ。文句の一つや二つあって当然だし、金をよこせって要求も当然の権利だぜ？」

言われてみればそうなのだろうか。確かに、商売のアイディアを渡したということになるのかもしれない。でも、僕は別に雷鉱石でお金儲けがしたいわけじゃないしなぁ。

それよりも気になったのは別のことだった。

「儲かったんですか？」

グラストさんは苦虫を噛《か》み潰《つぶ》したような顔をしてしまった。あまり芳《かんば》しくなかったみたいだ。

「小遣い程度にはなったな……ただ、労力と現状を考えると、割に合わなかったぜ。雷鉱石は灯りに使うには不便だし、危険だ。最初は物珍しさに買う人間もいたけどよ、すぐに客足が途絶えちまって……」

あらら、いつものグラストさんと違い、しゅんとしてしまっている。

乾いた笑いを浮かべて、テーブルを眺めている。目に光がない。

もしかして、あの日から今まで、雷鉱石で商売するために、時間と労力を割いたのだろうか。

「じゃあ、僕は別に何もいりません。ものすごく儲かったのなら別ですけど。あまり、その……好調だったようには見えないですし」

これでグラストさんの話は終わりのはずだ。僕は謝罪を受けて、別に構わないと返答したのだから。けれど複雑な空気は変わらず、グラストさんの態度も変わらない。

一体どうしたのかと父さんを見ると、再びの嘆息を漏らし、口火を切った。

「実はな、問題はそれだけではない。先ほども言ったが、こいつは雷鉱石を運搬した。あの日から今まで、雷鉱石の運搬と商売に時間を費やしたらしくてな。大量に在庫が余っているらしい」

「在庫が余ってる、ということは雷鉱石を倉庫かどこかに保管してるってことですか？」

「あ、ああ。最初は数個だけだったんだけどよ、それなりに売れ行きがよくてよ。それなら一気に運搬した方が効率がいいってんで、ある時にまとめて運んだんだ。倉庫を借りて、そこに置いてるんだ。結局、ほぼ全部売れなかったけどよ……」

「いくつです？」

「小さめのが百個くらいだな」

採掘場では僕の身体と同じくらいの大きさの雷鉱石があったのは覚えている。さすがにあれくらい大きいのは運搬していないと思うけど。

地球であればエネルギーとして扱えるし、需要の多様性もあるだろうから、かなり儲けることができそうではある。ただ、それは電力を活用できる科学力があっての話だ。

中世、江戸時代あたりで電気があっても、それを扱えるような道具なんてないわけで。そうなるとただピカピカ光る置物にしかならない。

もちろん僕には電気を使った何かを作る技術も知識もない。そんな置物をグラストさんは百個も抱えてしまっているというわけで。

妙に憔悴《しょうすい》しているが、なんとなく察してしまった。結構なお金を使ってしまったのだろう。倉庫代も馬鹿にならないだろうし。鉱山から雷鉱石を運搬する際のお金も積み重なればそれなりの額になる。それがすべて無駄となれば、むしろ邪魔でしかない状態ならば、こうなっても仕方ないか。

事情はわかった。けれど、どうして僕に話すのだろう。グラストさんはまるで、僕の心情を汲み取ったかのように話を始めた。

「そこで、おまえに頼みがあるんだ。雷鉱石をどうにか売る方法を考えてくれねぇか？　雷鉱石の運搬をするための発想と知識がおまえにはあった。だから、おまえならなんとかできるかもしれねぇと……思った……んだけどよ……」

あー、自分の情けなさに自虐的な思考に陥っているなこれは。段々萎縮《いしゅく》して、視線が落ちていっている。普段は気の強い性格の人って、案外打たれ弱かったりするし。それに子供に頼みごとをして、プライドが傷ついたのだろうか。

わからないでもない。大人が子供に、頼みごとをするのは難しい。自分でできることを頼むならいいけど、本当に困っているから助けてほしいと言うのはかなり厳しい。大人にはプライドがあるからね。

それがわかる分、何ともいえない気持ちになった。そしてそこまで追い詰められているのだろうということもわかってしまった。ここまで足を延ばしたんだ、相当困っているんだろう。

父さんも母さんもどうしたものかと顔をしかめている。

グラストさんが、雷鉱石の運搬を手伝ってくれたのは事実だ。それに父さんの友人だし、放ってはおけない。

心情的には手伝いたいけど、安易に受けるのもどうだろうか。引き受けて、結局何もできませんでした、ではグラストさんに悪い。何か算段があってのことであればまだしも。少なくとも今の段階では何も案は浮かんでいない……けれど。

「わかりました。僕にできることなら、やってみます」

「い、いいのか？　こんな勝手な話なのによ」

「ええ。でも、何か案があるわけじゃないので、あまり期待はしないでください。できるだけのことはしますけど、内容が内容ですし、簡単ではないので」

「あ、ああ、それでいい。ありがたい、本当に助かる！」

グラストさんは光明を得た、とばかりに笑顔を見せた。

そこまで期待されても困るけど。僕は子供だ。さすがに全幅の信頼を置かれているわけでもないだろう。多分、どん詰まりでどうしようもない状態だったので、藁《わら》にも縋る思いで訪ねてきたんだと思う。少しの希望があれば、多少は心が前向きになれるものだ。

結果がどうなるにしろ、こんな状態の人をさすがに放っておけない。それにちょっと考えていることもある。ああ、商売のことじゃない。魔法の研究のこと。僕の目的と重なる部分もあるかもしれない。

親切心と打算と妥協から、僕はグラストさんの力になると約束することにした。

「いいか、グラスト。あくまでシオンは手伝いだ。それにこれはおまえが勝手にしたことに対して、シオンが手を貸すだけ。わかっていると思うが、もし結果が思い通りでなかったとしても、シオンを責めるなよ」

「ああ、わかってるさ。当然だ。引き受けてくれただけでもありがたいと思ってんだ。悪いなシオン。面倒事を背負わせちまってよ。おまえなら、って考えちまって……なんせおまえは――」

「グラスト！」

グラストさんが何か言おうとした時、父さんが突然、大声を張り上げた。

居間の空気が張り詰める。何が起こったのかわからず、僕とマリーはただただ言葉を失っていた。

「い、いや、すまん、なんでもねぇ。忘れてくれ」

今、グラストさんは何を言おうとしたんだ？

疑問を口にする寸前で、僕は飲み込んだ。父さんの横顔が、今まで見たことがないほどに険しかったからだ。だから何も言えなかった。

パンという乾いた音が鼓膜に届く。

「ささっ、話はまとまったみたいだし、昼食にしましょうねぇ。今日は海鮮シチューですよぉ」

母さんが手をならし、間延びしたいつもの声を聞かせてくれた。それだけで空気が弛緩《しかん》する。母さんがとことこと台所へ向かっていく。

今さらながらに気づいたけど、美味《おい》しそうなニオイが漂っていた。料理をしている最中だったようだ。不穏な雰囲気に気圧《けお》されて、そんなことにも気づいていなかったらしい。

父さんとグラストさんは少しだけ気まずそうにしながらも、姿勢を正した。

「ではまずは昼食にしよう。シオン、その後はどうすればいい？　考えがあるのならば、聞かせてくれるか？」

厳粛ながらも優しい声音が聞こえた。いつもの父さんだ。

隣のグラストさんはまだ居心地が悪そうにしているけど、時間が解決してくれるだろう。

グラストさんは僕に関して何かを言おうとしていたみたいだった。何の話だったのか気にはなる。もしかして僕の出自と関係があるんだろうか。僕は父さんたちの子供じゃない。それが関係しているのか。あるいは別の話をしようとしたのか。

疑問は次々に浮かんできたけど口にはしなかった。聞けるような雰囲気じゃない。

僕は強い疑念と好奇心に蓋《ふた》をして、いつも通りの顔を見せた。きっとそれが最良の対応だ。

僕は気を取り直して、父さんの問いに答える。

「まずはイストリアに行って、現状を把握したいかな。その後のことは、その時に言うよ」

正直に言うと、あまり考えはない。けれど少しずつ、ぼんやりと方向は見えつつあった。

父さんは鷹揚《おうよう》に頷くと、小さく笑みを見せた。

食事をし、談笑をすると次第にグラストさんも元気を取り戻していく。お腹を満たして、休憩し、家を出たのはそれから一時間後のことだった。

「――うわぁ……」

僕は思わず声を漏らしてしまった。それも仕方ないと自分で思う。

かなり広い倉庫は、雷鉱石で占められており、ビカビカと断続的にまばゆく光っていたからだ。

数十センチの間隔を空けて雷鉱石が並べられている様子は圧巻だった。積み重ねることも、何かに接触させることもできないためか、床に整然と並んでいる。見た目は綺麗と言えなくもないが、電流が何かに触れて火がつけば、火事になることは間違いない。危険と隣り合わせの状況だった。

僕は頬を引きつらせて、後ろを振り返った。

父さんは頭を抱えて、マリーは僕の腕にくっついたまま、ぼーっと雷鉱石を見ている。

母さんは困ったようにしていて、グラストさんは引きつった笑みを見せた。

どうすんのこれ。話には聞いていたけど、実際に見るとこれは何というかヤバい。もう、ヤバいとしか言えない。語彙《ごい》力がなくなるくらいにヤバい状況だ。

「一晩中光るだけならまだいいんだけどよ、バチバチっていう音がうるさいって、苦情があってよ。騒音をどうにかしないと倉庫を貸さないって言われてんだ。三日後の夜までにどうにかしねぇと、この倉庫も借りられなくなっちまう。他にいい感じの倉庫はねぇし」

「期限は三日ってことですか」

「ああ、まあ、できなきゃできねぇで、鉱石を鉱山に返せばいいだけだ。まあ、鉱山に鉱石を入れるにもまた金がかかるけどよ。それに全部無駄になって、相当な赤字になっちまう。雷鉱石にかかりきりで、最近はあんまり店も開けてねぇし」

別に期限はいい。期限内にできなければ不利益を被《こうむ》るということはないし。ただ思っていた以上に、状況はまずいということは理解した。

百個って聞くとそれほど多くないように思えるけど、実際に見るとかなり多い。ただ、一番大きい雷鉱石でも、僕が持てるサイズだったのは不幸中の幸いだった。

僕は倉庫内の状況を観察する。どんなことが解決の糸口になるかわからない。できるだけ状況を正確に記憶すべきだろう。

そんな中、僕は少しだけ疑問を持った。

「どうして、雷鉱石同士の間隔を空けてるんですか？」

「それなんだが、実は近づけると特殊な状況になっちまってな」

グラストさんは壁にぶら下げてあった布らしきものを手にする。

見た感じ、マイカを縫い合わせたような見た目をしている。あれからグラストさんなりに改良したのだろう。

グラストさんはマイカの布で接触面を覆い、近場の雷鉱石を押して、別の雷鉱石に近づけた。すると双方の雷鉱石が、突如として著しく電流を発生させた。互いに反応し、継続して電気を流し合っている。電流という名の紐《ひも》が互いに結びついている感じだ。

「こうなっちまうと、かなり激しく電気が流れ始めて、危険だろ？　だからそれぞれ離して配置してるってわけだ」

電気反応か。個々での現象ではなく、きちんと相互に反応しているようだ。

個別で発生している電気は断続的だけど、相互に反応している状態では比較的安定している。見た目は完全にアーク放電だ。電圧はあそこまで高くはないだろうけど、触れたら火傷じゃ済まないだろう。

「雷鉱石の精錬は試してみましたか？」

「あ、ああ。まあ、一応は抽出して鍛造までした。融点も低いし、ウチにある精錬窯で十分だったから、たいして難しくはなかったんだけどよ。問題があってな……一度、俺の店に戻るか」

何やらまだあるらしい。

僕たちはグラストさんに続いて店に向かった。しばらく店は休日にしているらしい。薄暗い店内に入り、そのまま扉を通って、奥の部屋に入った。

そこはどうやら鍛冶場らしく、大きな窯と鍛冶道具、壁にはハンマーややすりなどが立てかけてあり、部屋の隅には煉瓦《れんが》が積まれていた。道具はかなり使い込まれていることがわかる。

グラストさんはテーブルに置いてある金属を手に取ると、僕に渡してきた。

受け取ると、見た目よりも軽い印象を受けた。鉄ではないみたいだ。見た目は少し青いように見える。

「雷鉱石を精錬して、鍛造した金属だ」

その割には、普通の金属に見える。ちょっと青い鉄、みたいな感じだ。純度はそれなりらしく、表面は滑らかで、比較的上手く精錬しているといえるだろう。

でも、雷鉱石の特徴がなくなってしまっている。電気の発生は微塵《みじん》もない。

「電気反応というか、さっきみたいな、接触させたら電気が発生したりはしませんか？」

グラストさんがもう一つを渡してきた。

「試してみな」

この反応をするということは、すでにグラストさんも試してみたのだろう。

僕は二つの金属を触れ合わせてみた。反応は、やはりなかった。

「うーん、あの、雷鉱石の冶金《やきん》って、どんな工程でやるんです？」

「あ、ああ。まず雷鉱石をハンマーで砕いて、粗目状態にしてから、精錬窯に入れて、特殊な素材をいくつか入れて、木炭で燃焼してから、不純物を取り出す。そんで凝固する前に鋳型に入れる。その時点だとかなり粗悪品だったから鍛造として、ハンマーで叩いておいた。結果的に強度は上がったけど、普通の金属には劣るな」

「電気発生がなくなった段階はどの時ですか？」

「砕いた時点では、ほんの少しは電気反応があったぜ。燃焼して融点に達した後になくなったのかもしれねぇな。そこからはある程度、工程が一繋《ひとつな》ぎだからよ。詳細はわかんねぇ。燃焼させたからか、単純に抽出したからか……それとも単純に投入した素材が悪いのか」

聞くに、銑鉄《せんてつ》の作り方に近いような気がする。

もっと突き詰めれば鍛造方法も変わるだろうし、抽出工程も違う。煉瓦があるということは製鉄の際には塊鉄炉《かいてつろ》を使うのかもしれない。高炉のような水車を使う大規模なものは一個人の鍛冶師が持つことは難しいだろうし。

砕いた時点ではまだ電気反応はあったとなると、その後のどこかで特性を失ってしまったと考えられる。普通に考えると燃焼、加熱により固体から液体になったことで、特性を失ったんじゃないだろうか。

しかし金属を加工するには一度溶かすなり、熱すなりするのが一般的だと思う。詳しくはないのでわからないが、この世界ではそれ以外の金属加工技術はあまりないように思える。

となれば、燃やすということを前提で何か考えるべきだろうか。

燃やす。燃やすか。僕にとって燃やすといえば、フレアだ。フレアは火打石の小さな火花放電で、着火した火魔法だ。青い火という珍しい現象ではあるけど、普通の火と変わらないんだよな。

……普通の火？　普通の火、なんだろうか。火は火でも、魔法の火。見た目は青いし、魔力で燃えている。もちろん、着火時には魔力を使っているが、可燃物質に火がついてからは魔力を投入していない。それでも燃え続けるわけだけど。

物は試しだ。やってみてもいいかもしれない。ただの閃《ひらめ》きだけど。

「父さん、いいかな？」

僕は懐から携帯火打石を取り出すと、父さんに見せた。これだけで僕の意図が伝わったのか、少しの間を空けて父さんは頷いた。

「ああ、いいだろう」

特に迷いはないのか。まあいいか。考えてもわかることじゃなさそうだし、あまり興味もないし。

僕はグラストさんに振り返ると、口を開く。

「ちょっと試したいことがあるんです。精錬準備をしてくれますか？」

「まあそれは構わねぇけどよ。何をするんだ？」

「見てのお楽しみということで」

怪訝な顔をしたが、グラストさんは特に質問をせずに、せっせと精錬準備を始めた。

窯には砕いた木炭が入っている。僕はその前に立った。

「できたぜ。で、どうすんだ？」

「これから、僕が火をつけます。後は今まで通り、精錬をしてください」

「それだけか？」

「ええ。あまり意味がないかもしれませんが、あるかもしれません」

これは問題解決のための試行錯誤であり、僕の魔法実験でもある。

僕は魔力を右手に集めて、火打石を叩く。放たれた魔力が木炭に着火し、青い火が揺らめいた。

「うお!?　な、ななな、なんだこりゃ!?」

「では、このまま作業を」

「いやいやいや！　ま、ま、待て！　何もなかったかのように振る舞うな！　い、今のなんだ!?

手から火が生まれたぞ!?」

「魔法です」

「……ま、魔法？」

僕はちらっと父さんを見た。

父さんは小さく頷く。

「ええ。魔法とは――」

父さんはあまり魔法のことを広めるのはよくないと話していたけど、グラストさんは長年の友人だから問題ないと判断したのだろう。

一通り魔法に関して説明すると、グラストさんはまだ動揺したままだった。

「こ、こんなもんがあるなんて、信じられねぇ……ガウェインたちは知ってたんだな」

「ああ。まあな」

グラストさんと父さんが視線を交わす。二人の間に、どんな無言のやりとりがあったのかはそれだけではわからなかった。ただ、グラストさんはなぜか諦めたように嘆息して、苦笑を浮かべた。

「そうか。まあ、実際に見ちまったんだから、信じるしかねぇ。とにかく、魔法ってのは？　それの火で精錬すれば、結果が違うってことか？」

「どうでしょう。わからないです」

「わ、わかんねぇのかよ!?」

「ええ。僕もまだ研究中で、まったくもって魔法のことはわかりません。ですので、これはあくまで試しということで。ダメなら加工せずに鉱石を活用する方法を考えるしかないですね。現状だと、かなり難しい気がしますけど」

例えば、小粒の雷鉱石を使って、何かしらの便利な道具を作ることは困難だろう。なぜなら小さくなればなるほど放電量は減っているため、活用するのが難しくなる。電力をある程度確保するには、手のひら大くらいの質量は必要だと思う。

少しは案があるけど、できれば比較的純度の高い状態で、小型軽量化してほしいところだ。小さく利便性が高いものがどの時代でも有用だし。

「そ、そうか。まあいい。とりあえずやってみることにする。小一時間はかかるから、外をぶらついてきていいぜ」

「いえ、僕はどうなるか興味があるので、見学してます」

「シオンがいるならあたしも残るわ」

僕が言うと、マリーは即答した。僕の腕にしがみついたまま離れない。

何というか、嫌じゃないけど、ちょっと動きにくい。というかグラストさんの視線がなんとも複雑そうで、こっちも複雑な気分だ。

「私とエマは少し用事があるから、すまんが二人のことを頼むぞ」

「ああ、任せとけ」

「シオンちゃん、マリーちゃん、また後でねぇ」

ひらひらと手を振る母さんに向かって、僕たちも手を振り返す。

父さんと母さんは鍛冶場から出ていった。

精錬窯の前に佇《たたず》んでいるグラストさんの背中を眺める。子供から見る大人は色々な意味で大きい。僕も大人だったはずなのに、大人だったということを忘れてしまう時がある。二度目の人生を歩むというのは何というか、変な感覚だ。

火が煌々《こうこう》とゆらめく。室温が上昇し、肌が汗ばんだ。しかしマリーは離れない。

「言い忘れてたんだけどよ。終わった後、何かしらの礼はするつもりだ。何か考えておいてくれ」

僕たちに背を向けた状態で、グラストさんは話した。

「それならいくつか考えていることがあります」

「い、いくつか、か。あんまり高いものとかは勘弁してくれよな」

「どっちもお金は必要ないので、大丈夫ですよ」

「そうかい。それなら安心だ。で、なんだ？」

「その前に一つ質問があるんですが。グラストさんは昔、父さんと旅をしていたんですよね？　父さんは剣術が扱えますし、グラストさんも戦えるんですか？」

「ああ、まあな。武器を扱う鍛冶師の大半は、武器を使って戦える。俺もご多分に漏れず、それなりに強いぜ。ガウェインには負けるけどよ」

「そうですか。だったら大丈夫です。それとお願いは成功した時だけでいいです。ですから、今は話さないでおきます」

「遠慮するこたぁねぇぞ。子供が気を使う必要もねぇ。って、頼んでいる立場の俺が、子供扱いするのはちょっと情けねぇな」

「いえ、遠慮というより、僕の感情的なものといいますか。先に言うと、失敗してもグラストさんは引き受けようとする気がするので」

グラストさんは手を止めて、肩越しに振り返る。

「……ガキの頃から思慮深いと疲れるぜ」

「これが地なので。思慮深いとも思いませんし」

「なるほど。こりゃ、ガウェインもあんな風に言うわけだ」

僕とマリーは顔を見合わせる。

「父さんが何か言ったんですか？」

「ああ、シオンがしっかりしすぎて、手がかからない。もっとわがままを言ってほしい。もっと構いたいと言っていたぜ。最近はあんまり聞かなくなってきたけどよ」

思い当たる節があり、僕は頬をひくつかせた。

「最近は魔法の実験に付き合わせてるものね。でも、お父様も嬉しそうだし、いいんじゃない？」

「そ、そうなのかな」

僕としてはあまり人に迷惑をかけたくないんだけど。でも親の立場からしたら、子供に頼られた方が嬉しいのだろうか。思えば、父さんは僕と実験をしている時は生き生きしてるような気が。そんなことを考えながら、僕はグラストさんの作業風景を眺めた。

マリーはさすがに暑くなったらしく、僕から少しだけ離れて、椅子に座りながら頬杖《ほおづえ》をつく。

それから一時間後に父さんと母さんが帰ってきて、さらにしばらくして。

「できたぜ！」

雷鉱石の精錬が終わると、グラストさんはテーブルの上に二つのインゴットをのせた。砂と粘土でできた鋳型に入れて冷やしたものを、先ほど取り出したばかりだ。

見た目は……少し違っている。ただの火で精錬したものは青かったが、今度はほんのり赤い。明らかに何らかの変化は生じている。

期待と不安を胸に、僕はグラストさんを見た。グラストさんは頷くと、マイカの布を手にして、二つの金属を近づける。

するとバチッという鋭い音が生まれ、部屋が一瞬だけ照らされた。

「うおっ!?」

グラストさんは驚いてのけ反ったが、金属は落とさない。

茨の道が一瞬だけ見えた。しかしその威力自体はたいしたものではなかった。鉱物同士の反応に比べれば。

ただし、原材料の鉱物は相当な重量と質量であり、今グラストさんが持っている金属は小判程度の大きさで圧倒的に小さい。小型の状態で、電気発生があるのならば十分だ。

「で、電気反応が起きたぞ!?」

マリーと父さんと母さんが一斉に拍手をしてくれた。

なんだかよくわからないけど、僕とグラストさんは照れながら、後頭部を掻いた。

「で？　これが何になるんだ？」

グラストさんの疑問はもっともだけど、喜んだ本人がその疑問を口にするのかとも思った。

僕は苦笑して、テーブルに近づく。

「ちょっとその布貸してもらえます？」

マイカの布を借りて、金属に触れる。近くで観察すると、どうやら個体の電気反応はないらしい。

つまり相互反応はあるが、個体で断続的に電気を発することはないということだ。

僕はマイカを置いて、金属に直接触れてみた。

一瞬、家族たちが何か言おうとしたのがわかったけど、僕は構わず金属を握る。やはり反応はない。一個体では触れても電気が流れることはないらしい。いや、微妙に髪がもわもわする。ああ、静電気が起こっている時みたいな感じじか。まったく電気反応がないわけではないのか。静電気のように電荷の移動が行われてはいるということだ。つまり常に帯電している状態、ということかな。

マイカで金属を持ち、鉄に近づけてみた。何も発生しない。これはつまり、同金属以外には反応しないということらしい。しかし人体には影響があると。

かなり特殊な結果になったな。でも、これはこれで思った以上の成果が出たと言えるだろう。

「お、おい。何してんだ？」

「色々と試してみました。うん、なるほど、わかりました」

今まで静観していた父さんが口を開く。

「一体、何がわかったんだ、シオン」

「とりあえず、この金属で多少は商売になりそうってこと。他にも必要なものがあるけど、多分、結構売れるんじゃないかな」

父さんとグラストさんが首を傾げて、顔を見合わせる。この二人仲がいいな、ほんと。

「ただ、時間がないので、かなり根を詰めて作業をしないと厳しいかもしれないですけど」

「あ、ああ、三日くらいなら寝ずに作業しても問題ねぇ。何をすりゃいい？」

「……あの、今さらですけど、いいんですか？　僕みたいな子供の話を信じて」

「正直、半信半疑な部分もあったけどよ、ここまで色んなものを見せられちゃな。それに、俺なりに試行錯誤して行き詰まってたからよ、今さら子供も大人もねぇさ」

グラストさんはニカッと笑い、僕の頭をガシガシと撫《な》でた。

言葉遣いは荒いけど、寛大な人だ。こういう人が、あらゆる分野で成功するのかもしれない。

僕は大きく頷き、説明を始めた。

「とりあえず、この金属……えーと、とりあえず、鉄雷《てつらい》という名前にしましょう。この鉄雷を作ってもらいます。雷鉱石をすべて精錬することになるので、これでかなり時間がかかります。そして、二種類の鉄雷を作ってほしいんです。一つは小粒の鉄雷。形状は球体がいいでしょう。もう一つは長方形の鉄雷。先ほど作った程度の大きさでいいかと思います。それを――」

僕が説明をしている間、全員が真剣な表情で聞いてくれた。

「――以上です。できそうですか？」

「多分な。まあ、三日で全部加工するのはできるか微妙だけどよ。試作品くらいならすぐにできると思うぜ」

「じゃあ、それで。頑張りましょう」

僕がグッと拳を握ると、グラストさんも拳を見せてくれた。互いに拳をぶつけ合うと、頷き合う。

「それでは僕は鉱石を砕いて持ってきますので」

「は？　いや、て、手伝うつもりか？」

「え？　はい。そのつもりですが」

ぽかんと口を開いて、グラストさんは呆《あき》れた様子だった。

「俺はおまえにアイディアを出すことだけを頼んだ。これ以上は、さすがにわりぃ」

「ですが、一人でするのは難しいと思います。それにですね、途中で問題が生じた場合、どうするんです？　一人で解決できない場合、もしかしたら僕のアイディアが必要になるかもしれない。だったら、一緒に最後まで作業するのが当然じゃないですか？」

隣でマリーが何度も頷いてくれていた。なぜかちょっと興奮した様子で、鼻息が荒かったけど。

後ろからは二つのため息が聞こえ、正面からは動揺の色が見えた。

「シオンは言い始めたら聞かない。それにシオンの考えは正しい。私たちも三日間、付き合うとしよう。村人には留守をするかもしれないと事前に話をしてある。嫌な予感は的中したというわけだ」

「あらあら、イストリアに宿泊するのなんて久しぶりだわぁ。なんだかわくわくするわねぇ。うふふ」

「あたし、いっぱいお手伝いするから！　グラストおじさん、何でも言ってね！」

「……すまねぇ、じゃあ頼む。ああ、あんまり無理はしないでいい。少し手伝ってくれるだけでありがたいからよ」

「ええ、大丈夫。無理をするつもりはないですから」

グラストさんは呆れたように、そして嬉しそうに笑う。

その日から、僕たちの戦いは始まった。


担当区分は明確だった。まず、父さんは雷鉱石を砕く役。かなりの力仕事なので、子供の僕やマリーでは時間がかかりすぎるからだ。

そして砕いた雷鉱石は僕とマリーでグラストさんの店まで運んだ。なかなか距離があり大変だった。砕くよりも運搬の方が時間がかかるため、鉱石を砕き終えた父さんも、運搬の手伝いをしてくれた。

　グラストさんは集めた雷鉱石の精製をひたすらに続けた。一番時間がかかり、根気も技術も必要だ。精錬窯はあまり大きくないため、一回の精錬では雷鉱石数個分しかできない。しかも相当な火力のある窯の近くにいないといけないため、かなり体力を奪われる。さらに、木炭や素材を十数回に分けて投入する必要がある。

　それをひたすらグラストさんは続けた。辛いだろうに、何も言わず、何というか男の背中を見せてくれた。

　ちなみに母さんはというと。それは三日目にわかるだろう。

　作業を始めて三日。僕たちはすべての雷鉱石の加工を終えた。

「お、終わったぜ……」

　地面に倒れるグラストさんと僕、マリー。

　父さんと母さんもかなり疲労しているらしく、顔に生気がない。

　それもそのはずだ。特にグラストさんは三日三晩寝ていないから一番疲れているだろう。

　雷鉱石の運搬やらに思った以上に時間がかかり、結局、僕たちもかなりの作業時間を費やした。きちんと睡眠はとっているけど、やはり子供の身体では体力がない。

　家族の中では父さんが一番働いたと思う。僕たちの分までやってくれた。それでもかなりギリギリだったので、後半は相当急いだ。

「さすがに眠りてぇ……けど、まずは完成品の状態を確かめるか」

　グラストさんは強引に身体を起こして、背中を伸ばした。

「そうですね。動作は問題ないでしょうけど、一応確認しましょう」

試作品を何回か作り、動作確認はしている。ただ、念には念を入れよう。

僕たちは鍛冶場を出て店の裏庭にある倉庫へ向かった。雷鉱石を保管していた大規模な倉庫と違ってこぢんまりしているが、それでも倉庫は倉庫。それにここには僕たちの苦労の結晶たちが眠っている。

八畳くらいの倉庫の扉を開けると、木箱が無数に積まれている。僕たちは一つ一つを外に出して、中身を取り出す。

完成品は二種類。

一つは『雷光灯《らいこうとう》』だ。名前の通り光源としての用途を目的として作った。

見た目はカンテラに似ているが、内部の構造がかなり違う。

内部にはやや薄く延ばした長方形の鉄雷二枚を向かい合わせにして、少し距離を離して配置しており、マイカを何枚も貼り合わせた絶縁体が二枚の鉄雷の間に入っている。そのため今は相互作用をした際に起こる放電反応が起きていない。

マイカの壁は上部の蓋に固着しており、蓋をすれば必然的に鉄雷の放電反応がなくなり、蓋を取れば相互作用が起こり、放電が始まるわけだ。

鉄雷の下には間材を入れて電気が流れないようにしており、周囲はガラスで覆われているため内部が見えて、結構明るい。

通常、電気を放電させると不安定で、灯りとしては些《いささ》か扱いにくい。

だが鉄雷同士での共鳴放電は比較的安定しているため、太い円柱状の電気が流れるようになる。

アークライターやスタンガンのような感じで放電する、と言えばわかりやすいだろうか。ただし音はスタンガンほど大きくはないし、光源としては十分な効果があるはずだ。どれくらいもつのかはわからないけど。

もう一つは『発雷石《はつらいせき》』だ。これは新型の火打石として考案したものだ。

見た目はほぼ携帯型の火打石と一緒。ピンセットのような形をした金属の先端に、二センチほどの円形をしている鉄雷がはめられている。鉄雷は他金属に放電しないという特性があるため、それを利用したものだ。

火花放電では着火させるのは簡単ではない。そのため、僕は鉄雷同士を近づけ、発生した電気で着火する装置を発案した。これがあれば魔法が使えなくとも、簡単に火をつけることが可能だ。

火打石は壊れやすいけど、発雷石は衝撃を与えないため、しばらくはもつだろう。

細工、裁縫関連は母さんがやってくれた。母さんはとても器用で、職人レベルの技術力を持っていたのでかなり頑張ってもらった。そのせいで、ずいぶん疲弊している様子だけど。

この二つが、僕が提案した商品だった。

光源と着火。この二つは生活する上で必須なのに、かなり不便に感じていた。もしこの商品があれば、かなり便利になる、と思ってのものだった。使ってみたけど、結構いい感じだと思う。みんなの反応も上々だったし。

全員で商品を確認していたが、問題はなかったようでみんな喜びを顔に出していた。

「今度こそ、本当に終わりだ！　みんなありがとよ、お疲れさん！」

グラストさんが声を張り上げると、全員が安堵《あんど》の表情を浮かべた。普段はしないが、家族全員で庭に座り込んだ。

父さんも母さんも疲労から、立ち上がる気力もないらしい。

「しかし、ほんとすげぇよ、シオンは……こんなものを思いつくなんてな」

「ああ、たいしたものだ。私も鼻が高いぞ」

「シオンちゃんは本当に賢いわねぇ。お母さん、自慢しちゃいたいくらいよぉ」

大人三人から率直に褒められて、悪い気はしないが、居心地が悪い。

ふと、マリーの反応が気になった。また嫉妬してしまうのではと思ったのだ。

しかしマリーはなぜか自慢げに鼻を鳴らしていた。なんでこんな反応になるのだろうか。女の子って本当にわからない。

「でも、売れるかどうかはわかりませんよ」

「売れるに決まってる。こんだけ便利なもんなんだからな。それに、もしも売れなくてもいいさ。俺はこれがすげぇ発明だと思ってるからな。みんな、本当にありがとう。本当に助かった。特にシオン。おまえのおかげで、ここまでできた。ありがとよ」

グラストさんはまっすぐな感謝の言葉を述べ、僕たちに頭を下げた。

本当に器が大きく、素直な人だ。まあ、自業自得の部分もあるけど、それはそれ。他人に対してこれほど率直に感謝ができる人は多くないと思う。

「いいんです。僕も楽しかったし、色々とためにもなりましたし」

「うんうん。そうよね！　あたしも楽しかった」

「うふふ、お母さん、若いころを思い出しちゃったわぁ。みんなで何かを成し遂げるって、楽しいことだったのよねぇ」

「気にするなグラスト。その感謝の思いだけで十分だ」

僕たちの言葉を受けて、グラストさんはゆっくりと顔を上げた。

その瞬間、僕たちは四人同時にびくっと肩を震わせた。

「お、おまえらぁ、ほんどにいいやづらだなぁぁぁ、うっううっ、おれぁ、しあわぜもんだぁ。ありがどよぉ、ありがどよぉぉっ！　うおおおっ！」

号泣だった。もうそれは本当に見事に泣いていた。男泣きというやつだろうか。しかしすごい泣き方だ。それほど感動してくれたのは、こちらとしても嬉しいけど。引いてしまうくらい泣いているため、僕たちはどうしたものかと顔を見合わせた。

しかし、なぜか笑いがこぼれてしまう。これは嘲笑《ちょうしょう》じゃない。ただ、心が温かくなり、笑いが生まれた。

僕たちは笑い合い、グラストさんは泣き続けた。カオスな空間だったけど、なぜか幸せな空間でもあった。

合成魔法とボルトと雷火

イストリアから帰ってきた翌日。

二つの商品が完成した時、グラストさんには僕のお願いを伝えておいた。グラストさんがもしも

その願いを叶《かな》えてくれたとしたら、間違いなく僕の『魔法』は劇的に変わるだろう。

とりあえずグラストさんからの連絡はしばらく来ないだろうことを見越して、再び研究を始めることにした。気になっていることが一つあったのだ。

僕はいくつかの道具を持って中庭に向かった。

「あら？　シオン、今日は何をするの？」

「魔法の研究は行き詰まっているという話ではなかったんですの？」

剣の素振りをしていたマリーとローズはうっすらと汗をかいていた。

たまにこうして二人で一緒に素振りをしたり、父さんの立ち会いのもと、試合をしたりしているようだった。

二人は汗を拭《ぬぐ》いつつ、僕のもとへ来ると手元に視線を移した。

「コップと蝋燭《ろうそく》？　何するの？」

「またおかしな実験をしようとしてるみたいですわね」

明らかに何かを期待している様子だった。

そんな反応をされたらちょっと得意げになってしまう。

「まあ、見ててよ」

僕は中庭にある平らな岩の上に蝋燭を置いた。

火はフレアではなく普通に焚《た》き火《び》から頂いている。風はあまりないので火は揺らめくだけで消えはしない。

僕は蝋燭の上からコップを被《かぶ》せた。すぐにコップを上げると火は消えている。

「火は酸素がないと燃えない。だからこうやって密閉空間にすると消える。それは二人とも知ってるよね？」

「え、ええ！　し、知ってるわよ！」

マリーは上ずった声で答えた。これは間違いなく知らなかったな。

「マリー。カンテラを消す時の原理と同じですわよ。あなたも消したことがあるでしょう」

ローズが呆れたように言うと僕も同意した。マリーは誤魔化すように視線を泳がせている。

何かを覆い被せたりして火を消すなんてことはこの世界でも比較的知られている。だけど暖炉の火は水で消すか、そのままで自然消火させることが多いため、案外知らないものかもしれない。

「そ、それで、それがどうかしたの？」

「うん。普通の火はこうやって消えるけど、魔法の火はどうなのかなって思ってね。ちょっと試しにやってみようかと思うんだ。さて、どうなるでしょう？」

「消えないわ！　多分！」

「消える、と思いますけれど」

確かに普通に考えればローズの言葉通りになるだろう。普通であれば。

僕は右手をかざして蝋燭にフレアで火をつけた。

即座に青い炎を宿した蝋燭にコップを被せた。そしてすぐにコップを開けてみる。火は……消えていなかった。

「あら、消えてないじゃない。ローズの予想は外れたわね！　ふふん！」

「はいはい。わたくしの負けですわよ」

なぜか偉そうにするマリーに対して、ローズは適当にあしらっていたけどちょっと悔しそうだ。実は結構負けず嫌いなんだよな、ローズも。マリーほどじゃないだろうけど。

さて話を戻そう。酸素がないはずなのに、なぜ火は消えていないのか。

まず普通の火は点火源、酸素、可燃物質が必要だ。

以前、火魔法は魔力を可燃物質としているんじゃないかと考えたこともあった。だが、魔力を可燃物質としていても、酸素は普通に供給されていると考えていた。しかしそれは間違いだった。火魔法では酸素は必要なかったのだ。

では魔力は可燃物質と酸素の特性を持っているということなのか。否《いな》、そうではない。

そもそも雷魔法に関して、魔力を接触させた場合、電流を走らせるという結果が出た。そのことから魔力は可変性の何かしらのエネルギーで、触れる現象によって反応が違う、いわば増幅、あるいは現象状態を保持したまま現象を起こすような特性を持つもの、だと僕は認識している。

それに加えて酸素は必要ないとわかった。これは魔力がその現象の必要な要素すべてを補っているということだ。酸素や可燃物質がなくとも、火という現象に接触させたことで、同条件下でなくとも、魔法は維持されるということ。

つまり魔力は、どんな状況でもその現象自体を増幅させ続けることができるということだ。理論上では火魔法は宇宙でも発生するということになる。

しかし水をかけると火魔法は消えた。これについてはやや疑問は残るけど、もしかしたら火の魔法だから、なのかもしれない。つまり火の魔法であるが故に、水が苦手。反対属性のものだから、相殺されたということか？

うーん、この部分はまだ曖昧だな。水で消えたという部分に関しては保留にしておこう。

フレアの火は、物質に特殊な影響を及ぼす。雷鉱石《らいこうせき》の特性をなくさないように加工もできたし。

ただの火ではない、ということはわかった。

「でもそれがわかったからって、何かあるの？」

「まだ何とも。ただ普通の火とは違うってことはわかった。これは雷魔法の方も同じだろうね」

と、その瞬間、閃《ひらめ》いた。

僕は勢いよく立ち上がり、中庭の中心に移動した。

「ちょっとやりたいことがあるんだ。二人とも魔力の体外放出はできるでしょ？」

「ええ、できるわよ。魔力放出量が少ないけれど」

「わたくしもできますが、安定してませんわね。マリーの方が上手ですわよ」

マリーもローズもフレアは使える。

ただし僕の魔力放出量よりもかなり少ないためか、火の維持があまりできない。

そのため体外放出してからすぐに消えてしまうため、まともに扱えていない。

僕の放出量が六十とすると、二人は二十から三十程度だと思う。

魔力のコントロールは僕よりも二人の方が上手《うま》いと思う。マリーに至っては手のひらの上で魔力の光を複雑に動かしたりもしてるし。僕はまだできない。

「じゃあ、僕がそこにフレアを撃って、空中で止めておくから、姉さんはそこに魔力の塊をぶつけてくれる？　一応、離れて撃ってね」

「それは構わないけど」

「ローズは念のために桶《おけ》に水を入れて待機しておいてくれる？」

「ええ。わかりましたわ。何が起こるのか気になりますわね」

ローズは僕を窺《うかが》うように言った。

「それは見てのお楽しみということで。じゃあ始めようか」

フレアには酸素も可燃物質も必要ない。そしてフレアは魔力を燃料にその姿を保っている。だったらフレアが発現している状態で、魔力を与えればどうなるか。

火魔法はその存在自体が魔力の消費をしているもので、フレア自体が燃焼に必要なすべての要素を兼ね備えている。だったら、もしかしたらフレアに魔力をぶつければ、さらに強力なフレアになるのではないか。僕はそう考えた。

僕は空中にフレアを放つ。虚空で停止したフレアに向けて、マリーが魔力を放った。

さてどうなる。一気に燃え上がるか。それとも火力が上がるか。または特殊な、色の変化が起きたりして。

僕は期待を胸に、結果を待った。

接触。そして――ドカンというけたたましい音。

衝撃と豪風が僕たちを襲う。熱と光が発生し、僕の視界を埋めた。それは一瞬の出来事。青い炎が弾《はじ》け、空中で爆炎を放った。間違いなく、それは『爆発』だった。

「きゃっ！」

マリーの悲鳴が聞こえた。

慌ててそちらを見ると、どうやら尻餅《しりもち》をついただけのようだった。

僕がほっと胸を撫《な》でおろした瞬間、炎は跡形もなく消え去った。空中での現象だったために、周辺に被害は残っていなかった。

「な、何が起きたんですの!?」

ローズは水の入った桶を手にしたまま狼狽《ろうばい》している。

そしてマリーは目を白黒させたまま、地面に座り込んでいた。

僕も動揺している。まさか、あんなことになるなんて思わなかった。

どうして？　ただ魔力を供給しただけなのに。なぜ、爆発なんてしたんだ？

急激な魔力供給によって暴発した、と考えるのは難しかった。

なぜなら僕の魔力放出量の半分以下の魔力を供給した程度で、フレアの威力が著しく上がるとは思えなかったからだ。

あの爆発は明らかに、かなりのエネルギーを内包していた。魔力をぶつけただけという理由であれほどの威力が発揮できるだろうか。

僕は立ち上がり、マリーの手を引き、起こしてあげた。

「大丈夫、二人とも？」

「う、うん。ちょっとびっくりしたけど……怪我はないわ」

「シオンはこうなるってわかっていたんですの？」

「ううん、僕もこんな結果になるとは思わなかったよ。火力が上がるくらいだろうなって思っていた」

「そ、そう。どうしてあんな風になったのかしら。魔力が触れただけなのに」

「威力が明らかに魔力量に比例していませんわね」

そう、魔力が触れただけであれほどの効果が出るのはおかしい。触れただけで爆発したのだ。まるで爆薬に火がついたみたいに。魔力が爆薬だということか？　そんなまさか。

いや、待てよ。魔力は可変性物質だと僕は考えている。それは多分間違ってないと思う。でも、そもそも何か引っかかる。魔力は火に触れると燃えた。魔力は電気に触れると放電した。

火、燃える、酸素、可燃物質。電気、流れる、放電、雷。電流……電流？

僕ははたと気づき、すぐに庭の隅にある雷鉱石に近づいた。

マリーとローズが急いで僕の後を追ってくる。

僕はすぐに魔力を生み出し、雷鉱石に触れさせた。電気が魔力を伝う。電流の形は『茨《いばら》』のようだった。雷の印象そのまま。しかしなぜ電流がこのような形になるのか、その理由を考えれば疑問は氷解した。

魔力の中を走る電流は、なぜか『大気を走る雷と同じ形をしている』のだ。

僕は魔力を手のひらの上に生み出す。淡く光るそれは、魔力。

魔力であるが――そうではなかったのだ。

「そ、そうか！　そうだったんだ！　これは魔力じゃない！　魔力じゃないんだ！」

「で、ですが、それが魔力だとシオンがおっしゃいましたわよね？」

「うん！　そうだよ、これは魔力！　でも魔力じゃない！　これは『魔力に反応している空気』だったんだ！」

僕は確信と共に、魔力を眺める。

魔力は体外放出、帯魔状態では光を放っている。それはつまり大気と反応しているということだったのではないだろうか。

光の増幅は紫外線？　日光に反応してるとすれば、熱が発生していることにも合点がいく。

その時点では魔力が空気に反応しているとは判断できない。

だけど、雷魔法の発動には明らかに空気抵抗があった。フレアには酸素は必要なく、魔力だけで燃焼している。

そして雷魔法は空気抵抗がある状態。これはつまり魔力が空気の役割を担っているということのほかに、現象の増幅をしているという意味合いもあったのでは。

これだけではその事実はわからない。だがフレアは確かに酸素なしで燃えたし、フレアに対して酸素に反応した魔力を与えると爆発した。

魔力が物質に反応し、その対象の特性を増幅するとするのならば、体外放出した魔力は酸素を多分に含み、その特性を増幅させたものがフレア、つまり火に接触した場合どうなるか。過剰な酸素供給によって、あるいはそれに類する何かの反応によって、爆発が起きる。

そうなると一つ疑問が浮かぶ。

なぜ空気干渉した魔力が普通の火に接触した場合は爆発しないのか。これは普通の火と魔法の火であるフレアの特性が違うということだろう。

そして魔力は魔力同士で干渉し、反応する。それはゴブリンとの戦いで魔力に接触すると反応があることも知っているので、間違いではない。つまり増幅した魔法を、空気に触れた魔力で増幅させたことで、魔法が爆発的な威力を生み出した。

それが先ほどの爆発なのではないか。

「ああ、ああ！　こ、これは、かなりの進展になっているかも！　きたきた！　きたよ。これは！

うへっ！」

僕は興奮し始めていた。

大きなきっかけが目の前に訪れた。これは間違いない。ブレイクスルーの機会が訪れたのだ。

「あーあ、また変な顔してる」

「ふふ、けれどとても嬉《うれ》しそうですわね」

「あはは、まっ、あんまり人様に見せられる顔じゃないけれどね」

「いいじゃありませんか。それがシオンのいいところということで。あんなに嬉しそうにしている姿を見ていると、こっちも嬉しくなってきますもの」

二人の会話など耳に入っていない僕は、興奮のままにマリーに話しかけた。

「姉さん！　姉さん！　ちょっとこっち！　手伝って！」

「はいはい、どうすればいいの？」

「僕が雷魔法を使うから、そこに魔力をぶつけて」

「……また爆発するんじゃないの？」

「僕の見立て通りならしないよ！　でも、少し離れてね！」

テンションが上がりすぎてしまっているため、自分の言動がよくわからない。でも止まれそうになかった。

僕は如意棒型の魔力を生み出すと、マリーに合図をして、棒の先端部分に魔力を当ててもらう。

次に魔力の中央付近を雷鉱石に触れさせると、電流はマリーの魔力が触れたあたりには流れず、僕の手元には流れた。

「あ、あら？　今、奥の方の電気は流れなかった……？」

「そのように見えましたわね。どうしてでしょう。フレアは爆発しましたのに」

「空気抵抗があるからね。大気に触れている魔力が、電流を阻害したんだと思う。つまり、これで間違いない！　この魔力は大気に触れて、空気や酸素を他の現象と同じように増幅してる！」

「空気抵抗？　阻害ですの……？」

「……全然わかんない」

マリーもローズも頭の上に疑問符を浮かべている。当然だ。むしろわかったらおかしい。

「僕もよくわかんない！　でも、わかるかもしれないってことはわかった！」

僕は喜びを隠そうともせず、浮き足立っていた。

そんな僕の様子を二人は嬉しそうに眺めてくれていた。

ああ、これだ。この瞬間が僕はたまらなく好きだ。

魔法の研究では、行き詰まったり、上手くいかなかったり、失敗したりもする。でも時々、こうやって進展がある。これがすごく嬉しいし、楽しい。

研究とかをしている人は、こういう快感を得ているから、やめられないのかもしれない。今日からまた新たな境地に足を踏み入れるだろう。

僕は今回発見したこの魔法を『合成魔法』と名付けることにした。

合成魔法を使うには、魔法に魔力を接触させる必要がある。マリーと二人でやればいいけど、一人でできる方がいい。

そこで僕は考えた。右手から魔力放出をする際、別の部位から魔力を放出できないか、と。

右手の放出は六十。残り四十は体内に残っている。これを別の場所から放出できるかもしれないと思ったのだ。


結果を言うと、少しはできた。右手と左手、両方に意識を集中させるのはとても難しかったけど、少しずつ、できるようにはなっている。

他にも色々と考えていることはあるし、合成魔法には可能性が詰まっている。ただ、今はこの同時魔力放出ができるようにしたいと思う。合成魔法の実験はそれからだ。

ちなみにしばらくしてグラストさんがやってきて、雷光灯《らいこうとう》と発雷石《はつらいせき》が完売したと知らせてくれた。驚いたけど、再生産するために手伝うことになった。バイトみたいなものだ。

魔法の鍛錬をし、数日後にまたグラストさんの店に行き、合間に鍛錬。

その生活をしばらく続け、気づけば僕は八歳になっていた。

今、僕は自室で魔力の操作鍛錬をしている最中だ。右手から魔力を放出し、同時に左手から魔力を放出する。

「ふぅ……なんとかできてきたな」

右手の魔力はサッカーボール程度。こっちは魔力が六十。左手の魔力は野球のボール程度。こっちは魔力が二十から三十程度。マリーの放出魔力と同じくらい。ほぼ同時に魔力は放出できた。

「ふふっ、これで合成魔法の実験をさらに進めることができるぞ。うふふ、うへへっ」

嬉しさのあまり口角が上がる。おっと、いけないいけない。まだ喜ぶには早い。これから色々と試さないといけないんだから。

さて、じゃあ外に出て、実験をしようかな。

そう思った時、外が騒がしいことに気づいた。蹄《ひづめ》の音。誰か来たのかな？

僕は部屋を出て居間へ向かった。すると玄関から入ってきたのは、グラストさんだった。最近はよく会うし、だいぶ親しくなっている。

父さんと話していたグラストさんと目が合うと、僕は頭を下げて、グラストさんは手を上げた。

「こんにちは、グラストさん。今日は精錬日じゃないはずですけど」

「よう、シオン。ああ、今日の用事はそっちじゃねぇんだ」

グラストさんはニッと笑うと手に持っていた鞄《かばん》を掲げた。そこから何かを取り出し、僕に差し出してきた。

「ほら、約束の品だ。受け取りな」

来た。ついに来た！　僕が注文していた品が！

僕は品を受け取る。思ったよりも軽いそれは、小手だった。

滑らかな手触りの革に、手の甲と関節部分、指先と手のひら部分には金属がはめ込まれている。

非常に頑強な印象が強い。

「おまえの指示通り、絶縁性の高いマイカと頑丈で耐火性の高い革を縫い合わせてる。手のひら部分には鉄雷《てつらい》を埋め込んで、繋《つな》ぎには銅銀を使い、放電を阻害しないようになってる。甲部分の金属は純度の高い鋼《はがね》だ。念のため防御もできるようになっている。そして指先には高品質の火打石《ひうちいし》。摩擦でも着火するタイプで、比較的頑丈な上に数年はもつ。これが最初の『魔導具』だ」

グラストさんはしたり顔でそう説明した。

それも納得がいく。これだけの出来だ。自信を持って当然だろう。

グラストさんの後ろでは父さんが諦めの表情を浮かべている。

この魔導具の作成依頼をしていることはすでに父さんたちにも話している。何かあった時のためと、今後の実験のためという名目だ。しかも僕の行動の対価として要求しているので誰にも迷惑はかけていない。完璧である。ただ成長したら新調しないといけないというデメリットはあるけれど。

僕はこの小手を『雷火《らいか》』と名付けた。

雷火を装着すると、動かしてみた。思った以上に動かしやすいし、馴染《なじ》む。これは素晴らしい出来だ。装飾もあり、拘《こだわ》りと技術力の高さが感じ取れる。

「すごいよ、これ……こんなにすごいものができるとは思わなかった」

「へっ！　褒められるのは悪くねぇけど、それは実際に使ってからにしてくれ」

「うん。じゃあ、中庭で」

「おう。俺も雷魔法とやらを見たかったからな。楽しみだ」

まだ合成魔法は父さんにも母さんにも見せていない。

それに同時魔力放出も今日ようやく完成に至ったので、マリーも見ていない。

左手からの魔力放出の鍛錬には一ヶ月以上が必要だったので、うずうずしていた。その間、どんな方法で魔法を使うか、色々と考えていた。今日はようやくその実験ができる。

楽しみだ。ああ、高揚しすぎて、スキップしちゃうぞ。

「……これはまずいな。シオンが『うへへモード』になっている」

「あらあらぁ、何が起こるのか不安だわぁ」

「だ、大丈夫！　多分大丈夫よ！」

なんて家族たちの不安の声が聞こえるが、僕は気にしない。

「あら？　今日はみなさんお揃《そろ》いですのね？」

玄関の扉を開くと、扉を叩《たた》こうとしているローズと合流した。今日は家業を手伝う必要はないみたいだ。

「うん！　今から新しい実験というか魔法のお披露目会をするんだ！　よかったらローズも一緒に！」

「ふふ、そういうことでしたらご一緒しましょうか」

合流したローズと共に中庭の中央に移動した。

僕は庭先に向けて、手をかざした。

まずは簡単なところから。僕は右手に魔力を集める。そして中指と親指を重ねて擦《こす》る。つまり指を鳴らした。

カンという小気味いい音と共に火花が散り、魔力に着火する。青い炎が『手のひらに触れた状態で生まれる』。まるで手のひらから炎を生み出したかのようだ。

雷火は火にも電気にも強い。長い時間、触れていると問題があるが短時間なら問題ない。

つまり接近した対象へ魔法を使うことも、身体に触れた状態で魔法を発動することもできるということだ。

背後から「おお！」という感嘆の声が聞こえた。みんな感心した様子だった。家族やローズはずっと魔法の実験に付き合ってくれていたし、グラストさんにも概要は伝えてある。

手のひらに触れる距離でフレアを生み出すことは大きな進歩と言える。

僕は手に触れているフレアを正面に放った。これはいつも通りなので、特に感慨はない。しかし即座に、左手から魔力を生み出し、離れたフレアに接触させた。

爆発。爆風と共に衝撃が生まれ、周辺を炎で包む。小規模爆発で、中型までの生物ならば一部が吹き飛ぶくらいの威力はある。

「うおっ!?　なんだありゃあああっ!?」

グラストさんがいいリアクションを見せてくれた。

僕は思わず笑みを浮かべてしまう。

「今のは……？　フレアとは違うようだが」

「えーとあれは魔力を――」

父さんにマリーが説明をしてくれているようだった。が、ちょっと怒られていた。

まあ、さすがにあれだけの威力だし、危ないと思うのは当然だろう。後で僕も謝ろう。

次に、僕は右手にフレア、左手にもフレアを生み出す。右手のフレアを放ち、左手のフレアを少し離れた場所で接触させた。結果は……何も変化なし。

魔力がフレアとして確立された状態では、シナジー効果を生み出さないらしい。互いに形を維持したまま、揺らめき、そのまま消えてしまった。

「今のはどういう意味なんだ？」

グラストさんの疑問はもっともだ。何も変化はなかったし。

「……わかんない」

答えられないマリーに代わって、ローズが流暢《りゅうちょう》に返答する。

「恐らくですが魔法同士を重ねた場合どのような効果があるのか試したのですわ。結果、何も起こらなかったということでしょうね」

「なるほどねぇ。よくわかったな。ってお嬢ちゃんとは初対面だよな。すまねぇ、挨拶が遅れたな」

「いえ、わたくしこそ申し訳ありません。わたくしは――」

なぜか後方でローズとグラストさんが自己紹介を始めたけど、気にしなくていいだろう。

二人の隣ではマリーが不服そうにしていた。

父さんは母さんに魔法の説明をしてくれている。

それはそれとして、同じ魔法は重ねても意味はないとわかった。では次だ。

僕は右手と左手で魔力を編んだ。魔法を使う前に魔力同士を重ねる。すると見事に合体させることができた。なるほど。魔力の状態――この場合は、大気を含んだという意味だけど――であれば合成は可能らしい。大気魔力は結合する、ということか。

僕はその状態で、魔力を放出しつつ、指を鳴らして着火する。

普段のフレアの二倍程度の火が放たれた。それが数メートル離れた場所で停止し、煌々《こうこう》と灯《とも》り続ける。十秒程度経《た》つと消えた。

やはり魔力量が増えると魔法の威力も上がり、持続時間も長くなるらしい。

ただのフレアでは威力が低く、触れてもたいして威力はないが、合成魔法フレアの場合は暖炉の焚き火くらいの火力はある。触れたらすぐに消火しなければ大火傷《おおやけど》を負うだろう。

これはかなり有効な魔法だと思う。

「――ってことは、今のは魔力同士を重ねたフレア、つまり魔力の時に合体させたってことか？」

「恐らくはそうですわね。ガウェイン様はどう思われますか？」

「うむ、私もそう思うぞ。しかし、さすがはシオンだ。様々な状態で試し、結果を精査しているようだ。見ろ、あの真剣な横顔、思案顔を。我が息子ながら精悍《せいかん》な顔つきを！」

「だらしなく頬《ほお》を緩めてるようにしか見えねぇけど。ちょっと気味悪いぞ、あれ」

「お父様も最初は、グラストおじさんと同じようなこと言っていたのよね……」

「誰しも通る道、ということですわね……」

「わたしは最初から素敵な顔だと思っていたわよぉ？」

後ろの会話を放置して、僕は滾《たぎ》る興奮に打ち震えていた。色々と思った以上の結果が出て、もう興奮の限界だったのだ。嬉しくて、えへへへと笑ってしまうのもしょうがない。

長い間欲しかったものが手に入った時、子供でも大人でも嬉しくて興奮して跳ねまわって、笑顔を振りまくよね。それと同じだ。多分、同じだ。

実験を続ける。火魔法に関しては、魔力濃度を高くした状態、つまりガスフレアでも試した。

結果、フレアと同じく、ガスフレア同士は変化なく、片方が魔力であれば小規模の爆発を起こし、魔力同士を重ねて発動すると、高火力のガスフレアが生まれた。

多分、バーナーのような感じだ。もしかしたら鉄にも穴を開けたりできるかもしれない。さて、フレアに関してはこれくらいでいいだろう。

本題だ。僕が雷火を作ってもらったのは、雷魔法のためである。火魔法はおまけのようなものだ。

通常、魔力放出に電気を接触させても、対象に向かって走らせることは非常に面倒だった。自分から魔力を放出し、雷鉱石に触れさせると、雷鉱石から自分の方向へ電流が走る。

そのため相手に向かって電気を流すには、相手までの距離分、如意棒型の魔力を伸ばした後、如意棒型の魔力の中央あたりに雷鉱石を触れさせ、自分と相手へ同時に電流を走らせるというよくわからないことをしなければならなかった。

もちろん魔力を放出し、雷鉱石と対象を繋ぐような形で魔力を配置させることもできる。しかしそれには一旦《いったん》魔力を編み、双方へ接触するように如意棒型の魔力を移動させなければならない。面倒な上に、有用性は低いというわけだ。

しかし雷火があればそんな悩みは解決する。結果はすぐわかるはずだ。

僕は両手のひらを向かい合わせ、腰を横に捻《ひね》ると、両手を腰付近に留《とど》める。腰を正面に戻しながら両手を突き出して、左右の手に込めた魔力を重ね合わせると共に如意棒型へと変化させる。そして如意棒型の魔力を正面に伸ばしきり、左右の手首をくっつけた。さらに手首を返し、両手のひらを対象へ向けて開く。つまりかめ○め波のような構えだ。

その状態になると雷火の手のひら部分から放電される。鉄雷同士が相互反応して、電気を流しあっているのだ。伸びた魔力に触れ、一気に電流が前方へと走る。瞬間的に伸ばした魔力の道に電気が我先にと流れた。

赤い閃光《せんこう》と同時に電流の音が生まれる。小さい雷が正面に流れた。十メートルほどの距離まで走りきると、赤い稲妻は消えていく。そして僕は手を震わせて、大きく息を吐いた。

これだ！　これだよ！　僕はこれを夢見ていたんだ！

「で、できた。できたあああああ！　ついにできたぞおおおおっ！　雷魔法……いや『ボルト』の完成だあああっ！」

僕は歓喜に打ち震え、叫んだ。ついにできた。

長い間、中途半端な結果にしかならず、思い悩み、どうしたものかと考え続けた。そして今日、ようやくその努力と苦労が実を結んだのだ。

最初の魔導具『雷火』と雷魔法『ボルト』の完成。そして合成魔法の発見と、その実験結果。すべては上手くいった。これまで遅々として進んでいなかった魔法研究が一気に進んだのだ。

「す、凄《すさ》まじいな、これが雷魔法か。思った以上の結果だったな」

「今まで見た中で一番すごかったわ……ねえ、シオン。シオン？」

「シオン！　大丈夫ですの？　もしかして怪我でも……」

マリーとローズが近づいてきて声をかけてくる。

僕が反応できずにいるとマリーは僕の肩に触れた。

「シオン!?　どうしたのよ!?」

「な、泣いてますの!?」

「うえぇ、やったよぉ、僕やったよぉ……」

泣いてしまった。嬉しかったのだ。

だってずっと魔法に憧れを抱いて、色々と悩んで、苦しんで、それが実を結んだのだ。魔法なんて現実には存在しないと否定されていたのに、それが現実になったのだ。

フレアが完成した時も嬉しかった。でも、一気に色んなことがわかり、色んなことができるようになって。何というか嬉しいことの連続で、たまらなくなってしまったのだ。

馬鹿らしいと思う人もいるだろう。でも魔法が使えるなんて、普通はありえないのだ。こんなことは現実ではありえなかったのだ。それが自分の力で実現できた。それが嬉しくてしょうがなかった。

「もう、ほんと、シオンは泣き虫なんだから」

マリーが優しく僕を抱きしめてくれた。僕は抵抗なくマリーの抱擁を受け入れる。

父さんや母さん、グラストさんもやってきて、ローズは隣で僕の背中を優しく撫でてくれていた。

魔法も家族もこの世界で授かった。僕はこの世界に来るためにあっちの世界で生まれて、魔法に憧れを抱くように育ったのではないかと思うほどに、この世界での生活は幸せで溢《あふ》れていた。

アクア

合成魔法に関して、あれからも検証を続けた。簡単な経緯と結果、それと各魔法の名称は次の通りだ。

●合成魔法の組み合わせ
・魔力＋魔力＝相乗魔力
…【魔力量と魔力濃度の向上】即時発動
・(魔力＋魔力)×フレア＝ツインフレア
…【相乗魔力を費やしたフレア。フレアの上位版】即時発動
・フレア×放出魔力＝ボムフレア
…【フレアに魔力を接触させたフレア。威力は高いが、瞬間的】数秒後発動
・(魔力＋魔力)×フレア×再度の放出魔力＝ダブルボムフレア
…【再度の放出魔力によってフレアを爆発させる。威力は高い】六秒後発動
・(魔力＋魔力)×ボルト＝ラインボルト
…【相乗魔力を費やしたボルト。ボルトの上位版】即時発動
・ボルト×放出魔力＝威力減少
…【空気抵抗により、電流の威力が減少。実用性はない】即時発動
・フレア×ボルト＝個別現象
…【互いに干渉せずに発動した】即時発動

ここまでが先日に発動した魔法の一覧だ。

尚《なお》、それぞれの魔法で、先に書いている方がベース魔法で、次に書いてあるものがサブ魔法だ。ベース魔法は右手、サブ魔法は左手で発生させる。そうでないと合成することができないか、魔法として発動することが困難だったためだ。

念のため、フレアとボルトを掛け合わせてみたけど、やはり変化はなかった。フレア、ボルト同士でもやってみたけど、結局合成はしなかったし。

さて現在、僕とマリー、ローズの三人は自宅近くの湖を訪れていた。

見慣れた風景。すべてはここから始まったことを思い出す。最近は用事がなくてほとんど足を運ばなかったけど。

「なんだか懐かしいわね。まだ二年くらいだけど」

そうか。まだ二年なのか。もっと遠い昔のように思える。それほどに濃密な二年間だった。

あの日、エッテントラウトが放出する魔力の光を発見し、僕たちは魔法を知ることになった。

そして今、僕はいくつかの魔法を使えるようになっている。

まるで奇跡のようだと思った。たまにこれは本当に現実なのかと思うこともある。でもまぎれもなく、魔法を使える自分は存在する。憧れだった魔法使いになったのだ。でも道はまだまだ続いている。

僕たちは水辺に移動し、屈《かが》んで水面を眺める。

「それで、今日は何をしますの？」

「シオンのことだから、どうせ魔法のことでしょうけど」

「うん。試したいことと調べたいことがあってね。まずは再確認をしようと思う」

僕は水中を凝視する。水底までは見えないが、意識的に奥の奥を視認しようとする。当然ながらほとんど見えはしない。

水中で何かが光った。僅かな光だが、間違いなくそれは存在している。産卵期でなくとも、エッテントラウトは常に微弱な魔力の光を纏《まと》っている。それは魔力を持っている人間も同じだ。

昔は見えなかったけど、魔法の鍛錬を続けるにつれ、僕は対象の魔力をより明確に視認できるようになっていた。完全にとはいかないけれど、魔力を持っている対象ならばわかる。エッテントラウトが魔力の光を発しなくても見えるわけだ。

実は数日前にイストリアでのバイトの途中で近くの湖に寄ったんだけど、そこのエッテントラウトは魔力を持っていなかったのだ。

これはつまり、この湖のトラウトしか魔力を持っていないということでもある。もちろん、他の湖、川に生息するトラウトが魔力を持っている可能性はある。しかしすべてのトラウトが魔力を持っているわけではないということは間違いない。

この湖は特別だ。その湖は僕が生まれた家の近くにある。これは偶然だろうか。まるで示し合わせたかのように思える。

いいや、天啓か運命か宿命かなんて考えてもわかるはずもないんだ。考えるだけ無駄ならば、考える必要もない。

「うっすら、光ってる？」

「うん。やっぱりこの湖にいるトラウトは特別みたいだ。トラウトがなのか、湖がなのかはわからないけど」

「湖の他の生物は光っていませんし、やはりトラウトが特別なのではありませんこと？」

「そうかもしれないし、そうじゃないかもしれない。人間も魔力の素養がある人間とない人間がいるし。特殊な魔力を持つ何かの要因があっても、素養がなければ無理かもしれない」

「それってどういうことなの？」

「わからない。だからここに来たんだ」

僕はブーツを脱いで、湖の中に入る。膝までつかるところまで移動し、右手のひらを下に向けた。そのまま水に向けて魔力を放出する。

円形の魔力は発光しながら水面に向かう。水に触れると、何の抵抗もなくそのまま湖に吸い込まれていった。水中でも発光しているが、そのまま徐々に光の量が弱まり、消失する。見た目では特に違和感はない。ただ『光の玉が空中から水中に移動しただけ』に見える。反発力もないため、ただ透過しただけのようだった。

以前、これは試した。その時は水に触れても意味はないと思った。だから最初は現象に関連する火魔法、次に雷魔法を試したのだ。しかし本当に変化はなかったのだろうか。それを僕は疑問に思った。

きっかけは、魔力が大気から影響を与えられていると気づいたから。大気に触れた魔力は空気の影響を受け、その物質の特性そのものを増幅して、模倣し、継続させる。

火に触れれば、魔力が火そのものになり、雷に触れれば、空気抵抗を受けつつも電流を走らせる。大気に触れた魔力を水に触れさせれば『浮くなり、抵抗があるなりの変化』があってもおかしくはない。

だがそれはなかった。これはどういうことか。

僕は試しに腕を肘まで水に入れて、水中で魔力を放出した。そのまま地上へ浮かび上がるように、魔力に指示を与える。

水中から空中に移動した魔力の反応は先ほどと同じだった。つまり何の抵抗もなく何の違和感もなく、すんなりとまっすぐ、速度を維持しつつ頭上へ浮かび、徐々に消えたのだ。

水中で生み出した魔力は、空中に浮かんでも同じ状況だった。大気中で魔力を放出した場合、空気の特性を受け継ぐ。水中で魔力を放出した場合、大気に触れていないのに、大気中で放出した場合とまったく同じような反応を見せた。

まだよくわからないな。もう少し深いところまで考えよう。

大気を含む魔力。水中でも同じような反応を見せる魔力。つまり大気、空気の特性を魔力が持っているのは、大気に触れたからではないということか？　それとも元々、魔力はそういう性質を持っているのか？　大気に触れなくとも、空気に似た性質を持っていると？

いや、早計だ。火魔法、雷魔法の反応を見ると、空気抵抗や酸素供給の反応があると考えた方がしっくりくる。空気に触れず、最初からその性質を持っていると考えるより、触れることでその性質を得たと考える方が筋も通る。火や雷に触れることでその魔法が発現しているのだから。

水中で魔力を放出すると、もしかしたら水に関連する何かの反応なりを見せるかと思ったのだが。

……いや待てよ。

大気中から水中に向かって魔力を放出しても反応はなかった。そしてその逆も同じように反応がなかった。それはつまり火や雷と違い、大きな変化がなかったということだとしたら？

合成魔法では魔力と魔力を合成させ、その上で魔法を生み出せる。

大気と水。大気には水分が含まれる。つまり、二つは同じ、あるいは近い属性なのか？　だから大気中から水中に魔力が移動しても、大きな変化はないのだろうか。

反応はすべて同じではない。空気に水を触れさせても変化はない。温度が上がれば気化熱によって、熱を奪われたり、温度が下がれば凝固するような反応はある。でもそれは普通の空気による反応とは違うわけで。となると『反応がないことはおかしくはない』ということなのか。

岩や木、他の物質に魔力を触れさせたことはある。透明でないものに触れた場合、魔力の反応は表面上しか確認できないが、変化は何もなかった。水以外は本当に反応がなかったと思う。

とにかく、もう少し別のアプローチが必要だろう。

まずは水中の水に魔力を触れさせる。その後『水を持ち上げる』という命令を与えて、魔力を上昇させる。命令を増やすとそれだけ使用魔力量が増えるため、大きな威力の魔法は生み出せない。しかし、現段階で必要なのは水が魔力に反応しているのかどうかの確認だ。

とにかく、魔力に触れた水が動かせるのかどうか。それを確認しよう。さて、魔力はどう動くか。

………これは。

浮かび上がった魔力は水しぶきを生み出しながら上昇すると消えた。

「ん？　あれ？　今、水が動いたんじゃない？」

「わたくしにもそう見えましたが、見間違いでしょうか？」

「ううん。動いたよ。魔力に水を持ち上げるように命令を与えたから」

「え？　ってことは、水にも反応するってこと!?」

「そうだね。そうみたいだ」

「す、すごいじゃない！　大発見よ、シオン！」

「つまり火、雷に続いて水魔法も使えるということですわね！」

「ま、まあね、そうなるね。うへっ」

おっと頬が緩んでしまった。だがまだ早い。

二人の言う通り魔力の玉に水が反応したのは間違いない。しかし水を持ち上げるというよりは、表面に付着した水が跳ねた程度の反応だ。これでは魔法とは言えまい。

よし、今度は魔力を合成させた状態で水を持ち上げてみよう。

結果。今度はピンポン玉くらいの量が浮かび上がると、十数センチ上昇し、水面に落ちた。

「う、浮かんだ！　み、水が浮かんだわよ！」

いつの間にか傍《そば》にいたマリーはかなり興奮している様子だった。

僕の肩を掴《つか》んで前後に揺らし始める。

「そ、そう、だね、浮か、んだ、ね。姉さん、揺らすの、やめ、て」

「マリー、落ち着きなさい」

近寄ってきたローズが呆《あき》れたようにマリーを僕から引きはがすと、マリーは我に返り恥ずかしそうにしていた。

「あ、ごめんなさい。ちょっと興奮しちゃったわ」

ガンガンに揺さぶられた三半規管を落ち着かせながら、僕は深呼吸をする。

「どうしたの姉さん、いつもはこんなに喜ばないのに」

「え？　今まで、火とか雷とかだったじゃない？　なんかちょっと危ないし。でも水はなんだか幻想的だし、ほら綺麗《きれい》じゃない？　だからかしら」

確かに言われてみればそうかもしれない。よくよく見ればローズも少しワクワクしているように見える。女の子ってのはわからないな。

しかし喜色を顔に滲《にじ》ませている女性陣を見れば悪い気はしない。

とにかく水魔法の検証を続けよう。

さっきの反応に実用性はない。少量でも自由に水を動かせるのならばいいけど、少ししか浮かなかった。しかも僕の最大魔力放出量でその程度の反応しかなかったのだ。

火や雷と違って、水は物質。重量があり、物質エネルギーは現象である前者よりも膨大だ。つまり動かすには相当の力が必要だし、変化させるのもまた難しい。

かといって僕の放出魔力量はさっきのが限界だ。今後、もっと魔力を放出できるようになるかもしれないけど、今は無理だ。

現段階では、水魔法は使えないのか。いやいやまだ考えるべき点はあるだろう。

重要なのは大気だ。この場合は空気のことだけど、魔力は空気の特性を増幅させている。それを前提に大気中には水分が含まれているため、水中でも違和感なく移動するのではないかと仮定する。ならば大気魔力への命令について考えるべきだろう。

魔力に現象を触れさせることで魔法は生まれていた。しかし水魔法は現象ではなく物質だ。これは長所短所があると思う。

魔力はただそこにあるが、命令を与えることはできる。移動や質量の増減が主だ。しかしそれは基本的に現象に触れさせるという条件が必要だから、主要な命令に限定されているだけである。

例えばフレアならば、魔力に火を触れさせた状態で魔力量を増やしたり、火力を上昇させたり、その逆も可能だ。しかし火は火そのもので、何物をも溶かす温度にすることは不可能。魔力量が増えれば可能かもしれないが、それは現時点の魔力では限界がある。

では物質ならばどうか。魔力に触れている空気自体に何かの命令はできるのか。

移動や質量の増減は可能だ。それ以外にできることはあるのだろうか。

例えば、魔力内の温度を低下させ、水分を凝固させることは可能か。否《いな》。それは不可能だ。魔力は万能ではなく、命令は魔力自体に与えられるもので、性質を変えるものではない。

実際に温度が低い状態ならばそれはできるが、魔力は環境変化を促せるようなものではない。魔力にできることは単純なものに限る。

その上で、もしかしたら有効なのではないかと思える手段。つまり魔力に干渉した物質の分離だ。

魔力は質量を変化させることもできるし、自由に移動が可能だ。もちろん、身体から離れた時点で自律してしまうため、命令は与えられない。それは逆に考えれば、触れていれば命令を継続できるということ。そう。完全に放出せずに、集魔状態で維持していればいいのだ。

僕は右手をかざし、集魔する。放出せずに手のひらに集まった魔力に意識を集中。そのまま『大気中の水分を集める』という命令を与える。

するとどうか。何も起きないではないか。いや、なんか手が濡《ぬ》れてる気がする。

隣でローズが、何も起きていませんけれど？　みたいな顔をしている。

マリーはきょろきょろと辺りを見回し、必死で変化を探してくれていた。

顔が熱くなるのでやめてほしいが、それも仕方のないこと。考えてみれば当たり前だ。手のひらに集魔した状態の魔力の大きさはせいぜいがバスケットボール程度。その範囲の空気内にある水分なんて微々たるものだ。確か一立方メートルに含まれる水分は十七グラム程度だったっけか。でも湿度と温度によっても違うはず。

え？　マジで？　水一グラムは一ミリリットルだよね。えーと、単純計算で三十立方メートルくらい。ようやく五百ミリリットルペットボトル一本分？

魔力を薄く延ばして大気中の水分を集めても、これじゃ集めることなんて無理なんじゃ。

でも、水中の水を集めるのも難しそうだし。そもそも大気中の水を集めて凝固させたとして、水中から水を持ち上げるのと違いがないのでは。

いやそうとも限らない。水中の水を持ち上げるにはかなりのエネルギーが必要だろう。魔力が触れている水だけを持ち上げるなんて簡単なことじゃない。

水圧もあるし、張力も、重力もある。そのすべてを引きはがし持ち上げることに比べれば、大気中の水分を集める方がエネルギーは少なくて済むのでは。

普通に考えれば水を持ち上げる方が簡単だ。でも魔力の性質を鑑みれば、大気中の水分を集める方が効率もいいように思える。

物は試しだ。とりあえず、魔力を薄く延ばして適当に三十立方メートルほどにしてみる。当然、魔力は手のひらに触れたままだ。滅茶苦茶大きいが大丈夫だろうか。

周辺に魔力を漂わせて、水分をかき集め、最終的に手元に魔力を収束させてみた。

手元には手のひら大の水が集まっていた。ふわふわと空中に浮いている。揺れる度にちゃぷちゃぷと水音を鳴らしていたが、すぐに地面に落ちていった。

「す、すごい！　え？　どこから水が出てきたの!?　湖の水じゃないわよね、今の！」

マリーは再び興奮した様子だった。

ローズも驚きながら地面に落ちた水を確かめている。

「うん。空気中の水分を集めてみた。こっちの方が魔力の消費量は少ないみたいだから、魔力の質量を増やしても、集めることができたみたい。それに水分を集めて、特に環境に大きな変化はないみたいだね」

大気中の水分がなくなると、何かしら目立った変化があるかなとは思ったんだけど。突然乾燥したって感じもない。

湖の近くだからか、それとも一部の水分を奪ってもたいした変化は生まれないということなのか。これがもっと広範囲なら違ってきそうだけど。大気中の水分が一気になくなっても問題ないのかな。大気中の水分なんてごく少量だし、どこでも水気はあるわけだし。なんか乾燥したなという程度に収まるかもしれない。

僕が魔力で集めた水分量も思ったよりも少なかったし、漂う水分をすべて集めているわけではなさそうだ。

とにかく大気中の水を集めることはできたわけだ。それから集めた水で何ができるのか試した。

まず水を飛ばすことはできた。触れた対象にはちょっとした衝撃を与えることもできた。ただし、威力はかなり低い。それにただ飛ばしたり、飛び散らしたりできる程度で、それ以上できることはなかった。

水は水。水だけでできることなんて限られている。

維持時間が数分くらいあれば、相手の顔に水を付着させて窒息させたりできるかもしれないけど。実際は三秒から四秒くらいだ。これではたいしたことはできまい。

合成魔法のフレアならば十秒はもつけど。まあでも、とりあえず水魔法らしきものはできたわけだし。今後、何か役に立つこともあるかもしれない。これはこれでいいだろう。

「あ、これ面白いわね。気に入ったわ」

「ええ。わたくしもこの魔法、好きですわね。危なくもありませんし」

隣でマリーとローズが早速、水を集め始めた。コツを教えたらすぐ実践できたらしい。

二人とも器用だな。さっきの今で、もう使いこなせている。

「じゃあ、ちょっと湖の周りを調べようか。魔法のことはもうある程度わかったし」

「うん、そうね。あら？　あんまり嬉《うれ》しそうじゃないわね。水魔法が使えたのに」

「確かにそうですわね。いつものシオンなら、うへへとか言っていそうですのに」

「水魔法、えーと『アクア』って名前にしようと思うんだけど。そのアクアはまだ実用段階じゃないからね。喉の渇きを癒《いや》すとか、涼めるくらいだから、嬉しいけど、そこまでじゃないというか」

「普段はあまり使えなさそうね。でももっと色々とわかれば使えるかも？」

「そうだね。まあその時が来たらって感じかな。今は保留」

「では湖の周りを調べるんですのね？　理由を聞いても？」

「エッテントラウトが魔力を持った理由がわかるかと思ってね。何かあるとは思えないけど、一応」

「確かに魔力を持った理由がわかれば、より魔力について知ることができるかもしれませんわね」
「そういえば湖を詳しく調べたことはなかったわね。わかったわ。それじゃ手分けして調べましょ！」

僕たちは水から上がると湖の周りを歩いて、調査した。

マリーの言った通り、湖の周辺を探索するのは初めてだ。魔法の研究をするにあたり、調べていたのはトラウトだけだったし。

ぐるっと回ってわかったのは、湖にはいくつかの川が繋《つな》がっているということ。近くに山があるから、そこに上流があるのだろう。となるとその山から何かが流れ込んでいるのだろうか。

その日から川に沿って移動し、調査を続けた。川の上流には滝があり、その上にあった湖にもエッテントラウトがいた。しかしそこのトラウトには魔力がなかった。

途中の川、湖にもトラウトはいたが、やはり魔力があるのは近くの湖だけ。これはどういうことか。疑問は尽きなかったが、原因は掴めなかった。

こちらは一先《ひとま》ず保留にして、別の実験に移ろうと思う。

魔物討伐

喧噪《けんそう》の中を僕たちは歩いていた。前にはグラストさん、隣にはマリーとローズが並んでいる。

ここはイストリア。すでに見慣れた光景なのに今日は何か違う気がした。

マリーもローズも表情は硬い。腰に下げた剣がいつもよりも目立っているように思えた。

僕も同じだ。心臓はうるさいくらいに主張しているし、手足も少し震えている。著しい緊張は思考を阻害する。それでも僕は前に進み続けた。

人が多い中を歩く機会はあまりないため新鮮だった。基本的に家にいるか、イストリアに行っても、馬車に乗っていることが多いし。

行き交う人たちは、商人か傭兵《ようへい》か住民か。老若男女。色んな人がいる。亜人とかはいないけど。ケモナーじゃないし構わないけど、いたらいたでちょっと感動しそうでもある。

そんなことを考えていると、いつの間にかグラストさんが隣に並んでいた。

「緊張してるみてぇだな。安心しろ。俺がいるから問題ねぇ」

言われて、マリーとローズは少しだけ表情を柔らかくした。

グラストさんは自信に満ち溢《あふ》れていて、微塵《みじん》も不安を抱いていない。それはそれだけ実力があるということだ。今日の目的を考えれば、僕たちにとってはありがたいことだった。

「今日はありがとうございます、グラストさん」

「気にすんな。魔物討伐なら俺がガキの頃もやってたからな。まっ、大船に乗ったつもりでいりゃあいい。まずギルドに行く。そこで魔物討伐の依頼を受ける方がいいからな。ギルドには色々あるが、今から行くのは冒険者ギルドだな。個人あるいは組織、国からの依頼を仲介している場所って感じだ。魔物討伐、捕獲やら、道中の護衛から、日常的な家事とかの手伝いとか色々ある。幅広い依頼を仲介しているから、どこの国でも必須だ」

冒険者ギルドか。聞き慣れた言葉だ。この世界にもあるんだ。今の今まで知らなかったな。普通は転生したら最初に調べそうなものだけど、僕の興味は魔法にしかなかったし。

今は魔物にも少し興味がある。魔物も魔力を帯びていることがわかっているからだ。ただそれはゴブリンだけなのか、他の魔物もなのかはわからないけど。

「ちなみに、どうしてギルドへ行くんですか？　そのまま倒したらダメとか？」

「いや、基本的に魔物を倒すことには問題はねぇよ。ただギルドにはメリットがいくつもある。まず報酬が出る。これはでかい。無報酬と有報酬だとやる気にも差が出るからな。それと依頼を受ける場合、その魔物に関しての情報を貰《もら》える。どれだけの数なのか、場所はどこか、どんな種類かとかな。次にギルドに一度登録しておくと、ほぼ永続的に登録が続くし、依頼を達成するごとに評価値が加算されて、ランクが上がる。ランクが上がると、高難易度の依頼を受けることができたり、直接依頼をされたり、特別な権利を得られたりする」

なるほど。そういうことならば先に依頼を受けた方がいいだろう。聞いた限りではデメリットはなさそうだし。

「特別な権利ってどんなのがあるんです？」

「進入禁止区域への入場の許可がでかいだろうな。一般人は入れない分、特殊な鉱石やら、素材やらを手に入れられる。後は協賛してる店で値段が安くなったりな。何かしらの非常事態に招集されることもあるから、メリットだらけってわけでもねぇが」

先を考えるとかなり有用な気がする。特に侵入禁止区域に入れるというのは大きい。

魔法に関して、僕はまだまだ知らないことが多い。エッテントラウトの生態、魔物の魔力反応、雷鉱石《らいこうせき》。これは家の中にいてはわからなかったことだ。

他にも、外の世界には魔法に関わることがあるに違いない。もしもそれが存在する場所が、一般人には入れない可能性があるのなら冒険者としてランクを上げておくべきだろう。

僕はまだ子供だし、すぐにというわけではない。先を見越して、ということだ。

「ってことで、まずはギルドへ登録する。登録条件は、子供の場合は冒険者ランクがゴールド以上の人間が推薦する必要がある。俺はプラチナだから問題ねぇってわけだ。ランクは下からブロンズ、シルバー、ゴールド、プラチナ、ダイヤ、オリハルコンの順だ。オリハルコンなんてランクは、世界で数人くらいしかいねぇ、伝説級の人間だけどよ」

ランク形式をとっているというのは、非常にわかりやすい。あくまで僕としては、だけど。

マリーとローズは明らかに緊張している様子だった。それは当然のこと。だってこれから僕たちは魔物と対峙《たいじ》するのだ。怖がっていて当然だし、余裕を持っている方がおかしい。

マリーの様子を見て、グラストさんは心配そうにしている。

「無理するんじゃねぇぞ。別に今日じゃなくてもいい。シオンはまだ八歳だし、マリーとローズは十歳だったか？　その年齢ですでに魔物討伐している奴はいるが、だからといっておまえたちが同じようにする必要はねぇんだからよ」

マリーはふるふると首を横に振った。

「ううん、大丈夫。ここで逃げたら、きっと、あたしはずっと逃げちゃう。それじゃ強くなれないから。あたしは強くなりたい。もっと自分もみんなも……シオンも守れるくらいに強く」

「わたくしも、逃げるつもりはありませんわ……強くなる必要がありますの」

ぐっと拳を握り、まっすぐグラストさんを見つめるマリー。

ローズは何かを決意して、目に闘志を滾《たぎ》らせている。

グラストさんはそんな二人を見て、豪快な笑顔を見せる。

「そうか。なあに、さっきも言ったけどよ、俺がいるから問題ねぇ。絶対に三人とも守ってやるからな。初陣だ。少し肩の力を抜いてやりゃあいい」

二人はこくりと頷《うなず》いた。

僕はそんな姉の覚悟を知り、胸の内に熱が生まれていることに気づいた。マリーが魔物討伐を決意した理由はわかっている。ゴブリンへの恐怖を乗り越えるためだ。

マリーがゴブリンとの戦いで大きなトラウマを負ったことは間違いない。それでも逃げずに自分の恐怖と戦おうとしている。僕はそれを知りつつも、何も言わなかった。マリーに魔物討伐をすると話した時、あたしも同行すると言われても。

ローズも何か理由があって強さを求めている。ローズの考えを深く聞いたことはない。けれど、彼女も剣術を学び、何かに抗《あらが》うために戦う術《すべ》を求めていることはわかっている。それが自衛のためなのか、あるいは別の理由があるのかは知らないけれど。

もしかしたらローズもゴブリンが襲来してきた時のことがきっかけなのかもしれない。

僕はといえば、魔法は魔物に有効なのか検証したいということ、魔物との戦闘を経験しておきたいということから、今回の魔物討伐に踏み切った。

さすがに僕だけでは危険だし、父さんに話せば反対されることはわかっていた。

グラストさんは腕に覚えがあるということを聞き、これ幸いとばかりに同行を頼んだわけだ。雷《らい》火《か》の作成と魔物討伐の同行と、色々と頼みすぎな気もするけど、グラストさんは快く引き受けてくれた。

「今日の獲物は、コボルトにするつもりだ。魔物の中じゃ、かなり弱い部類だから、初戦には丁度いい。魔物の中で勢力がでかいのは、ゴブリン、コボルト、オークの三種族だ。その中でもコボルトは数が多く、繁殖力が著しい分、個々の力は弱い。ゴブリンはやや数が少なめで、個体の力はそれなりで凶暴だ。オークはさらに数が少ないし、巨体で個体の力はかなりのものって感じだな」

「他の魔物はいるんです？」

「ああ、いるぜ。ただ勢力分布図的には、この三種族とその他って感じだ。その他の中には多くの種族がいるけどよ、数が少ねぇからな。三種族の討伐は、どこのギルドでも常に依頼を出してるくらいなんだぜ」

魔物は常に人に害を及ぼす可能性があり、特に三種族が危険らしい。僕たちの村の近くにも棲《す》み着いていたし。討伐をしても困る人間はいないということか。

話しながらしばらく歩くと、目的の場所に到着した。冒険者ギルドの規模は結構大きいようだ。かなりの人間が出入りしており、忙《せわ》しない様子だ。

なんか巨大な木造建築物を見ると、ちょっと牧歌的な気分になるな。悪くない感じ。

グラストさんがさっさとギルドに入っていく。

僕たちはグラストさんに続いて屋内へ。

中には鎧《よろい》を纏《まと》っていたり、武器を帯びている人もいれば、一般人も多くいた。依頼申請の受付と依頼受諾受付など、色々な受付があるようだ。

ああそうか。個人で依頼する場合も受付に行くから、冒険者以外もいるのか。おかげで、あまり僕たちは目立たなかった。

僕たちは冒険者登録受付へ向かった。今は空《す》いているようで、すぐに受付の前に移動できた。

「登録三人。こいつらな」

グラストさんは首から下げていたネックレスを取り出して、受付の女性に見せていた。先端には薄く輝く装飾品がついている。あれはプラチナだろうか。それとも模造品なのか。

「かしこまりました。推薦人はお二人ですか？」

「あ？　二人？」

受付の女性が僕たちの後方に視線を向けていた。

僕たちは思わず振り返る。

そこにいた人物は、父さんだった。

僕たちはあんぐりと口を開けて、凍ってしまった。予想だにしない事態に思考が固まってしまったのだ。どうしてここに父さんが。どうしてバレたのか。父さんは僕たちを止めに来たのか。

色々な考えが頭を巡り、悪戯《いたずら》をした子供のような心境に陥った。怒られる、どうしようというあれだ。硬直状態の僕たちを放って、父さんは受付の女性に話しかけた。

「ああ、私も三人を推薦しよう。私はダイヤだ。問題あるまい？」

父さんは懐からネックレスを取り出す。グラストさんのものとは違い、輝度が高い装飾品だった。

「は、はい。ダイヤランクの方であれば、大丈夫です！　あ、あの、では署名をお願いします」

僕たちは父さんに促されて、受付で署名をした。それだけで登録が完了したらしく、小さめのネックレスを渡された。先端にはブロンズの装飾品がぶら下がっている。

僕とマリー、ローズは首飾りを受け取ると首から下げた。

「これは冒険者としての証《あかし》になりますので、なくさないようにしてください。再度の発行には料金がかかりますので。冒険者として、節度を持ち、依頼をこなすようにお願いします。それでは、行ってらっしゃいませ！」

マニュアル通りのような声と笑顔を見せてくれた女性は、手を振った。

僕たちは一礼して受付から離れる。空気が重く、父さん以外の四人は気まずそうにしてしまう。

「先に依頼を受けるといい。話は後だ」

「あ、ああ、そうすっか……」

僕たちを一瞥《いちべつ》したグラストさんは戸惑いながらも依頼掲示板から一枚の紙を手に取ると、依頼受諾受付へと向かう。僕たちもその後ろに続いた。

依頼の受諾は簡単。ただ依頼書を持っていくだけらしい。後は依頼完遂ができたかどうかの確認のため、討伐時には魔物の部位を一部分持って帰る必要があるようだ。

コボルトの場合は耳らしい。牙とかだと数が多いから、きちんと数を狩っているかわからないからだろう。

依頼を受けると、僕たちは外に出た。空気は何ともいえない状況のまま。

僕たちは四人並び、父さんと向き合った。

「それで、言いたいことは？」

「悪かった！」

「ごめんなさい！」

「すみません！」

「申し訳ありませんわ！」

僕たちは一斉に謝り、頭を下げた。そうすることしかできなかったのだ。

僕たちの目論見《もくろみ》は父さんに看破されていた。いつ、なぜバレたのかは知らないけど。状況が状況だ。言い訳してもどうにもならない。

僕はちらっと父さんの顔色を盗み見た。怒っているわけではなさそうだ。

「まったく、予想通りだったな」

「予想通り……？　父さんは、僕たちが魔物討伐に行くとわかってたの？」

「討伐かどうかはわからなかったが、何か企《たくら》んでいるだろうことはわかっていた。なんせここ数日、マリーが私やエマと話す時、目が泳いでいたからな。何か隠していることは明白だった」

「うっ、ご、ごめん、みんな」

素直なマリーらしい。僕は普通にしていたつもりだったけど、視野が狭くなっていたようだ。マリーの動向までは気が回らなかった。

「まったく、魔物討伐なんて危険なこと、私に知らせずにやろうとするなんて。魔物は危険だ。魔物がいるような場所に行くなんてもってのほかだ。そう話していたはずだ。違うか？」

「そ、その通りです」

「ごめんなさい、お父様……」

しゅんとしてしまう僕とマリー。決まりごとを破っているという自覚はあった。でも必要だと思ったのだ。それが父さんの意に沿わないとしても。

「しかもローズ。君まで。このことをテッドは知っているのか？」

「いえ、話してませんわ」

「彼も心配しているだろう。君は帰った方が……」

「ええ、確かに心配しているかもしれません。ですがガウェイン様がいらっしゃるのでしたら話は別ですわ。あの人はガウェイン様を信頼していますもの。そうでしょう？」

「……ふぅ、なるほど。そういうことか。わかった。私からこれ以上言うことはない」

父さんは観念したように嘆息する。対してローズは勝ち誇ったように余裕の笑みを浮かべていた。

以前、ローズを迎えに来た人がいたけど、あれがテッドさんなんだろうか。話の内容からするに、テッドさんはローズと一緒に住んでいるという村長さんのことかもしれない。保護者であるテッドさんが父さんを信頼しているから、魔物討伐にローズが参加しても問題ないってことなのかな。それにしたって、少し違和感があるような気がするけど。

とにかく、ローズの同行は許されたようだった。

「あー、ガキ共にも色々と考えがあってのことだからよ、あんまり言わないでやってくれ」

「おまえが言うな、おまえが」

父さんに睨《にら》まれてしまったグラストさんは気まずそうに視線を逸《そ》らし、へたくそな口笛を吹き始めた。まったくもって誤魔化せていない。

父さんは大きなため息を漏らす。

「……理由を話しなさい」

父さんに言われて、僕たちは説明をした。マリーは強くなるため、そしてあの日の恐怖を乗り越えるため。僕は魔法の効果を試すためと、魔物に対してどんな効果があるかを確認するため。ローズは理由を詳しくは話さなかったけど、今後のためにも必要なことだと言っていた。

話し終えると、父さんは再び嘆息する。

「なるほど、全員が遊び半分でないことはわかった。いや、それは最初からわかっていたがな。おまえたちは遊び半分で危険な真似はしないと。ただ知っておく必要はあった。二人とも顔を上げなさい。自分たちの行動には意味があり、それだけの意義があったのだろう？　だったら、堂々としていなさい。たとえ怒られたとしても、しっかりと胸を張りなさい」

僕とマリーは父さんを見上げた。小さく笑っている。ちょっと嬉《うれ》しそうにも見えた。

「自分たちだけで行動せず、力があり信用できる人間を護衛にしていることは評価できる。きちんと先を見据え、準備をすることは大事だ。私がいなくともグラストがいれば、問題はなかっただろう。ただこの世に絶対はない。危険は少なければ少ないほどいい。次からは私にも話しなさい。二人、高ランクがいれば、安心して討伐ができるからな」

「え？　そ、それって」

「うむ。私も同行しよう」

僕は思いがけない言葉に、狼狽《うろた》えた。

確かに父さんは僕たちの味方でいてくれることが多かった。でも危険なことには反対したり、制限を加えることも多かったのに。

「魔法の実験や剣術の稽古を見て、三人はもっと新たなことに挑戦してもいいのではないかと思っていた。それに目の届かない場所で危険なことをされるよりは、同行した方がいいからな。もちろんまだ子供だから、大人である私たちが見守る必要がある。だが子供だからといって何もできないと考えるのは間違いだと考えた。三人とも短期間で多くを学び、成果を上げた。私ではできないことも沢山な。だから少し考えを改めた、それだけのことだ」

僕の疑問が顔に出ていたのだろうか。父さんは行動の理由を話してくれた。

「ありがとう、父さん」

「お父様……ありがとう！　あたし頑張るわ！」

「感謝しますわ、ガウェイン様」

「ふふ、気にするな。しかし戦いとなれば真剣だ。気を抜くなよ？」

「「「はいっ！」」」

元気よく返事をする僕たちの横で、グラストさんは、うんうんと頷いていた。

「グラスト、おまえは今度、百本組手だ」

「殺す気か!?　ああ、わかった、わかった！　俺が悪かった！　ったく、やってやんぜ！　俺だってかなり強くなってんだからな！」

「ふんっ、見せてもらおうじゃないか！」

なぜかグラストさんだけのせいになっている。全部終わったら謝っておこう。

「では、行くか。早めに移動しないと、帰宅する時間が遅くなるからな」

父さんが先頭に立ち、僕たちはギルドを後にした。

予定外のことばかりで、二転三転したけど、結果的には希望通りだし問題なし、かな。

そうして僕たちは魔物討伐へと向かった。

コボルトの生息場所は森の中が多いようだ。開けた場所に小規模の集落を築き、そこで数十体単位で棲んでいるとか。

僕たちはイストリアから西にある森に向かった。イストリア周辺は平原が広がっているけど、少し離れるといくつも森が茂っている。

魔物の多くは平原よりも森や洞窟、山岳地帯などの人が寄り付きにくい場所に棲んでいる。

森へ向かう道すがら、父さんから注意事項やコボルトに関しての話を聞くことになった。

ちなみに徒歩だ。馬で行くと魔物に襲われてしまい食われたりするので、近い場合は徒歩が基本らしい。

「コボルトはゴブリンに比べ、個体の力は低い。だがその分、コボルトの方が頭も回るし、集団行動をする習性があるため、厄介でもある。それでもゴブリンに比べれば楽だし、対処のしようがある。それに冒険者や剣士、傭兵にとっては最初に戦う魔物でもある。だから今回コボルトを選んだ、ということだな？」

最後の言葉は、グラストさんに向けて言ったようだ。グラストさんは返答をせず、肩を竦《すく》めるだけだった。

「魔物の中ではかなり弱い部類に入るが油断は禁物だ。手練《てだ》れの冒険者でも、コボルトに殺された、なんて話はざらだ。気を抜けばやられる。相手が何であれ、常に注意を払い、警戒を怠らない。これが魔物討伐における絶対条件だ」

　正直に言えば、僕はあまり危機感を抱いていなかった。一度、ゴブリンを倒した経験があるからだろうか。どうにかなるだろうという思いがあったのかもしれない。

　けれど、父さんやグラストさんの反応を見ていると、徐々に緊張感が増してきた。

　しかし逃げるつもりはない。恐らく有効であると思われる魔法を習得した現時点で、魔物に効果があるのかどうかを試す必要がある。ぶっつけ本番で、有効ではないとわかっては意味がない。これは実験であり、実戦だ。

「隊列は、私、マリー、ローズ、シオン、グラストの順だ。私が指示を飛ばす。グラストが周囲の状況を把握し、情報を伝えるから、聞き逃さないように。敵と遭遇したら、私が先陣を切る。相手から襲ってきたら、個々に対処するように」

　父さんとグラストさんはリラックスした様子で、かなり頼もしい。この二人がいれば大丈夫だと思わせてくれた。マリーやローズも同じらしく、最初よりは緊張がほぐれているようだった。

　しばらく話しながら歩いていると、森が見えた。自宅近くの森に似ている。規模は同じくらいだろうか。他に冒険者の姿はないようだった。

　足音、木々の擦過音。普段は清涼ささえ感じるはずの環境音は、なぜか不気味に思えた。

　しばらく進む。父さんが右手を上げると、僕たちは立ち止まった。父さんは屈《かが》んで、足跡《あしあと》を見ていた。子供くらいの大きさだけど、指は三本しかない。これがコボルトの足跡なのだろうか。

　耳を澄ますと地底から聞こえるような、重低音の声音が聞こえる。これは会話をしているんだろうか。犬の唸《うな》り声に似た声。それがそこかしこで生まれていた。

僕たちは近くの茂みの中から顔を出した。

いた。コボルトだ。十体はいる。数が多い。父さんの言った通りの姿をしており、顔は犬のようだった。毛むくじゃらで、伸びっぱなしになっている。そこはかとなく獣《けもの》臭くなってきた。

目を凝らすと、魔物の身体はおぼろげに光っている。ゴブリンと同様に魔力を備えているらしい。

しかし相手の数が多すぎる。さすがにこれだけの魔物を相手にするのは骨が折れそうだ。

父さんは僕たちに向かい、この場で待つように合図をすると、剣を抜いて、集落の中へ入っていった。

無造作に何のためらいもなく、一人でコボルトの集団に向かっていったのだ。僕は驚きのあまり、小さく声を漏らしてしまう。

父さんの姿に気づいたコボルトたちが、突如として粗末な天幕に入っていく。やがて天幕から出てきたコボルトたちの手には、武器が握られていた。

「ガガゥガッガッ！」

猛犬のような鳴き声と共に牙を剥《む》き、コボルトたちは父さんを取り囲んだ。

硬直状態は長くは続かなかった。すぐにコボルトの一体が、父さんへ襲いかかる。それを皮切りに他のコボルトたちも地を蹴った。四方八方からの攻撃。避《よ》けることも、対応することも不可能。

普通ならば。

父さんはその場で姿勢を低くし、コボルトたちの間を縫って、簡単にすり抜ける。コボルトの包囲網を抜けると同時に、剣を振る。その一撃で、数体のコボルトは絶叫と共に、地面に伏した。

コボルトたちも僕たちも何が起こったのか理解ができない。父さんが動く度に、コボルトたちは絶命する。十体いたはずのコボルトたちは十秒程度で殲滅《せんめつ》されてしまった。

魔物の気配は、ここにはもう残っていない。全滅したのだ。

僕とマリー、ローズの三人は呆気《あっけ》にとられて、あんぐりと口を開けたままだった。

「まったく、相変わらず化け物みたいに強ぇな」

グラストさんが呆《あき》れたように後頭部を掻《か》き、茂みから抜け出た。

僕たちも同じように、身を晒《さら》し、集落の中へ入る。

すべてのコボルトが一撃で絶命している。素人の僕でもわかる。並の腕ではないということを。

父さんは刀身の血を拭《ぬぐ》うと、鞘《さや》に剣を納める。

「これで安全だ」

安全ではある。でも僕たちの出番がまったくなかったのはどうなのだろうか。目的が達成できないということに、僕は困惑した。

父さんは、苦笑を浮かべて口を開く。

「安心しなさい。数を減らしただけだ。狩りに出ているコボルトが戻ってくるはずだから、そいつらと戦いなさい」

よかった。父さんは色々と考えてくれていたみたいだ。まあ、さすがに何も考えず、コボルトを討伐するようなことはないと思っていたけど。

他のコボルトたちが帰ってくる前に、討伐したコボルトの耳を削《そ》ぎ落として、革袋に入れた。これも冒険者としては必要なことらしいが、あまり気分のいいものではない。

そうしていると、父さんが森の方に視線を移す。

僕たちも視線を向けると、そこには六体のコボルトが立っていた。明らかに激昂《げっこう》しており、僕たちを威嚇している。しかしいきなりは襲ってこない。姿勢を低くし、唸りながら、武器を構えている。

「狩りをするコボルトは、他のコボルトよりも戦闘能力が高く、警戒心が強い。私たちが遠距離武器を持っていないから、距離を保っているようだ。マリーとローズは前方へ。シオンは後方へ。それとシオン……奴らは遠距離攻撃がないと踏んでいる。つまり――」

「魔法が効果的ってことだね」

僕は腰に携えていた雷火をはめて戦闘態勢になると、両手に魔力を編む。

魔物はあまり動かない。ならば、発動が遅い魔法から試すべきだろう。僕は右手の指を鳴らし、魔力に火をつけ、フレアを生み出す。

突如生まれた炎を見て、コボルトたちの間に動揺が走る。しかし即座に放たれたフレアに反応できない。奴らの目前に到達したフレアに、左手に編んだ魔力を放出して当てる。青い炎は魔力を帯びた酸素に触れ、爆発した。

轟音《ごうおん》と共に中央にいた二体のコボルトの身体が吹き飛んで、血肉を木々にまき散らした。

ボムフレア。この威力。予想以上だ。僕は高揚感を胸に抱きながらも、次の段階へ思考を移す。

魔力を再び放出するには最低でも三秒はかかる。

奴らは爆発の余波を受けていた。二体は吹き飛ばされ、二体は慌ててその場から逃げはしたが、動揺しているのは間違いない。

僕は即座に魔力を両手に集める。しかし残りのコボルト二体は、僕に標的を定め、すぐに地を蹴った。予想以上に速い。

経過時間、二秒。あと一秒足りない。それに魔力を編んでも即座に発動できるわけじゃない。連続使用ができないのが、魔法の最大の弱点であることは明白だった。

一体のコボルトの斧《おの》が僕に届く、寸前でマリーが僕の前に移動した。

キンという鋭い金属音が聞こえると同時に、マリーの身体が僅かにブレる。

「シオンには触れさせないんだから！」

コボルトの攻撃を受け流した。続いて反対方向から二体目のコボルトが僕へと迫るが、ローズが立ち塞《ふさ》がる。流れるように剣を抜き、コボルトの一撃を綺麗《きれい》にいなした。

「この程度の攻撃、当たりませんわよ！」

初実戦にもかかわらず二人の動きは俊敏だった。緊張は感じていないらしい。

マリーは圧倒的な身体能力と俊敏性で、ローズの速度はマリーほどではないが、美麗な技でコボルトと戦っている。

二人の剣技に僕は驚きを隠せない。しかしやるべきことは驚くことではない。

両手に集めた魔力を合体させながら、僕は横に移動した。瞬間、如意棒型の魔力を左右の手に生み出し、両手を押し出しながら近づけて電流を発生させた。

ラインボルト。相乗魔力により、威力が向上したボルト。

赤い雷はまっすぐコボルトに向かい、高電圧が二体を襲う。接触するとまばゆく明滅し、跳ねるような鋭い音が響く。

「ガルゥウアアァッ！」

コボルトたちが断末魔の叫びを放つ。しばらく痙攣《けいれん》していたが、焦げた臭気を昇らせながら、その場で倒れた。死んだらしい。

ボムフレアもラインボルトも、これほどとは。恐らく、ただのフレアやボルトでは、せいぜいが火傷《やけど》程度しか負わせられなかっただろう。魔力の合成によって、これほどの威力を叩《たた》き出したのだ。

仲間を四体も殺されたコボルトは、恐れおののいていた。

しかし逃げる様子はなかった。奴らの視線は父さんやグラストさんに向けられていた。圧倒的な強者を前に、逃げることはできないと悟ったのだろうか。

奴らは僕たちに襲いかかってきた。恐らくは捨て身。だけど、それは今の僕には有効だった。

魔法使用後の硬直状態。そこに丁度、奴らの攻撃が重なったのだ。

僕は即座に、背後に飛び退《の》く。まるで攻守交代するかのような行動だったが、僕の退避と同時にマリーとローズが再び、僕を守るように前に出る。

二人の横顔は必死で、恐怖さえ見え隠れしている。しかし、それでも前に出て戦おうとしている。

マリーに向かい、コボルトたちが武器を払う。しかしマリーは、表情とは裏腹に冷静に対処する。

姿勢を低くし、攻撃をかいくぐると、コボルトの足を切り払う。

体勢が悪い状態の攻撃だ。相手に致命傷は与えられない。

しかし確実に傷を負わせたことで、コボルトの体勢は僅かに崩れる。その隙《すき》を見逃さず、マリーは攻撃を加えたコボルトの横に即座に移動。そうすることでもう一体のコボルトの攻撃可能範囲から逃れた。

「このぉっ！」

回転しつつ、コボルトの首に一閃《いっせん》。見事な軌道を描き、首は地面に落ちた。同時に血飛沫《ちしぶき》が舞い、視界が悪くなる。

「ふっ！」

マリーがコボルトを倒したと同時に、ローズの一撃がもう一体のコボルトに届く。コボルトの首は見事に削がれ、鮮血が溢れる。そしてコボルトはその場に倒れ、動かなくなった。

荒い息を吐きつつ、マリーはコボルトから剣を抜いた。

これで全部だろうか。辺りにはコボルトがいないようだけど。

僕と同じように思ったのだろう。マリーとローズは、討伐が終わったとばかりに気を抜いてしまった。その瞬間、近くの茂みが揺れる。そこから現れたのは隠れていたコボルトだった。

「ガガゥッ！」

咆哮《ほうこう》と共にマリーたちへと剣を振るコボルト。

二人とも武器を下ろしてしまっている。どうあがいても回避も防御も不可能だ。

だが。

「ガァガガァーッ！」

悲鳴を上げたのはコボルトだった。

コボルトの身体は青い炎に焼かれている。コボルトは熱に抗うようにその場で転がっていたが、やがて動かなくなった。

ツインフレア。相乗魔力とフレアを掛け合わせた合成魔法だ。

異変に気づいた僕は、即座に魔力を練り魔法を発動したのだ。なんとか間に合ってよかった。

「あ、ありがと、シオン」

「た、助かりましたわ」

二人は心の底から安堵《あんど》したとばかりに、ほっと胸を撫《な》でおろした。正直、僕もかなり焦った。なんとかなってよかった。

僕たちが周囲を警戒していると、父さんがやってきてコボルトの死を確認した。

「死んでいる。よくやったな、三人とも」

父さんの声に、ようやく僕たちは力を抜いた。

終わった。僕たちはなんとかコボルトを倒せたようだった。しかし、この疲労感。たった数体と戦っただけで、ものすごい緊張感だった。それに、戦ってわかったことも多い。

魔法は発動までの時間が長い。一撃の威力は高いが、相手が複数いたり、直撃せずに倒せなかった場合、僕は無防備になる。

マリーとローズがいてくれて、その欠点は補えていたけれど、僕一人だったら死んでいた。

「ありがとう二人とも。助けてくれて」

「シオンを守るのは当たり前よ。それに……シオンがいてくれたから、戦えた。少しだけ自信になったわ」

「魔法がなかったら、危なかったですわ。ありがとうございます、シオン」

「三人とも初戦にしてはよくやった。マリーは恐怖に立ち向かい、冷静に対処した。ローズも実力を発揮し、見事な立ち回りだった。シオンは魔法の効果を見せつけた。予想以上に魔法は強力な武器になることがわかったな」

「しっかし、魔法ってのは本当にすげぇな。俺も魔力の素養があったらなぁ」

グラストさんは悔しげにつぶやいた。

僕が見た感じでは、大人で魔力を持っている人はいなかった。多分、グラストさんも使えないだろう。というか今のところ、僕以外の人が魔法を使えるかどうかあまりわからないんだよね。

マリーやローズも使えはするけど、小規模の魔法が限界だし実戦で扱うのは難しいだろう。他に使える人がいるのか、多いのか少ないのかは、今は判然としないわけだ。

魔力の素養、魔法の汎用性《はんようせい》については今のところは考えなくていいだろう。大事なのは、今だ。

実戦でわかったことは多かった。たった一戦。それでも戦った経験があるとないとでは、まったく違う。この経験をもとに、魔法の改良も必要だろう。

帰ったらそこら辺も考えないと、なんて思っていたら。

「では耳を集めた後、次の棲《す》み処《か》に向かうぞ」

「「え？」」

僕たちの考えは同じだっただろう。一度戦ったし、初日だし、もう帰ると思ったのだ。

でも父さんはまだやる気満々らしい。

「私もグラストも普段はあまり時間が取れず、こんな機会はあまりないからな。丁度いい。できるだけ実戦を体験しておくべきだろう」

それはそうかもしれないけど、初めての戦いで疲労が著しい。自分でも驚くくらいに、もう帰りたかった。しかし父さんの顔を見て、僕たちは諦める。絶対に何を言っても、続けるつもりだ。

「さあ、行くぞ！　さっき、他の足跡も見つけておいたからな！」

父さんが意気揚々と先に進む中、僕たちの肩をグラストさんが叩く。

「諦めな。ああなったら、無駄だからな……」

グラストさんは父さんの長年の友人だ。家族である僕たち以上に父さんのことはよく知っている。過去に色々あったんだろうな。

僕たちは諦観《ていかん》のままに乾いた笑いを浮かべ、嘆息すると、父さんの後に続いた。


荒い息、肌に絡みつく汗の感触。鼓動は激しく、肺は悲鳴を上げている。身体中に疲労が蓄積している中、僕は強引に魔法を放った。

「ガルゥウァ――――ッ！」

コボルトが雷撃に倒れる。どうやら最後の一匹だったようだ。

僕は片膝を地面についた。ああ、だめだ。もう魔力切れ寸前。これ以上使うと、動けなくなる。もう精神的に限界が近く、何もしたくないという衝動に駆られていた。

「……ふむ、全滅したらしいな」

「さっきので終わりかよ。手ごたえねぇな」

父さんとグラストさんはまだ足りない、とばかりにため息を漏らしている。

しかし僕とマリー、ローズはギリギリだ。

「はぁはぁ……お、終わったの？」

「さ、さすがに、お、終わりですわよね？」

「み、みたい、だね」

三人で常に連携して戦った。阿吽《あうん》の呼吸という感じで戦うことができたと思うけど、僕たちにとっては初戦。かなり覚束《おぼつか》なかったし、課題は無数にある。それでもかなりの成果を出せたと思う。

コボルトたちはさっきので全滅かな。集落の中には魔物の気配はない、と思う。

「……もう、無理……疲れたぁ」

「僕もだよ……さすがに、限界」

「う、腕がもう上がりませんわよ……」

僕たちは地面に座り込んだ。僕たちも毎日のように鍛えているけれどまったく足りなかったらしい。父さんとグラストさんは息切れもしていないし、余力が十分にあるようだった。あの二人に追いつくのは相当に大変そうだ。

「でも、あたしたちも戦えるってわかったわね」

「うん。それだけでも今日の戦いには価値があったよ」

「……ですが、もっと強くならないといけませんわね。色々と足りない部分はわかりましたし」

やはり練習と実戦は違う。実戦の方が、気づけることは多い。

「さて、私たちはコボルトの耳と戦利品を集めよう。おまえたちは休んでいなさい」

父さんたちは、集落内にあるコボルトたちが奪った盗品なりを物色するようだ。

コボルトにはそれなりに創作能力があるが、人間ほどではない。価値があるものを所持しているとしたら盗品か、鉱物などの資源になるだろう。

敵の本拠地を叩いた場合、戦闘後、戦利品を集めることが基本だ。ということで父さんたちは集落内を探索するらしい。

僕たちは動く元気は残っていないので、休憩だ。

しばらく休んでいると呼吸が整う。けれど気怠《けだる》さはまったく治らない。明日は動けないかもしれないな、これは。

僕は不意に顔を上げる。きっかけはなかった。なんとなく僕は一つの天幕に視線を奪われた。立ち上がり、ゆっくりとそちらへ移動してしまう。

「シオン、どうしたの？」

「わからないけど、何か……ありそうな」

根拠はない。けど、何かが僕に語りかける。こっちにおいで、と。

僕はふらふらと天幕に向かうと、中へ入った。そこには骨と木で作られた飾りがいくつも置かれていた。やや豪奢《ごうしゃ》に見える内装で、もしかしたらそれなりに高い地位のコボルトが棲んでいたのかもしれない。

後からついてきたマリーとローズと共に薄暗い内部へ入る。

ふと奥の方に光が見えた。僕は導かれるようにそちらへ向かった。

「シ、シオン、あまり奥に行くのはよろしくないのではなくて……？」

「く、暗いし危ないわよ！」

魔物はいないとは思うけど、ローズもマリーも少し怯《おび》えていた。暗いところが怖いのだろうか。

マリーはなんとなくわかるけど、ローズにしては珍しい。もしかしてホラーが苦手なのかな。

僕の腕に掴《つか》まる二人と共に、恐る恐る進み始めた。

僕は光のすぐ傍《そば》へ移動する。そしてその正体に気づくと息を飲んだ。

鳥かごに入った人型の生物。体中を発光させており、悲しそうに俯《うつむ》いている。座り込んでおり、背中に生えている羽がしなだれているように見えた。

それは人、女の子の形をしている。しかし目や髪の色が人のそれではなかった。一度、遠目だけど見たことがある。彼女は『妖精』だ。

彼女は僕に気づくと、恐怖に身を震わせた。コボルトたちに捕まっていたのか？

不意に近づくと、僕たちから離れるように妖精は反対側へ移動した。

その時、ふと気づいた。彼女が放つ光は、鳥かごを照らしてはいなかったのだ。薄暗く、なんとか周囲は見えるが、彼女の光は辺りを照らしていない。つまりそれは魔力の光であると、僕は直感的に理解した。妖精は魔力を帯びている。

ゴブリンもそうだったし、さっきまで戦っていたコボルトもそうだった。魔物には魔力が備わっていた。まあ、近づくのは危険だから、魔力反応があるのかまでは試していないけど。

それよりも、今は妖精だ。

「これは妖精ですわね。どうしてこんなところに」

「妖精？　魔物とは違うの？」

「わたくしもよくは知りませんの……妖精に関してはわかっていることは少ないと聞きますし」

「見た感じ、魔物みたいに危険じゃないと思うけど」

明らかに僕たちを恐れているし、むしろ弱い生物のようだ。

しかし、よほど怖い目にあったのだろう。相当に衰弱しているし、身体も汚れている。怪我はしてないみたいだけど。

「それでどうするの？　その……妖精のお店があるってことは、多分、売れるんだろうけど」

「あまり気が進まないなぁ」

「右に同じですわ」

妖精屋に興味を持っていた僕が言うのもなんだけど、生き物を売るのは抵抗がある。

特に相手は人型だし。偽善というか、気分的なものというか。それにかわいそうだし。

「逃がしてあげようか」

「シオンに賛成ですわ」

「あたしも異議はないわよ」

二人の賛同を得ると、僕は鳥かごに近づいた。

すると妖精はガタガタと震えながら、口元に小さな魔力の光を生み出した。

なんだ、あれ。いくつも生まれては消えていく。それが断続的に続き、やがて見えなくなった。

僕は疑問を持ちつつも、檻《おり》を開ける。鍵も必要なく、すぐに開けることができた。コボルトにはそういう知識や器用さはないんだろうか。だったらなんでこの妖精は逃げなかったんだ？

鳥かごを開くと、僕たちは少し離れる。

すると妖精がこちらを見て、目をきょろきょろと泳がせ始めた。じーっと僕を見ていたが、恐る恐る立ち上がる。そのまま鳥かごの入り口まで行き、警戒しつつも外に出た。

そして次の瞬間、妖精は羽を動かし、飛び上がる。

「あ、やっぱり飛ぶんだ」

「……綺麗」

「妖精を間近で見たのは初めてですわ」

無数の光の粒子がゆっくりと地面に落ちる。幻想的で目を奪われた。

妖精は自由になったことが嬉しかったのか、僕たちの頭上で飛び回っていたが、やがて空中で静止する。そして口元に魔力の光を生み出すと飛び去ってしまった。

このまま無事に帰れるといいけど。

「思ったより元気でよかったわね」

「そうだね。それに妖精が見られたのもよかったよ」

妖精がどういう存在なのか、という好奇心はあった。

しかし最近は魔法の研究、発見や、グラストさんの手伝いやらがあり、そこまでは気が回らなかった。妖精、魔物。その二つのことを、僕はもっと知るべきだろう。

そんなことを考えていると、ローズが小さく悲鳴を上げた。咄嗟《とっさ》に振り返るとマリーにローズが支えられていた。

「だ、大丈夫？　怪我でもしてたの？」

「い、いえ、少しふらついただけですわ。思ったよりも疲弊しているようですわね……」

「あたしもかなり限界近いわ……足なんてもうガクガクだもの」

確かに僕も相当に疲労している。三人とも鍛えているとはいえ、まだ子供だ。初体験ばかりで余計に疲れているし。

とにかく今日はもう引き上げよう。父さんも満足しただろうし。

僕は考えることさえ億劫《おっくう》になり、二人と共に父さんたちのところへ戻った。

そして僕たちは大量のコボルトの耳を手に、イストリアに帰還し、ギルドで達成報告をすると我が家へと帰った。

報酬や達成条件に関してはこんな感じだった。

○依頼内容　：コボルト討伐
達成条件　：五体以上討伐
報酬額　　：五体につき、四千リルム
実討伐数　：百四十体
総合報酬額：十一万二千リルム

僕たちはグラストさんとローズと別れ、家まで戻ってきた。時刻は夕方。もうすぐ夜の帳《とばり》が下りるだろう。

僕は自分の身体を見下ろした。身体中汚れているし、傷跡もある。深い傷はないけど、擦《す》り傷や、切り傷、打撲跡はいくつもあった。

僕もマリーも同じだ。早く身体を洗いたいところだ。

父さんは馬を厩舎《きゅうしゃ》に連れていくと、すぐに戻ってきた。僕たちは玄関を開けて中へ入ろうとした。不意に振り向くと、父さんは足を止めている。

「どうしたの？　中に入らないの？」

「お父様？　顔色が優れないみたいだけど」

「い、いい、いや、な、なんでもないぞ」

明らかになんでもある。むしろ何が起こっても不思議がないくらいの動揺だった。どうしたんだろうか。父さんがこんな顔をするなんて初めてのことだ。いつも厳として頼もしいのに、今の姿は怯えた小動物を連想させた。

僕とマリーは顔を見合わせて、家に入る。

「ただいま」

「お母様、今、戻ったわ」

玄関から居間へ向かうと、台所で母さんは夕食の準備をしているようだった。

母さんが僕たちの帰宅に気づき、とてとてと駆け寄ってきた。

「あらあら、お帰りなさ――」

母さんの表情が固まった。

どうしたのだろうか。いつも笑顔を見せてくれるけど、今の笑顔は明らかにおかしい。柔らかさがなく、少し怖さがあった。

僕は戸惑いながら視線でマリーに疑問を投げかける。しかしマリーも同じ心境らしく、首を振るだけだった。

僕たちの背後には父さんの気配がする。思わず振り返ると、父さんは目を泳がせていた。

母さんの低い声音が響いた。

「あなた、ちょっと」

母さんは笑顔のままだった。しかし、明らかに怒っている。

怖い。この怖さは初体験だった。僕とマリーは不穏な空気を感じ取り、萎縮《いしゅく》した。

父さんは僕たち以上に、明らかに恐怖を感じており、母さんに言われるままに前に進み出る。そして、二人は奥の客間へと消えていった。

一体何が、と声に出そうとした時、

「ぎゃあああああ！　や、やめろ！　落ち着け、エマ！」

父さんの悲鳴が響く。

同時にガンガンという打音が鼓膜に届いた。振動が室内に伝わり、また父さんの声が聞こえた。

「わ、私が悪かった！　だから、燭台《しょくだい》だけは、燭台の角だけは、勘弁してくれ！　や、やめろ！　落ち着け！　まだ間に合う！　ぎゃああああああああああ！」

その後、数分、絶叫は絶え間なく響いた。そして叫び声は聞こえなくなる。

静寂。ホラーよろしく突然の無音に、鼓膜がキーンと鳴り始める。恐ろしさのあまり、僕とマリーは無言で二人が入っていった部屋の扉を見ていた。

次の瞬間、ギィと扉が開く。そこには笑顔の母さんが立っていた。

背後に見えたものに僕とマリーは絶句する。父さんが倒れていたのだ。ピクピクと痙攣しているため生きていることは間違いない。しかし、無事とは言えなかった。

母さんが後ろ手で扉を閉めると、僕とマリーは身体を硬直させた。

「ぼ、僕たちはやりすぎたんだ。か、母さんが寛大だからって、み、身勝手にやりすぎた……！」

「こ、こ、ここ、殺されちゃうの……あたしたち……!?」

んなわけない。しかし、今の僕にはそんな冷静なことを考える余裕はなかった。普段怒らない人がいきなり怒ると滅茶苦茶怖いのだ。

「そこに座りなさい」

柔和な笑みを浮かべたままなのに、目は笑っていない。

落ち着いた声音なのに、僕たちは怖気《おぞけ》を抱き、言われるままに椅子に座った。それはもう機敏に。

母さんは正面に座ると、小さく嘆息した。

「事情は聞いたわ。あなたたち、魔物討伐に出かけたのね？」

「……う、うん」

母さんは再び嘆息を漏らす。

いつもはこんな反応はしない。困ったように笑うか、ニコニコ笑って大丈夫と言うくらい。

父さんが何かを言うことはあるけど、母さんが何かを言うことはほとんどなかった。もちろんあまりに勝手なことをすれば怒られる。でも母さんの怒る時は「ダメよぉ」とか「そんなことしちゃいけないでしょ、めっ！」みたいな優しい感じだ。

だから今の母さんの反応に僕たちは戸惑い、そして同時にとても悪いことをしてしまったという罪悪感が胸を占めていた。

「あなたたちを責めようとしているわけじゃないのよ。だから、そんなに怖がらなくていいわよぉ」

苦笑しながら母さんはいつもの優しい空気を漂わせた。

その一言で、僕とマリーは内心で安堵のため息を漏らす。

怒ってはいないようだ。少なくとも僕たちには。

「元々、お父さんから話は聞いていたわ。魔物の討伐かどうかは知らなかったけれど、何か危ないことをしようとしているかもってね。それでお父さんが様子を見に行ったわけ。それはいいの。魔物討伐も、あなたたちくらいの年齢の子供が行くことも少なくない。お父さんが一緒だったし」

「それじゃ、あの、どうして？」

お父さんにあんなことをしたんですかね？　怖いんですが。なんて言えずに、僕は言葉を濁した。

「身体中、傷や痣《あざ》だらけになって、疲れきって帰ってくるなんて、普通のことじゃないのよ。マリーちゃんが強くなりたいことも、シオンちゃんが魔法の研究をしたいことも知ってるわ。そのために魔物と戦う必要があったのかもしれない。でもね、あなたたちはまだ子供なの。優秀で大人びて分別があっても、子供なのよ。だから大人が、親がちゃんと見てあげないといけない」

僕とマリーは互いの身体を改めて確認した。確かに一日中外で遊んで、泥だらけで帰ってきた、という状態ではない。服はボロボロで、身体は傷や打撲の跡だらけ。顔には疲労の色が濃い。

これが子供にとって当たり前だとは決して思えまい。

「あの人、お父さんは夢中になると、周りが見えなくなるところがあるから。多分、この機会にできるだけ魔物と戦う経験をさせようとしたんでしょう？」

図星だ。グラストさんも諦めたように同じことを言っていた。

僕も人のことは言えないけれど。

「魔物討伐は今回が初めてのことなのに無茶をさせた。そこにお母さんは怒ったの。お父さんは二人共十分に戦えると思ったんでしょう。けれどね、さっきも言った通り、二人はまだ子供よ。きちんと線引きはしないといけないの。勘違いしないでね。お母さんはね、二人がしたいことをできるだけ応援したいと思ってるの。どうしても駄目なことはあるわ。けれど、普通じゃないからって否定はしない。あなたたちの人生はあなたたちのものだもの。親であっても強制はすべきじゃない」

母さんは一拍置いて、僕とマリーをゆっくりと見た。

「無闇《むやみ》に人を傷つけたり、貶《おとし》めたりしないのであれば、好きにしていいのよ。子供だからって、遠慮しなくてもいい。魔法だって剣術だって、どんどん学んでもいい。お母さんのお願いは一つだけ。自分を大切にしてほしいってこと。何があっても死んじゃうようなことはしちゃだめ。絶対に自分の命だけは大事にしてほしいの」

母さんは僕たちの横まで移動してきて、抱きしめた。

「あなたたちが生きていてくれるのなら、お母さんは幸せなの。あなたたちが幸せならもっと幸せ。だから好きに生きて」

そうか。母さんは心配だったんだ。僕たちに万が一のことがあったらどうしようって、思ったんだろう。そして帰ってきた僕たちを見て、危険な目にあったことを感じ取った。

「母さん……ごめんなさい、心配かけて」

「お母様……ごめんなさい、黙って出かけて」

「ふふ、いいの。親の言うことを何でもかんでも理解して守ってくれると、親としては助かるわ。でもね、二人には二人の考えがある。それはわたしやお父さんの考えとは違うかもしれない。でも間違っているわけじゃないの。だから次はちゃんと話してほしいかしら」

「うん、次からは話すようにするよ」

「あ、あたしも！　お母様に話すようにする」

「ありがとう、二人とも。でも遠慮はしないでね。間違っている時は間違っていると言うけど、あなたたちにとって大事なことなら、協力もできるんだから。これだけは忘れないで。わたしもお父さんもあなたたちの味方。何があっても、どんな時でも、ずっと二人の味方なんだからね」

母さんの体温が伝わると、落ち着く。

さっきまで感じていた疲労感も、嘘《うそ》のようになくなっていく。こんなに温かい気持ちになるなんて。日本にいた時は、いつも心が落ち着かなかったのに。

僕はこっちに来てよかったと、改めて思った。

「さっ！　お話は終わりよ。お食事前にお風呂に入りましょうか。実は村人さんたちに頼んで、お湯をもう張っておいたの」

「うん、入る！」

マリーが嬉しそうに立ち上がった。

この世界にもお風呂はある。しかし一般的ではなく、また水道もないため、水を運んでこないといけない。そのため基本的に貴族のような裕福な層しか利用できない。

我が家には使用人がいないため、沐浴《もくよく》のためにお湯を用意するのは村の人たちだ。もちろんそのための賃金は毎回払う。数日に一回、お風呂に入るようにしているのだ。

普通の家に生まれていたらこんな贅沢《ぜいたく》はできなかっただろう。

ちなみに僕は物心ついてから、一人か父さんと入っている。理由なんてわかるよね？

「今日はシオンちゃんも一緒に入りましょう？」

母さんが柔和な笑みを浮かべて言った。そのあまりに優しい顔に、僕は首を横に振れない。

僕は母さんとお風呂に入ったことはほとんどない。赤ん坊の時は、一緒に入るわけじゃないし。

それに色々とまずいことがある。僕は二人と血が繋《つな》がっていない。もちろん家族だし、恋愛対象として見たことはない。でもそれでもやはり実の母や姉という風には見られないわけで。

はっきり言って裸を見ることには抵抗がある。だから避けていたんだけど。うう、どうしよう、ものすごく見つめられてる。

「え、えーと僕は」

断ろうとすると、母さんは悲しそうな顔をした。

「シオン、入りましょうよ。いつも別々だし、今日くらいはいいでしょう？」

「い、いや、でも」

「でも何もないの！　入るわよ！　もう身体中、ベトベトだもの。ぱっぱと入っちゃいましょう」

そんな簡単に言わないでほしい。しかしマリーの言う通りでもある。早いところ汚れを落としてしまいたい。それに母さんが僕に何か頼むことはあまりない。普段、口を挟んでこない分、こういう時に断りにくい。

「………わかったよ」

「やったわ。うふふ、じゃあ、行きましょう」

僕の返答を聞き、母さんは嬉しそうに笑った。

ああ、もう、そんな顔されたらもう何も言えないじゃないか。

僕とマリーは母さんと手を繋ぎ、浴室へ向かう。母さんだけでなく、マリーとも入るわけか。彼女はまだ十歳だから、問題ないとは思うけど、母さん同様にやはり抵抗はある。

姉だからそんなに気にはならない。でもまったく気にならないわけじゃない。肌を露出していると、思わず見てしまうし。とにかく平静を保つしかない。大丈夫、僕は冷静だ。

廊下奥の脱衣室に入ると、僕は急いで服を脱ぎ捨てる。手拭いで恥部を隠すと、すぐに浴室に入った。先手必勝だ。後手は命取り。

「あらあら、男の子は早いわね」

「もう、シオン待ってよぉ」

待たない。待ったら危険なのだ。浴槽は丁度三人が入れるくらいの広さだ。入り方は、日本と同じように入る前に身体の汚れを流して、湯船につかるだけ。

ちなみに石鹸《せっけん》らしきものはある。意外だったけど、石鹸自体は地球でも古くからあるし、おかしなことでもないのかも。ただ香りは弱めだけど。

急いでお湯で汚れを流して、石鹸でゴシゴシした。しかし汚れはかなり頑固で、なかなか落ちないし、身体中が染みるしで、最悪だった。

「もう！　待ってってばぁ」

「うふふ、滑るから気をつけてねぇ」

ああ、なんてこった。二人とも入ってきてしまった。しかし僕は必死で見ないようにして、身体を洗う。気配が隣と背後に来た。くっ、なんて素早い反応。まるでコボルトのようだ。

「お母さんが洗ってあげるわよぉ」

後ろに来たのは母さんのようだ。

母さんは僕の了承を得ずに、頭を洗い始める。隣ではマリーが、身体を洗っているようだった。

「あうっ！　し、染みるわね……」

「でも、ちゃんと洗わないといけないわよぉ」

「わ、わかってるもん」

普段は野太い声しか聞こえない浴室なのに。

なんということか。女性の声が聞こえるだけで、全く違う空間のようだ。

いやいや、何を考えているんだ、僕は。二人は母親と姉だ。

家族に欲情するとかないから。ないからね！

何か柔らかいものが頭に当たった。途端に僕の顔が熱を帯びる。

「も、ももう、いいから！」

僕は咄嗟に頭から水を被《かぶ》って泡を落とすと湯船に入った。

「んぅもうっ！　そんなに急がなくてもいいのにぃ」

そりゃ急ぎますよ。無防備すぎる。家族しかいないんだから当たり前なんだけど。でも僕にとっては簡単なことではない。例えるなら大人になって年下の母親ができてしまった時のような心境だ。あるいは、母親の連れ子が女の子だった場合。

実年齢は違うし、マリーは僕の精神年齢を考えるとかなり年下だけど。ああ、もう何がなんだかわからなくなった。とにかくこの時間をやり過ごすんだ。

少し湯船につかって、すぐに出る。これでいこう。

母さんとマリーが身体を洗っている間、僕は視線を逸らし続けた。見てはいけない。見たらやられるぞ。僕は必死に目を細め、明後日《あさって》の方向を見ていた。

数分つかっていると、二人は身体を洗い終えたようだった。もう出よう。カラスの行水で結構。早くこの天国という地獄から逃げるのだ。

「ぼ、僕はもう出ようかな」

慌てて浴槽から出ようとした。

「あら、だめよぉ。きちんと温まらないと。それにせっかく一緒に入れるのに……」

ああ、母さんがまた悲しそうな顔をしている。

確かに、これでは一緒に入ったとは言えないだろう。せめて少しくらいは一緒に湯船につからないと、母さんは納得してくれそうにない。僕は諦観のままに再び浴槽に戻る。

「じゃ、じゃあもう少しだけ」

「ふふ、ありがとう、シオンちゃん。さあ、入りましょう、マリーちゃん」

「うん。えへへ、三人で入るの初めてだし、なんか楽しいかも」

そんな嬉しそうにしないでよ。余計に出られなくなるじゃないか。

僕は二人から目を逸らして、脳内で数を数え続けた。あと数分入っていればいいだろう。それまで心を無に、そして視線は二人から逸らすのだ。それでいこう。

そんなことを考えていると、母さんに後ろから抱きしめられた。またしても後頭部に凶器的な柔らかさの何かが当たる。当ててんの？　当ててんの、これ。

一気に身体中の血液が沸騰してしまう。これはまずい。予想以上にまずい。

「お母様にぎゅってされるの好き！」

「あらあら、よかったわぁ。わたしも二人をぎゅっとするの好きよぉ」

僕もやぶさかではない。でも、うん！　好き！　とは言えません。困るのだ。なんか自分の感情がよくわからない。

母さんをそういう対象として見ているわけじゃない。でも完全に母親という風にも見ていないというか。言葉で説明するのはとても難しい。

頭に当たる弾力が、僕の思考を鈍らせる。耐えるのだ。もう少しだけ、耐えればきっとどうにかなる。

僕が必死に耐えている間、普通の会話から、ちょっとしたためになる話を母さんはしてくれた。そういえば、じっくり母さんと話す機会はあまりなかったかも。だから、僕は浴槽を出る機会を失ってしまった。

母さんの話は楽しかったけど、頭に当たる感触が僕の思考を邪魔する。もう、ダメだ。限界。これ以上は限界。色んな意味で。そろそろ出よう。

「あたしそろそろ出るわね」

「あらそう？　身体を冷やさないようにすぐに拭いてね」

「うん。じゃあシオン、お母様、後でね」

ああ、なんてことだ。マリーが先に出てしまった。今出たら、一緒に体を拭くことになる。しばらく時間を置かないといけない。

僕は去っていくマリーの足音だけを聞き、視線は逸らし続けた。しかし母さんは僕の身体を離さない。この優しい拘束から逃れるにはまだ時間がかかりそうだ。

どうしたもんかと考えていると、頭上からくすくすという笑い声が聞こえた。

「シオンちゃん、そんなに恥ずかしがらなくてもいいのに」

「べ、別に恥ずかしがってなんて……」

母さんにはお見通しのようだ。

本音がバレてしまい、余計に顔の温度が上がった。母さんは腕の力を少し強める。僕の背中には母さんの胸が押し付けられる。

慌てて、母さんを見上げると僕は何も言えなくなってしまった。母さんは寂しげに笑っていた。

「ごめんね、シオンちゃん。ごめんね」

なぜ謝っているのか。どうしてそんな顔をしているのか。僕にはわからず、そして理由を聞く勇気もなかった。

ただ、母さんの腕から伝わる何かの感情を受け止めることしかできない。僕は母さんの腕に触れ、少しでもその感情を慰めようとした。

それからは静寂な空間が広がる。母さんの鼓動や体温や弾力が伝わる中、僕はただただ狼狽《ろうばい》するだけだった。

しばらくして。

「ふふ、ごめんなさい。そろそろお母さんも出ようかしら。シオンちゃんは、どうするの？」

「僕はもう少し入ってるよ」

母さんの方を見られないし。一緒に出られないし。

「そう。じゃあ、また後でね」

「うん。後で」

母さんの姿を見ないように、僕は目を伏せた。

母さんが浴室から出ていったのを見ると、ようやく肩の力を抜いた。正直、そろそろ出たいのに、もう少し待たないといけない。

けれどそんなに辛《つら》くはなかった。優しい家族と一緒に過ごせているという安堵感と幸福感に浸っていたからだ。

声を大にして言える。僕は今、とても幸せだと。

家族との時間もそうだけど、何よりもこの世界には魔法がある。僕が見つけた。僕が研究して開発した、魔法が存在するのだ。

転生して、魔法を生み出した。フレア、ボルト、アクア、そしてまだ見ぬ魔法。前世とは違い、希望や期待、幸福に満ちた日々を過ごせていることに、僕は心の中で感謝した。

でも足りない。もっと、もっと色々な魔法を使いたいんだ。そのためにはもっと色々なことを知って、研究しないといけない。それがどこか不安でもあり、楽しみでもあった。

さて次はどんな魔法を開発しよう。

僕はそんなことを考えながら、必死でのぼせないように努めるのだった。

MFブックス

マジック・メイカー —異世界魔法の作り方— 1

2020年 5 月25日 初版第一刷発行
2024年11月30日 再版発行

著者 鏑木カヅキ
発行者 山下直久
発行 株式会社KADOKAWA
〒102-8177 東京都千代田区富士見2-13-3
0570-002-001(ナビダイヤル)
印刷・製本 株式会社広済堂ネクスト

ISBN 978-4-04-064655-8 C0093

企画 株式会社フロンティアワークス
担当編集 河口紘美(株式会社フロンティアワークス)
ブックデザイン AFTERGLOW
デザインフォーマット ragtime
イラスト 転

本シリーズは「小説家になろう」(https://syosetu.com/)初出の作品を加筆の上書籍化したものです。

この作品はフィクションです。実在の人物・団体・事件・地名・名称等とは一切関係ありません。